미래를 여는
기초 문해 교육론

미래를 여는
기초 문해 교육론

초판 인쇄 2026년 2월 24일
초판 발행 2026년 3월 2일

지은이 이경화, 이수진, 최규홍, 이경남, 박혜림, 백희정
펴낸이 박찬익 | **책임편집** 권효진 | **편집** 김소정
펴낸곳 (주)박이정출판사 | **주소** 경기도 하남시 조정대로45 미사센텀비즈 8층 F827호
전화 031)792-1195 | **팩스** 02)928-4683 | **이메일** pijbook@naver.com
홈페이지 www.pijbook.com | **등록** 2014년 8월 22일 제305-2014-000029호
ISBN 979-11-7497-025-1 (93800)
가격 19,000원

한국초등국어교육연구소 기획총서 12

미래를 여는
기초 문해 교육론

이경화 · 이수진 · 최규홍 · 이경남 · 박혜림 · 백희정

박이정

머리말

　아이, 어른을 막론하고 요즘 문해력이 문제라는 말을 자주 듣습니다. 각종 미디어와 흥미로운 콘텐츠가 넘쳐나면서 읽고 쓰기의 매력이 예전보다 쇠퇴했기 때문이라고 생각됩니다. 사회 변화에 맞추어 길러야 할 다른 역량이 많아지면서, 자연스럽게 전통적인 읽기와 쓰기를 할 시간과 기회는 줄어들고 있습니다. OECD 국제성인역량조사에서 발표한 국가별 성인 문해력 평균 점수를 보면 한국 성인의 문해력은 OECD 평균 점수에 미치지 못한다고 합니다. 게다가 지난 평가에 비해 점수가 하락한 결과도 보여 줍니다.

　통계에 의지할 필요도 없이, 최근에는 우스갯소리처럼 떠도는 이런 일화들을 들어보셨을 것입니다. 어느 인터넷 카페에서 '심심한 사과'라는 표현을 썼는데 이를 '지루하다'로 이해한 네티즌이 비난을 했다거나, '금일 만나자'는 말을 '오늘'이 아니라 '금요일'에 만나자는 말로 이해하고 화를 냈다는 일화, '사흘'이 3일인지 4일인지 헷갈린다는 일화도 있었습니다. 이러한 일화들은 요즘 문해력 저하 현상에 대한 걱정으로 이어집니다. 단순히 웃고 넘길 일이 아닌 것은, 문해력 저하가 의사소통에 심각한 문제를 만들고, 의사소통의 문제는 결국 우리 삶의 질 저하로 이어지기 때문입니다.

특히 초등학교에서 이루어지는 기초 문해 교육은 평생 필요한 학업 능력의 핵심인 동시에, 행복한 삶을 보장해 주는 기본 조건입니다. 그래서 기초 문해 교육이 무엇인지, 학습자에게 무엇을 어떻게 해 주어야 하는지를 결정하는 데에는 교육계와 학계의 고민과 연구는 물론, 사회적인 합의도 필요합니다.

기초 문해력 저하에 대한 우려는 전 세계적으로도 마찬가지여서, 각국에서는 자국민의 문해력 교육에 관심을 가지고 지원에 힘쓰고 있습니다. 최근 캐나다 온타리오 주 정부는 사상 최대 규모의 교육 예산을 투입하여 읽기·쓰기 등 기초 학력 중심 교육을 강화하고자 한다고 밝혔습니다. 독일의 어느 주 교육부는 읽기 역량 격차 해소가 교육의 시급한 과제라고 언급하며, 이를 지원하고 발전시키는 데 특별한 가치를 두고 있다고 하였습니다. 영국 교육부 또한 교육 지원 격차 문제를 해결하기 위해 약 5만 개의 전문 교육 자리를 확충한다고 발표하였습니다.

왜 모든 나라에서 문해력 교육을 강조할까요? 행복한 삶을 위해 모든 사람이 갖추도록 국가와 공교육에서 관심을 가지고 책임져야 하는 교육이기 때문입니다. 문해력은 읽기와 쓰기 능력뿐 아니라, 읽기와 쓰기에 대한 태도와 가치관까지 포함합니다. 개인이 생애 독자, 생애 필자로서 정체성을 확립하는 데 필요한 최소한의 소양을 길러 주는 것이, 필자들이 생각하는 기초 문해 교육의 목표입니다.

사람마다 말을 배우는 속도가 다르고, 또래보다 글씨를 쓰는 것이 유난히 어려운 아이도 있습니다. 이처럼 개인의 발달 속도와 강점은 서로 다르며, 읽기와 쓰기에서도 그러한 차이는 자연스럽게 나타납니다. 어떤 학생에게는 쉽고 당연한 읽기와 쓰기가, 어떤 학생에게는 노력해도 잘되지 않는 큰 장애물일 수 있는 것입니다. 그러나 기초 문해력이 갖추어지지 않으면 학업은 물론 삶의 질이 떨어질 수 있으므로, 특별히 사회적으로 지원해 줄 필요가 있습니다. 다만 읽기와 쓰기를 어려워하는 것이 그 아이의 잘못이 아니라, 사람마다 특성이 다르고 필요한 지원도 다르다는 점을 이해해야 합니다.

이 책은 크게 3부로 나누어져 있습니다. '1부 기초 문해의 특성 및 발달'은 기초 문해 교육이란 무엇인지 생각해 볼 수 있도록 구성하였습니다. 기초 문해의 중요성과 특징, 기초 문해 부진에 대한 이해를 바탕으로 기초 읽기·쓰기, 독서 흥미 발달 등 전반적인 문해 발달을 살펴봅니다. '2부 기초 문해 교육의 실제'는 교육 현장에서 필요한 구체적인 기초 문해 교육을 영역별로 살펴보도록 구성하였습니다. 한글 해득, 글자 쓰기, 어휘, 읽기 유창성, 문장 독해, 문장 쓰기, 짧은 글 읽기와 쓰기, 맞춤법, 읽기 동기, 쓰기 동기의 지도 내용과 방법, 검사 도구 등을 소개하고 있습니다. '3부 학습자의 다양한 요구에 맞춘 기초 문해 교육'은 학습자 다양성에 따라 기초 문해 교육을 어떻게 적용해야 할지 생각해 볼 수 있도록 구성하였습니다. 학생 맞춤형 기초 문해 지도, 경계선 지능 학습자의 이해와 지도, 난독증의 이해와 지도를 소개하여 교실에서 마주치는 다양한 학생의 특성과 필요에 맞게 가르치는 방법을 살펴봅니다.

　이 책의 장점은 기초 문해 교육에 꼭 필요한 한글 해득과 글자 쓰기부터 문해력을 탄탄하게 해 주는 어휘, 읽기·쓰기 전략, 더 높은 수준의 사고 전략까지 영역별로 다루고 있어 문해 교육의 전체 모습을 조망할 수 있게 해 준다는 것입니다. 초등 저학년은 물론 고학년이나 중학생에게도 필요한 내용들이 있을 것입니다.

　이 책의 필자들은 초등학교 교사 경험이 있는 교육대학 국어교육과 교수들입니다. 오랫동안 문해 교육에 대해 고민하고 연구해 온 결과를 책 한 권에 오롯이 담기 위해 노력했습니다. 문해 교육 이론을 나열하기보다는, 선생님들이 현장에서 직접 가르쳐야 하는 내용과 활용할 수 있는 지도 방법 및 자료를 중심으로 구성하였습니다. 문해력을 키우기 위해 꼭 필요한 기능과 전략, 수업에 적합한 활동과 자료가 무엇인지 치열하게 고민하였습니다. 이 책이 다양한 특성과 수준의 학습자들을 위한 기초 문해 교육에서, 어떤 고민이든 해결의 실마리를 제공할 수 있으리라 믿습니다.

　끝으로 기초 문해 교육의 중요성에 공감하고 출간해 주신 박이정 사장님과 권효진 편집장님께 감사드립니다. 그리고 항상 필자들에게 물심양면으로 지원을 아끼지 않는 가족들, 학계 선후배들께 무한한 감사를 표합니다.

2026년 2월 공저자 일동

목차

제3부 학습자의 다양한 요구에 맞춘 기초 문해 교육

1장 학생 맞춤형 기초 문해 지도

2장 경계선 지능 학습자의 이해와 지도

3장 난독증의 이해와 지도

제1부 기초 문해의 특성 및 발달

기초 문해의 중요성과 특성

1. 기초 문해의 중요성

오늘날 교육의 핵심 목표는 단순한 지식 전달을 넘어서 학생 개개인의 핵심역량을 함양하는 데에 있다. 비판적 사고력, 창의적 문제 해결력, 의사소통 능력, 자기관리 역량 등과 같은 핵심 역량은 모두 문해력을 기반으로 형성되고 확장된다. 이러한 관점에서 OECD 미래교육 2030 프로젝트에서는 문해력을 학교 교육과정 전반에서 범교과적으로 학습해야 할 필수 기초 역량(Core Foundation)으로 제시하였다.

문해력은 단순히 글을 읽고 쓰는 능력에 그치지 않고, 다양한 텍스트를 해석하고 평가하며 새로운 의미를 구성하고 생산, 공유하는 사고의 힘이다. 예를 들어, 비판적 사고력은 텍스트의 주장과 논리를 분석하고 성찰하는 문해력에서 비롯되며, 효과적인 의사소통 또한 타인의 글이나 말을 정확히 이해하고, 자신의 생각을 체계적으로 조직하여 표현하는 문해력에 기반한다.

이처럼 문해력은 모든 핵심 역량의 출발점이자 연결 고리로 작용한다. 문해력이 약하면 핵심 역량을 충분히 발휘되기 어렵고, 반대로 문해력이 탄탄할수록 학생은 학습한 지식을 실제 삶의 문제에 적용하며 능동적이고 성찰적인 학습자이자 시민으로 성장할 수 있다. 따라서 문해력은 단지 국어 교과의 차원을 넘어, 모든 교과와 삶 전반을 아우르는 교육의 근간이라 할 수 있다.

초등학교 저학년 시기는 문해력의 기틀을 마련하는 중요한 출발점이다. 이 시기의 학습의 목표는 취학 전의 국어 경험을 발전시켜 일상생활과 학습에 필요한 기초 문해력을 형성하고, 말과 글(또는 책)에 대한 흥미를 기르는 데 있다. 기초 문해의 성취는 학생에게 매우 중요한 과업이며, 이는 국어뿐 아니라 다른 교과 학습에도 긍정적인 영향을 미친다. 반면, 기초 문해 부진이 발생할 경우 학습 부진이 누적될 뿐 아니라 학교생활 전반과 정서적 측면에도 부정적 영향을 초래한다.

기초 문해는 한글 해득을 포함하여 낱말과 문장을 유창하게 읽고, 문장과 짧은 글을 이해하며, 자신의 생각을 문장으로 말하거나 쓸 수 있는 기초 수준의 읽기와 쓰기 능력을 말한다. 이는 아동의 전인적 성장과 평생 학습 능력 형성의 출발점으로, 학교 교육과 사회생활 전반에 걸쳐 결정적인 역할을 한다. 기초 문해의 중요성은 다음과 같다.

첫째, 기초 문해는 의사소통 능력의 기반이 된다. 사회에서 타인과 효과적으로 소통하기 위해서는 정보를 정확히 이해하고 적절히 표현할 수 있는 능력이 필수이며, 이는 문해력에서 비롯된다. 아동기 기초 문해의 성공 경험은 자신감 형성에 기여하고, 타인과 긍정적 관계를 맺는 사회적 태도를 길러주는 역할을 한다.

둘째, 기초 문해는 모든 교과 학습의 토대가 된다. 기초 문해는 범교과적 성격을 지니므로 문해력이 부족하면 교과 전반의 학습에 어려움을 겪게 된다. 실제로 Juel(1988)은 초등학교 1학년 시기의 읽기 부진 아동이 4학년까지도 같은 어려움을 겪을 확률이 88%에 이른다고 보고하였으며, Snow, Burns & Griffin(1998)은 읽기 부진의 누적을 막기 위해 조기 개입이 핵심임을 강조하였다.

셋째, 기초 문해는 평생 사용될 문해 능력의 기초를 형성하는 결정적 시기와 연결된다. 이 시기의 교육은 단기적인 성취에 그치지 않고 장기적인 인지 발달과도 연계된다. 특히 이영수(2007)는 읽기·쓰기 능력에 관여하는 뇌 영역이 9세 이전에 급속히 발달한다는 점을 들어, 초등 저학년기 교육의 중요성을 강조하였다.

넷째, 기초 문해는 학습자의 자기주도적 학습 태도와 정서적 안정에 영향을 미친다. 문해력이 부족한 아동은 교실 활동에서 소외되거나 좌절감을 경험하기 쉬우며, 이는 학습 동기 저하로 이어질 수 있다. 반면, 기초 문해가 안정적으로 형성된 아동은 학습을 스스로 조절하고 탐색할 수 있는 힘을 지니게 되며, 이는 학업 성취뿐만 아니라 다양한 삶의 맥락에서도 비판적 사고력과 문제 해결력을 발휘할 수 있는 토대가 된다.

따라서 기초 문해는 단지 학습의 한 요소가 아니라, 학생의 삶의 질, 사회 적응력, 평생 학습 역량을 결정짓는 핵심 요소로 간주되어야 하며, 이를 위한 조기 개입과 체계적인 교육적 지원이 필요하다.

2. 문해 수준의 과업

문해 수준은 낱말이나 문장을 읽고 쓰는 초기 문해에서부터, 다양한 텍스트를 이해하고 사회·문화적 맥락 속에서 비판적으로 해석하는 비판 문해에 이르기까지 여러 단계로 구분된다. 이러한 문해의 발달 수준은 다음 [그림 1]과 같다.

문해 수준은 낱말이나 문장을 읽고 쓰는 초기 문해에서 시작하여, 다양한 텍스트의 내용을 이해하고 사회·문화적 맥락 속에서 비판적으로 해석하는 비판 문해에 이르기까지 단계적으로 확장된다. 이때 [그림 1]에서 '*'로 표시된 항목은 각 문해 단계의 핵심 과업이며, 이는 해당 수준에서 반드시 도달해야 하는 성취 목표이다.

이때 '*' 표시가 없는 항목이 중요하지 않다는 의미가 아니다. 비록 핵심 과업에는 해당하지 않더라도, 다음 단계로의 원활한 전이를 위해 반드시 도달해야 할 중요한 내용이라는 점에서 동일하게 교육적 가치를 지닌다. 이처럼 문해 수준은 단순한 난이도 구분이 아니라, 점진적인 언어 능력의 심화를 나타낸다.

문해 수준의 개념은 다음과 같이 정리할 수 있다.

· **초기 문해**(EL, Early literacy): 한글 문해(한글 해득)과 동의어로, 음운 인식, 해

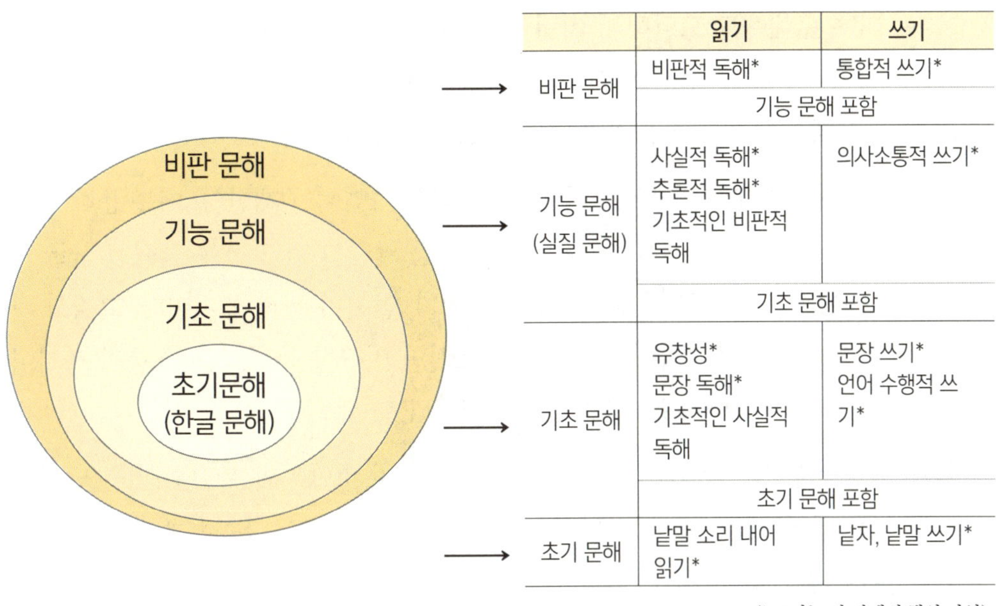

		읽기	쓰기
	비판 문해	비판적 독해*	통합적 쓰기*
		기능 문해 포함	
	기능 문해 (실질 문해)	사실적 독해* 추론적 독해* 기초적인 비판적 독해	의사소통적 쓰기*
		기초 문해 포함	
	기초 문해	유창성* 문장 독해* 기초적인 사실적 독해	문장 쓰기* 언어 수행적 쓰 기*
		초기 문해 포함	
	초기 문해	낱말 소리 내어 읽기*	낱자, 낱말 쓰기*

(* 표시는 각 단계의 핵심 과업)

[그림 1] 문해 수준과 과업

독, 낱말 이해 등 낱말을 소리 내어 읽고 쓸 수 있는 능력

- **기초 문해**(BL, Basic literacy): 초기 문해를 포함하며, 낱말과 문장을 유창하게 읽으며, 문장과 짧은 글을 읽고 이해하며, 자신의 생각을 문장으로 쓸 수 있는 정도의 기초적 수준의 읽고 쓸 수 있는 능력

- **기능 문해**(FL, Functional literacy): 기초 문해를 포함하며, 일상생활 및 학습, 직업 생활에 필요한 사실적 독해, 추론적 독해, 기초적인 비판적 독해 등의 고등 사고력을 바탕으로 다양한 텍스트를 읽고 쓸 수 있는 능력

- **비판 문해**(CL: Critical literacy: 기능 문해를 포함하고, 텍스트의 타당성을 판단하거나 텍스트에 반영된 이데올로기 및 맥락을 비판적으로 읽고 쓸 수 있는 능력

[그림 1]에서 살펴본 바와 같이 문해 수준은 다음의 특징을 지닌다. 첫째, 문해 수준은 단계적으로 포괄되고 확장되는 동심원적 구조를 가진다. 즉, 각 단계는 이전 단계를 포함하면서 점차 넓어지는 형태를 띤다. 이는 문해 능력이 단절된 수준의 나열이 아니라 연속성을 지닌 발달적 개념임을 뜻한다. 따라서 초기 문해에 도달하지 못한

학습자는 기초 문해에도 도달하기 어렵고, 기초 문해가 미흡한 경우 기능 문해의 성취도 제한될 수 있다(이경화, 2019). 학습자가 특정 문해 단계에서 어려움을 보일 경우, 그 이전 단계의 학습 결손을 먼저 점검하고 중재해야 한다.

둘째, 각 문해 수준에는 반드시 성취해야 할 핵심 과업이 존재한다. 이는 문해 능력의 발달을 이끄는 중심 활동이다. 초기 문해에서는 낱말을 읽고 쓰는 능력인 한글 해득, 기초 문해에서는 유창성, 문장 독해, 문장 쓰기, 언어 수행적 쓰기이다. 그리고 기능 문해에서는 사실적 독해, 추론적 독해, 기초적인 비판적 독해, 의사소통적 쓰기이고, 비판 문해에서는 비판적 독해, 통합적 쓰기이다.

셋째, 문해 수준에는 학습자의 발달 단계에 따라 언어 단위와 학습 시기를 달리한다. 물론 이는 절대적인 기준이 아니라 가변적 기준이다. <표 1>은 각 문해 수준에 해당하는 언어 단위와 권장 학습 시기를 정리한 것이다.

표 1. 문해 수준의 언어 단위와 학습 시기

수준	언어 단위	학습 시기
초기 문해	낱자, 낱말	초등 1학년
기초 문해	문장, 짧은 글	초등 2학년
기능 문해	문단, 단일 문서, 타 교과 교과서	초등 3~6학년
비판 문해	단일 문서, 다문서, 타 교과 교과서	중학교 이상

문해 수준은 단순한 기능의 누적이 아니라 사고력, 사회성, 자기 표현 능력이 점진적으로 확장되며 형성되는 복합적이고 통합적인 능력 체계이다. 문해 발달의 각 단계는 상호 유기적으로 연결되어 있으며, 조기 진단과 이에 따른 적절한 개입은 학습자의 문해 성장을 좌우하는 핵심 요인이다. 이러한 관점에서 문해 발달을 초등학교의 핵심 과업을 중심으로 정리하면 다음과 같다.

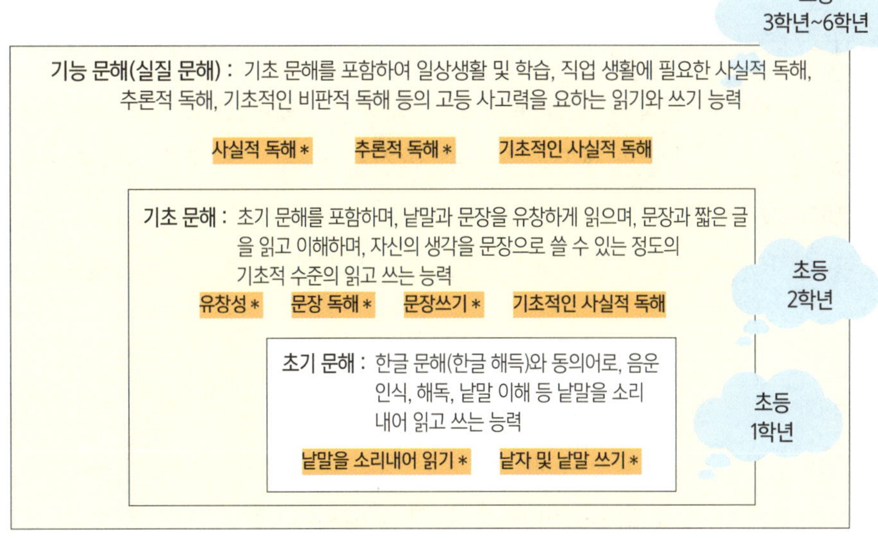

[그림 2] 초등학생의 문해 수준과 핵심 과정

3. 기초 문해의 특성

기초 문해는 한글을 해득하고, 낱말과 문장을 유창하게 읽으며, 문장과 짧은 글을 이해하고, 자신의 생각을 문장으로 표현할 수 있는 수준의 기초적인 읽기와 쓰기 능력을 말한다. 기초 문해 수준에서의 언어 단위는 문장과 짧은 글이며, 기초 문해의 학습 내용은 초기 문해에 해당하는 한글 해득을 포함하여 유창성, 문장 독해, 문장 쓰기, 기초적인 사실적 독해, 언어 수행적 쓰기의 여섯 가지로 구성된다. 각 요소는 다음과 같다.

■ 한글 해득

한글 해득은 문해 발달의 가장 기초가 되는 능력이다. 이는 낱말을 읽고 쓸 수 있으며, 그 의미를 이해하는 능력을 포함한다. 한글 문해에 포함되는 세부 내용으로는 한글 문해 준비도, 음운 인식, 낱자 지식, 글자-소리 대응 지식, 해독, 어휘력, 글자 쓰기 등이 있다(이경화 외, 2019).

■ 유창성

유창성은 낱말이나 문장을 적절한 속도와 정확성으로, 표현력 있게 소리 내어 읽는 능력을 말한다. 유창성은 해독과 독해를 연결하는 '다리' 역할을 하며(Pikulski & Chard, 2011), 이 능력이 자동화되면 글의 의미를 보다 쉽게 파악할 수 있다. 즉, 낱말과 문장을 유창하게 읽을 수 있을 때, 학습자는 글의 형식보다 내용에 집중할 수 있게 된다.

■ 문장 독해

문장 독해는 문장의 의미를 이해하는 능력이다. 이는 유창성과 구분되는 요소로, 유창성이 '어떻게' 읽느냐에 초점이 있다면, 문장 독해는 '무엇을' 이해하느냐에 중점을 둔다. 학습자는 문장 성분과 문장 구조에 대한 이해를 바탕으로 문장의 의미를 파악해야 한다. 문장 독해력이 충분하지 않으면 이후 사실적 독해 단계에서 어려움을 겪게 되므로, 독해 부진 예방을 위해 반드시 선행되어야 한다.

■ 문장 작문

문장 작문은 자신의 생각을 하나의 문장으로 명확하고 정확하게 표현하는 능력이다. 학습자는 서술어의 자릿수, 문장 내 성분의 호응, 문장 확장 등의 개념을 바탕으로 의미가 분명한 문장을 쓸 수 있어야 한다. 문단이나 짧은 글을 쓰기 위해서는 문장 단위에서의 작문 능력이 선행되어야 하며, 문장 작문이 충분히 형성되지 않으면 상위 작문 과제 수행에도 어려움이 발생하게 된다.

■ 기초적인 사실적 독해

기초적인 사실적 독해는 짧은 글을 읽고, 그 내용을 대략적으로 이해하는 능력을 말한다. 이는 기초 문해의 핵심 과업에는 포함되지 않지만, 해당 단계에서 반드시 도달해야 할 중요 과업중 하나이다. 이 시기에 기초적인 사실적 독해 능력이 충분히 형성되지 않으면, 이후 기능 문해 단계에서 요구되는 본격적인 사실적 독해에 도달하기 어려워진다. 여기서 말하는 '기초적인 사실적 독해'란 글의 세부 정보를 완전히 이해하지 않더라도, 중심 내용이나 핵심 정보를 대략적으로 파악할 수 있는 능력을 의미한다. 예를 들어 설명문에서는 주제나 화제를 파악하고, 이야기 글에서는 등장인물이나 사건을 인식할 수 있는 수준을 말한다.

■ 언어 수행적 쓰기

언어 수행적 쓰기는 필자가 글쓰기 관습과 어법을 지키면서 문법적 정확성과 형식적 완성도를 갖춘 글을 작성하는 능력이다(Bereiter, 1980). 이는 단순히 아이디어를 표현하는 수준을 넘어, 맞춤법, 문장 구조, 문장 부호, 문체와 같은 쓰기 규범을 인식하고 이를 실제 쓰기 과정에서 자동적으로 적용할 수 있는 능력을 포함한다. 언어 수행적 쓰기는 초등학교 2학년부터 발달하기 시작하여, 초등학교 5학년 무렵이면 어느 정도 성숙한 단계에 도달하게 된다. 이 능력은 이후 기능 문해 및 비판 문해 수준에서의 통합적 쓰기나 의사소통적 쓰기를 가능하게 하는 기초가 된다.

4. 기초 문해의 부진 요인과 대상

가. 부진 요인

문해 부진은 단일 원인으로 발생하지 않으며, 학생의 내적 특성과 외적 환경 요인이 복합적으로 작용하여 나타나는 현상이다. 이러한 요인은 크게 내적 요인과 외적 요인으로 나눌 수 있으며, 각 범주 안에는 보다 구체적인 인지적, 정서적, 교육적, 사회문화적 요인이 포함된다. 이경화 외(2012)의 연구에 따르면, 문해 부진의 주요 요인은 다음과 같이 분류할 수 있다.

이러한 요인들은 상호 연관되어 나타나는 경우가 많으며, 단기간에 해결하기 어려운 복합적 문제로 이어질 수 있다. 예를 들어, 배경지식 부족은 인지적 문제로 보일 수 있지만, 그 배경에는 가정의 문해 환경 결핍이나 교육과정에서의 정보 제공 부족이 자리할 수 있다. 또한 정서적 요인, 특히 부정적인 자아관과 낮은 문해 동기는 읽기·쓰기에 대한 회피 행동을 유발하며, 이는 다시 문해 능력 저하로 이어지는 부진의 악순환을 강화시킨다. 따라서 문해 부진의 중재는 단순한 읽기 기능 지도에 그쳐서는 안 되며, 학생 개인의 내적 요인과 외적 환경을 종합적으로 진단하고 대응하는 통합적 접근이 필요하다.

표 2. 문해 부진 요인

문해 부진 요인		세부 요인
내적 요인	인지적 요인	일반 지능의 한계 기억력 부족 배경지식이나 경험의 결핍 일반적 사고력 부족
	정서적 요인	낮은 문해 동기 읽기, 쓰기 습관의 부족 낮은 집중력 부정적 자아개념(자기효능감 저하)
외적 요인	교육적 요인	교육과정의 부적절성 교과서 내용의 난이도 문제 적합하지 않은 지도 방법 읽기 자료(흥미, 난이도 부적합)
	가정·사회적 요인	가정 내 문해 환경 부족 과도한 부모의 성취 압력 문해의 중요성에 대한 미온적 인식 잘못된 문해관

나. 부진 대상

문해력은 학생의 학업 성취와 일상생활, 정서적 안정에 중대한 영향을 미치는 핵심 역량이다. 따라서 문해력에 어려움을 겪는 학생, 즉 문해 부진 대상을 정확히 파악하는 일은 교육적 개입의 출발점으로서 매우 중요하다.

「기초학력보장법」에서는 '학습지원대상학생'을 기초학력을 갖추지 못하였다고 판단되어 다양한 결과에 근거해 학습지원 교육이 필요하다고 학교장이 인정한 학생으로 정의한다. 이때 「장애인 등에 대한 특수교육법」 제15조에 따라 특수교육대상자로 지정된 학생, 즉 학습장애, 지적장애, 자폐성장애, 시각장애, 청각장애, 지체장애, 정서·행동장애, 언어장애, 건강장애, 발달지체 등에 해당하는 학생은 일반적인 학습지원대상에서 제외된다.

학습지원대상학생에는 주로 학습부진아와 경계선 지능이 포함된다. 이들은 모두 점수나 수행 결과가 기대 수준에 미치지 못한다는 공통점이 있으나, 원인과 특성 면에서 명확한 차이를 보인다.

(1) 학습부진아(Underachiever)

학습부진아는 평균 이상의 지능이나 잠재력을 가지고 있음에도 불구하고, 실제 학업 성취가 기대에 미치지 못하는 저성취학생을 말한다. 이들의 낮은 성취는 주로 학습 동기 부족, 집중력 저하, 정서적 어려움, 가정 및 환경적 요인 등 외재적·내재적 요인에서 비롯된다. 따라서 학습부진아에 대한 효과적인 지원을 위해서는 다음과 같은 다각적인 중재 전략이 필요하다.

- 학습 동기를 높이는 프로그램 운영
- 자기주도적 학습 전략, 시간 관리 전략 지도
- 정서·심리적 상담 및 정서 지원 병행

(2) 경계선 지능(Borderline Intellectual Functioning)

경계선 지능은 지능과 인지 발달 속도가 평균보다 낮아 전반적인 지능과 인지 발달 속도가 평균보다 낮아 학습에 더 많은 시간과 노력이 필요한 학생을 의미한다. 일반적으로 지능지수(IQ) 70~84 범위에 해당하며, 지적 장애에는 해당되지 않는다. 이들은 일상생활이나 사회성 측면에서는 큰 문제가 없지만, 학습 내용이 양과 속도, 인지 능력, 문제 해결력, 학업 수행에서 지속적인 어려움을 보이지만 적절한 지원이 있으면 독립적인 생활과 학습이 가능하다. 효과적인 지원 방안으로는 다음과 같은 전략이 필요하다.

- 시각적 보조 자료 및 명확한 설명 제공

• 반복 학습과 시범 중심 수업

• 개별 지도

(3) 특수교육 대상자

학습지원대상학생과 유사해 보일 수 있으나, 법적으로 별도의 교육적 지원 체계가 적용되는 대상이 있다. 바로 학습장애와 지적장애 등을 포함한 특수교육대상자이다. 이들은 다음과 같이 구분된다.

① 학습장애(Learning Disabilities)

학습장애는 지능이 정상 범위임에도 불구하고, 뇌신경계의 기능 이상 등 신경학적 요인으로 인해 특정 영역(읽기, 쓰기, 수학 등)에 심각한 어려움을 보이는 경우를 말한다.

• 유형: 난독증(Dyslexia), 난필증(Dysgraphia), 난산증(Dyscalculia) 등

• 진단: 심리학적 평가와 전문 진단을 통해 이루어지며, 특수학급 또는 일반학급에서 개별화교육계획(IEP, Individualized Education Plan)에 따라 교육적 지원을 받는다.

• 지원 내용: 텍스트 음성 변환 도구, 디지털 필기 도구 등 보조공학 기기, 학습 전략 지도, 정서적 지원 등

② 지적장애(Intellectual Disabilities):

지능 지수(IQ)가 70 미만이고, 학습, 문제 해결, 일상생활, 적응 행동 등 전반적인 지적 기능에 결함이 있는 경우이다.

• 특수학교나 통합학급에서 개별화 교육계획을 통해 기초 학습, 일상생활 훈련, 사회성 발달 중심의 교육을 받는다.

• 지원의 초점: 장기적인 생활 자립과 사회 적응력 향상

정리하면, 문해력 부진의 원인은 단일하지 않으며, 학생 개별의 특성과 상태에 따라 학습부진아, 경계선 지능, 학습장애, 지적장애 등으로 구분하여 접근할 필요가 있

다. 특히, 문해력 중심의 중재 교육을 설계할 때에는 대상의 특성과 학습 조건을 정확히 진단하고, 그에 적합한 교육적 지원과 전략을 마련하는 것이 핵심이다.

표 3. 학습지원 대상학생 및 특수교육 대상자의 특징

구분	정의	지능 지수 (IQ)	학업 특성	원인	중재 방법
학습 부진아	지능은 평균 이상이나 성취가 낮은 학생	평균 또는 평균 이상 (85 이상)	기대 수준에 미달, 잠재력 대비 낮은 성취	학습 동기 저하, 정서 문제, 주의력 부족 등	· 동기 유발 · 자기 주도 학습 지도 · 정서, 심리 상담 등 다양한 중재
경계선 지능	지적 장애는 아니지만 전반적으로 학습 속도가 느린 학생	다소 낮음 (70~84)	일반 수업을 따라가기 어려움, 학습량과 속도에 어려움	인지 발달 속도의 전반적인 지연	· 시각 자료 제공 · 명확한 설명 · 반복 학습 · 개별화 수업
학습 장애	특정 영역 (읽기, 쓰기, 수학 등) 등에 지속적이 현전한 어려움이 있는 학생	평균 또는 평균 이상	특정 학습 영역 (음운론적 문제 등)에서 심각한 어려움	중추신경계 기능 이상 (예: 난독증, 난필증 등)	· 개별화교육계획 (IEP) · 보조 공학기기 활동 · 학습 전략 지도 · 정서적 지원
지적 장애	전반적인 지적 능력과 적응행동이 낮은 학생	낮음 (70미만)	전반적인 학습, 문제해결, 일상 생에 어려움	선천적 또는 후천적 지적 발달 장애	· 특수학교, 특수학급 · 기초학습 · 생활 기술 훈련 · 장기적 개별 지원

학습부진아, 경계선 지능, 학습장애, 지적장애는 모두 학업 수행에서 어려움을 보이지만, 그 원인, 지적 능력, 교육적 접근 방식은 명확히 다르다. 이들을 정확히 진단하지 못할 경우, 교육적 중재의 방향이 어긋나고 학생에게 심각한 부작용이 발생할 수 있다.

(오류 예시)

- 경계선 지능을 학습부진아로 잘못 진단한 경우 : 지적 능력의 제한을 고려하지 않은 자기주도 학습 전략이나 동기 강화 중심 지도가 제공되어, 오히려 과도한 학습 부담과 자기효능감을 저하시킬 수 있다.
- 학습부진아를 경계선 지능으로 잘못 진단할 경우, 단순히 반복 중심 수업이나 속도 조절 지도에 그쳐, 정작 필요한 정서적 지원이나 동기 유발 전략이 부족하여 학업 향상이 되기 어렵다.
- 학습장애(난독증 등)를 학습부진으로 잘못 진단한 경우 : 뇌 기능 기반의 인지 처리 문제를 간과하게 되어, 필요한 특수한 중재가 제공되지 못하고 학습 격차가 점점 심화될 수 있다.
- 지적장애를 경계선 지능으로 잘못 진단한 경우 : 기능적 생활 훈련이 생략되고, 교과 중심의 일반 수업이 제공되어, 결과적으로 사회 적응력이 떨어지는 문제가 발생할 수 있다.

위와 같이 잘못된 진단과 지원은 학생의 정서적 안정과 자기효능감에 손상을 주고, 장기적으로 학업 격차를 심화시키는 원인이 된다. 따라서 이들 학생을 정확히 진단하고 구분하는 일은 단순 판별 작업을 넘어, 학생의 성장 경로와 삶의 질을 결정짓는 핵심적인 출발점이 되어야 한다.

2장

문해 발달에 대한 이해

1. 문해 발달의 관점

문해 발달은 읽기와 쓰기 능력이 인지적·언어적·사회문화적 경험을 토대로 점진적으로 확장되고 심화되는 과정이다. 문해 발달의 흐름과 특징을 이해하면, 발달의 연속성과 단계적 특성을 고려한 체계적 지원이 가능하다. 이에 따라 교사는 학습자의 현재 수준과 다음 발ㅂ달 단계에 적합한 언어 경험을 제공하고, 맞춤형 지원을 할 수 있다.

문해 발달 시기에는 다양한 읽기와 쓰기 오류가 나타난다. 이러한 오류를 바라보는 관점은 크게 '발달 과정 관점'과 '발달 부진 관점'으로 나뉘며, 두 관점은 문해 지도와 평가 등에 중요한 차이를 만든다.

첫째, 오류 해석에서 차이가 있다. 발달 과정 관점은 오류를 학습 과정의 일부이자 학습자가 사용하는 전략과 인지적 노력을 보여주는 지표로 본다. 예를 들어, 받침 오류를 규칙 습득 과정에서 나타나는 자연스러운 신호로 해석한다. 반면, 발달 부진 관점은 오류를 성취 기준 미달의 결과로 보고, 결손이나 기능적 결함의 표현으로 간주한다.

둘째, 지도 방식에서 차이가 있다. 발달 과정 관점은 오류를 학습 기회로 활용하고 사고를 유도하고 자기 수정을 촉진하며, 쓰기 시도 자체를 인정해 동기를 높인다. 반면, 발달 부진 관점은 오류를 즉시 교정하고 반복 학습을 통해 기초를 보완한다. 이는 정확도 향상에 효과적일 수 있으나 학습 흥미를 떨어뜨릴 위험이 있다.

셋째, 평가 방식에서 차이가 있다. 발달 과정 관점은 읽기와 쓰기를 연속적인 발달로 보고, 창안적 쓰기도 의미 있는 시도로 인정하며, 체크리스트나 포트폴리오 등 과정 중심 평가를 활용한다. 반면, 발달 부진 관점은 성취 기준과 또래 비교를 중심으로 평가하며, 정량 지표를 통해 미달 여부를 판단한다. 이는 조기 진단에 유용하나 학습자에게 낙인 효과를 줄 수 있다.

표 1. 문해 발달의 관점

기준	발달 과정 관점	발달 부진 관점
오류 해석	· 오류를 학습 과정의 일부, 발달 신호로 해석	· 오류를 성취 미달, 결손 표현의 증거로 해석
지도 방식	· 오류를 학습 기회로 활용	· 오류를 즉시 교정, 반복 학습
평가 방식	· 과정 중심 평가, 창안적 시도 인정	· 결과 중심 평가, 또래 비교

요약하면, 발달 과정 관점은 오류를 성장의 디딤돌로 보고, 발달 부진 관점은 극복의 대상으로 본다. 교육 현장에서는 두 관점의 장단점을 균형 있게 적용하는 것이 바람직하다. 자연스러운 발달 흐름을 인정하되, 명확한 부진에는 조기 개입이 필요하다. 무엇보다 교사의 태도가 핵심으로, 오류를 처벌이 아닌 격려와 진단의 기회로 삼을 때 아동은 자신감을 유지하며 학습에 몰입할 수 있다. 교사는 작고 반복적인 오류 속에서도 가능성을 발견하고, 필요할 때는 따뜻하고 정확한 교정을 제공해야 한다. 또한 발달 단계별 인지 전략과 언어 자원을 정확히 이해한 지도야말로 문해 발달을 촉진하는 핵심이다.

2. 기초 읽기 발달

읽기 능력은 크게 해독(decoding)과 독해(comprehension)로 나눌 수 있다. 해독은 문자(글자)를 음성으로 변환하여 인식하는 능력으로, 음운 인식, 철자와 음가의 대응 등이 포함된다. 즉, 글자와 낱말을 정확히 소리 내어 읽을 수 있는 능력이다. 독해는 글의 의미를 파악하고 내용을 종합적으로 이해하는 능력으로, 단어 수준을 넘어 문장, 문단, 글 전체의 의미를 구조화하고 연결하여 해석하는 사고 과정을 포함한다.

기초적인 읽기 능력이란 문자를 보고 소리 낼 수 있으며, 간단한 문장이나 짧은 글을 읽고 대략적인 내용을 이해할 수 있는 수준을 말한다. 이 시기의 발달은 해독을 익히는 동시에, 문장 단위의 의미를 파악하고 연결하는 이해에 익숙해지는동을 연습하는 단계로, 이후 본격적인 독해 능력으로 자연스럽게 이어진다.

가. 낱말 읽기 발달

Ehri(1995)는 아동이 낱말을 읽을 때 사용하는 인지 전략의 발달을 4단계로 구분하였다. 이에 따르면, 아동은 초기에는 시각적 단서에 의존하지만, 점차 자소-음소 대응 규칙과 맞춤법 지식을 활용하여 정교하게 단어를 해독해 나간다. 다음은 낱말 읽기 발달의 각 단계를 정리한 것이다.

표 2. 낱말 읽기 발달 단계(Ehri, 1995)

단계	특징
표의적 단계	낱말을 전체적인 시각적 이미지에 의존하여 읽기 - 시각적 단서(단어 모양, 색깔, 주변 그림 등)
변형적 단계	일부 자소-음소 연결을 시도하지만, 불안전한 상태 - 부분적인 음운 인식에 기반한 읽기
자소·음소 대응 규칙 단계	철자와 소리의 규칙을 알고 해독 중심의 읽기 수행 - 글자-소리 일치 기반의 낱말 해득 능력 발달
맞춤법적 읽기 단계	자소·음소 결합뿐 아니라 음운 변동까지 고려하여 낱말 읽기 수행

1단계: 표의적 단계

낱말을 인식할 때 단어 자체의 시각적 특징에 의존하는 시기이다. 글자를 의미 있는 언어 단위로 인식하지 않고, 로고나 이미지처럼 전체적인 형태로 기억하여 읽는다. 단어의 모양, 색깔, 글꼴, 길이 등의 비언어적 시각 단서가 주요한 단서가 되며, 음운 인식이나 자소·음소 대응 지식은 거의 발달하지 않은 상태이다.

2단계: 변형적 단계

부분적인 음운 인식 능력을 바탕으로 일부 문자와 소리의 대응 관계를 시도하지만, 자소·음소의 체계적인 대응은 미흡하다. 주로 단어의 처음 또는 끝 자음을 단서로 삼아 추측하며, 전체 낱말을 정확히 해독하지는 못한다. 예를 들어, '바나나'라는 단어를 읽을 때, /ㅂ/이나 /ㄴ/ 소리만 인식하고 전체를 어림짐작하여 '바나나'라고 추측한다.

3단계: 자소·음소 대응 규칙 단계

자음과 모음을 모두 인식하고, 자소·음소 대응 규칙에 따라 정확하게 조합하여 낱말을 해독하는 시기이다. 본격적인 해독(decoding) 능력이 나타나는 시기로, 처음 보는 낱말도 철자와 음운 지식을 활용해 읽을 수 있게 된다.

4단계: 맞춤법적 읽기 단계

음운 변동이나 철자 구조까지 고려한 복잡한 해독 전략을 활용하는 시기이다. 단순한 자모 결합 원리를 넘어, 맞춤법, 표준 발음, 음운 변동 규칙을 적용해 복잡한 단어도 정확히 읽을 수 있다.

나. 글 읽기 발달

천경록(1999)은 읽기 발달을 7단계로 구분하였다. 다음은 글 읽기 발달의 각 단계를 정리한 것이다.

표 3. 읽기 능력 발달 단계(천경록, 1999)

단계	시기	특징
1. 읽기 맹아기	유치원 시기까지	• 읽기 학습에 선행해야 할 필수적인 준비도를 갖추는 단계
2. 읽기 입문기	초등 저학년 (1, 2학년)	• 문자를 지각하고 글자와 소리 관계를 인식하며 소리내어 읽는 단계, 음독 활동 중심
3. 기초 기능기	초등 중학년 (3, 4학년)	• 음독에서 묵독으로 넘어가는 과도기이며, 읽기를 통한 학습이 시작되는 단계 • 긴 문장을 의미 중심으로 끊어 읽기, 유창하게 읽기 등 독해의 기초 기능을 배움
4. 기초 독해기	초등 고학년 (5,6학년)	• 글을 통한 정보 획득 능력이 급속히 발전하는 시기로, 기초 기능 숙달 단계 • 글의 주제 파악, 행간 읽기를 통해 글쓴이의 숨겨진 뜻을 파악함
5. 고급 독해기	중학 1–2학년 (7, 8학년)	• 추론, 작가의 관점을 파악하고, 비판하는 단계
6. 읽기 전략기	중3–고등1년 (9, 10학년)	• 독자와 필자와의 사회적 상호작용을 이해하는 단계 • 초인지 능력 향상
7. 독립 읽기기	고등학교 2학년 이후	• 교양, 학문, 직업 세계의 읽기 단계

1단계: 독서 맹아기

아직 문자를 읽을 수는 없지만, 음성 언어와 문자 환경에 자연스럽게 노출되는 시기이다. 지각, 개념, 사회성 발달과 함께 음성 언어를 듣고, 문자 언어를 눈으로 접한다. 이 시기의 언어 경험은 향후 읽기 능력에 큰 영향을 미친다. Moats(1999)는 초등학교 입학 아동 간 어휘력 차이가 최대 15,000단어에 이른다고 보고했으며, Hart & Risley(2003)는 저소득층 아동이 중산층 아동보다 들어본 아는 단어 수가 3,200만 개 적다고 밝혔다. 이는 초기의 언어 환경 격차가 읽기 발달에 중대한 영향을 미친다는 점을 시사한다.

2단계: 독서 입문기

문자가 소리와 연결되어 있다는 사실을 인식하기 시작하는 시기로, 해독 능력을 익히는데 많은 인지적 노력이 요구된다. 한글은 비교적 배우기 쉬운 문자이나, 음성과 기호의 관계를 완전히 이해하는 데는 시간이 필요하다. 주로 초등 1~2학년에 해당하며, 음성 언어 중심에서 문자 언어 중심으로 전환되는 인지적 격변기이다.

3단계: 기초 기능기

해독이 점차 유창해지는 시기로, 초등 2~3학년 시기에 해당한다. 유창성은 글자의 소리를 자동으로 인식하고 빠르고 정확하게 읽는 능력이며, 독해의 필수 전제이다. 유창성이 부족하면 읽기에 과도한 노력을 기울여 독해에 집중하기 어렵고, 유창성이 확보되어야 문장 이해, 정교화, 점검 및 조정 등 고차 사고가 활성화된다.

4단계: 기초 독해기

책을 자신의 삶과 연결하며 의미를 찾는 능력이 중요한 시기이다. 독자는 단순 정보 수집을 넘어 책을 통해 정체성과 삶을 성찰하며, 읽기 전략을 반복적으로 학습하며 내면화한다. 이 시기의 독서 경험은 독서 습관 형성과 정체성에 결정적인 영향을 미친다. 삶과 연결된 독서를 경험한 학생은 책을 자발적으로 찾게 되지만 그렇지 못한 학생은 독서로부터 멀어지게 된다.

5단계: 고급 독해기

중학교 1~2학년 수준의 독자에게 해당한다. 이 단계의 독자는 책과 삶의 연관성을 인식하고, 신념과 행동의 변화를 모색한다. 단순한 줄거리 이해나 정보 파악을 넘어, '어떤 삶을 살아야 할지'에 대한 철학적 고민이 가능하다. 그러나 책이 단지 과제 수행 도구로만 활용되면 삶과의 연결이 단절되고 독서 동기도 낮아진다. 반대로 철학적 사유를 촉진하는 독서 경험은 장기적으로 성찰적이고 성숙한 시민으로 성장하는 밑거름이 된다.

6단계: 독서 전략기

중학교 3학년부터 고등학교 2학년 수준의 독자에게 해당된다. 이 시기의 독자는 비판적 읽기와 사회적 맥락을 고려해 글을 능동적으로 해석하며, 필자의 의도, 정보의 신뢰성, 논리성 등을 분석한다. 이를 바탕으로 자신의 관점을 유연하게 조정하거나 확장하고, 다양한 장르와 매체를 전략적으로 읽고 해석하는 능력을 갖춘다. 이 단계에서의 독서는 개인적 차원을 넘어 사회적 소통과 비판의 도구로 기능한다.

7단계: 독립 독서기

독립 독서기의 독자는 고정된 신념에 머무르지 않고 다양한 관점을 융통성 있게 수용한다. 한쪽 생각에 치우치기보다 다른 의견을 열린 태도로 받아들이며, 자신의 사고를 유연하게 조정할 수 있다. 이는 비판적 읽기 태도의 핵심이며, 독립 독서기의 중요한 특성이다. 또한 자신을 돌아보고 삶과 독서를 연결지으며, 모든 지식과 정보가 변화할 수 있다고 생각한다. 이러한 유연한 태도는 숙련된 독자로 성장하기 위한 핵심 자질이며, 평생 학습자로 나아가는 토대가 된다.

3. 기초 쓰기 발달

쓰기 능력은 크게 전사(transcription)와 의미 구성(composition)으로 나눌 수 있다. 전사는 쓰기의 기초로, 단어를 정확히 쓰는 표기(spelling)와 글자를 읽기 쉽게 쓰는 글씨쓰기(handwriting)를 포함한다. 표기는 음소를 문자로 옮기는 능력이며, 글씨쓰기는 운동 협응력·시각적 인식·쓰기 속도와 관련된다. 전사 능력이 자동화되지 않으면 쓰기의 유창성과 전반적인 수행이 어려워질 수 있다. 의미 구성은 글의 내용을 조직하고 표현하는 능력으로, 문장의 논리적 연결, 아이디어 전개, 문법적 구조 활용 등 사고를 언어로 표현하는 복합적 과정을 포함한다.

기초적인 쓰기 능력이란 음성을 문자로 옮기고, 생각을 낱말이나 간단한 문장으로 표현할 수 있는 수준을 말한다. 이 시기의 발달은 전사 능력을 익히는 동시에 문장 단위의 의미 구성에 익숙해지는 연습 단계로, 이러한 기초가 잘 형성될 때 이후 본격적인 작문 능력으로 자연스럽게 이어진다.

가. 낱말 쓰기 발달

이영자, 이종숙(1985)은 아동이 낱말을 쓸 때 사용하는 인지 전략의 발달을 5단계로 구분하였다. 다음은 낱말 쓰기 발달의 각 단계를 정리한 것이다.

표 4. 낱말 쓰기 발달 단계(이영자, 이종숙, 1985)

단계	특징
1단계	긁적거리기 단계
2단계	한두 개의 자형이 우연히 나타나는 단계
3단계	자형이 의도적으로 한두 개 나타나는 단계
4단계	글자의 형태가 나타나지만 가끔 자모의 방향이 틀린 단계
5단계	낱말 쓰기 단계 · 완전한 낱말 형태가 나타나지만 가끔 자모음의 방향이 틀린 단계 · 완전한 낱말 형태가 나타나고 자모음의 방향이 정확한 단계

1단계: 긁적거리기 단계

아동은 처음부터 글자를 쓰지 않고, 연필이나 색연필로 마치 그림을 그리듯 낙서를 하며 글쓰기 행동을 시작한다. 이 시기의 긁적거림은 단순한 그림과는 달리, 어른

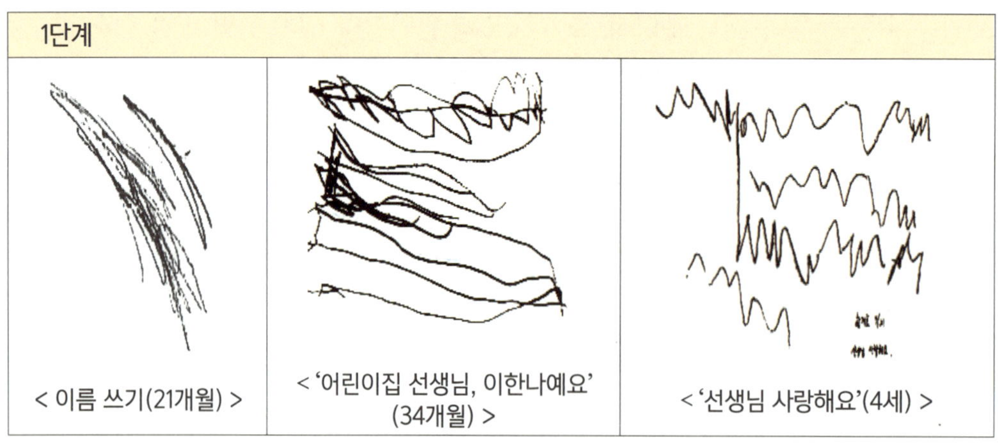

[그림 1] 1 단계(이영자, 2013)

의 글쓰기 모습을 흉내 내려는 무의식적 시도로 볼 수 있다. 한글을 구성하는 가로나 세로선이 반복적으로 나타나며, 점차 글자와 유사한 형태를 띠기 시작한다. 이러한 특징 때문에 이 시기를 '끄적거리기 단계'라 부른다.

2단계: 한두 개의 자형이 우연히 나타나는 단계

이 시기에는 단순한 선에서 벗어나, 가로선과 세로선이 조합되며 글자와 비슷한 모양이 나타난다. 이는 자음과 모음이 결합된 듯한 형태지만, 여전히 무의식적인 시도로 의도가 뚜렷하지 않다. 그래서 '우연히 나타나는 단계'라 불린다.

3단계: 자형이 의도적으로 한두 개 나타나는 단계

아동은 이제 자주 접한 글자들을 의식적으로 흉내 낸다. 반복 노출된 글자의 형태를 기억해 그것을 재현하려 시도하면서, 실제 글자와 유사한 자형이 나타난다. 이로 인해 '의도적인 자형 출현 단계'라고 한다.

2단계	3단계
< 우연한 자형이 나타남(4세) >	< '엄마' 라고 쓴 것(32개월) >

[그림 2] 2단계, 3단계(이영자, 2013)

4단계: 글자의 형태가 나타나지만 가끔 자모의 방향이 틀린 단계

이 단계에서는 본격적으로 글자 형태가 나타난다. 아동은 자신의 이름처럼 익숙한 낱말을 기억해 쓰기 시작하지만, 자음과 모음을 정확히 인식한 상태는 아니므로 자모의 방향이나 배열이 자주 틀리기도 한다. 글자를 '그리는' 방식에 가깝기 때문에 이러한 오류가 발생한다.

4단계	4단계
< 음절 수 인식 >	< 소리에 대한 철자 인식 >

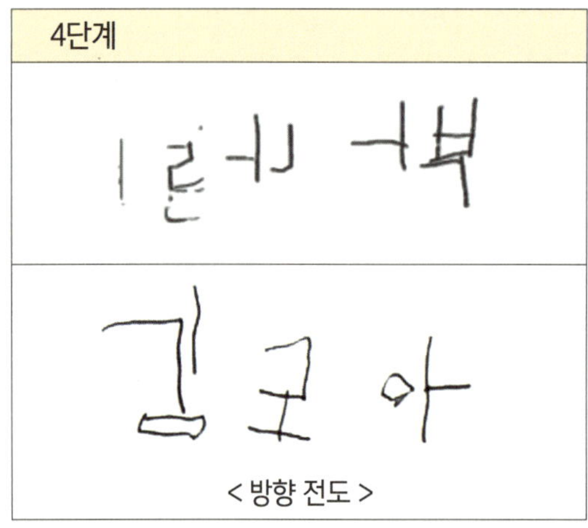

[그림 3] 음절 수 인식
(조선하, 우남희, 2004)

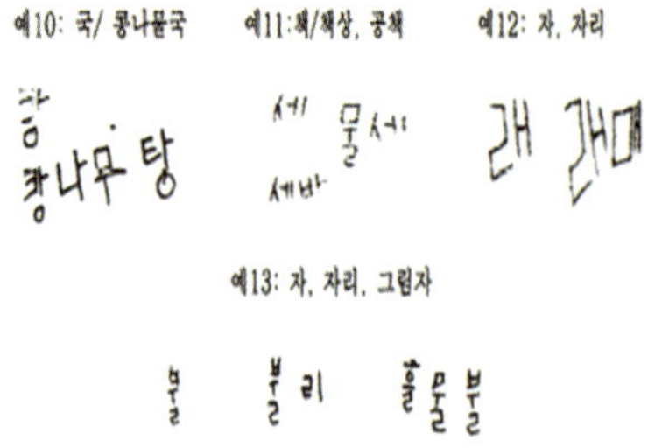

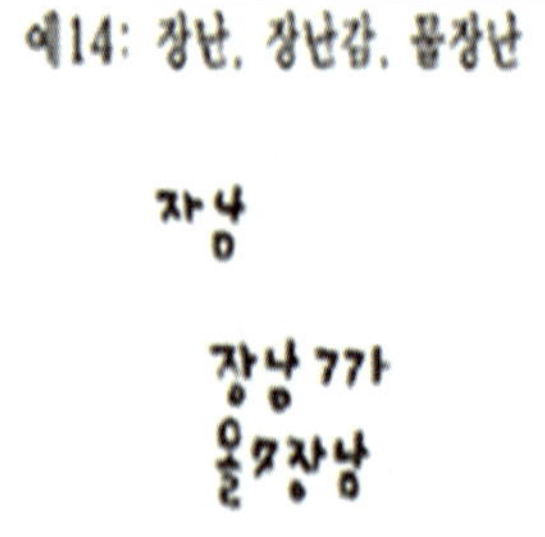

[그림 4] 소리에 대한 철자 인식
(조선하,우남희, 2004)

4단계
< 방향 전도 >

[그림 5] 방향 전도

5단계: 낱말 쓰기 단계

이 단계에서는 글자의 방향과 구조가 안정되며, 의미 있는 낱말을 구성할 수 있게 된다. 하위 단계로 구분된다.

- 하위 1단계: 완전한 낱말 형태가 나타나지만 가끔 자모의 방향이 틀린 단계아동은 '창안 글자 쓰기'(Invented spelling)를 통해 소리에 대응하는 글자를 스스로 구성한다. 이는 표준 철자에 도달하기 전, 아동이 자기 나름의 규칙으로 언어를 분석하며 쓰는 발달 과정이다.

• 하위 2단계: 완전한 낱말 형태가 나타나고 자모의 방향이 정확한 단계이제 낱말을 정확하게 쓰기 시작하며, 자모의 방향과 배열도 점차 안정된다. 자모 쓰기가 자동화되며, 아동은 글자가 의미를 담는다는 것을 인식하고, 낱말 단위의 쓰기를 점차 정교하게 수행하게 된다.

5단계	5단계
예15: 책/책상, 공책　　예16: 닭/까닭/닭장 책　　공책 책상　　닭 까닭 닭장	행주를 고양이를 읽어 주셨다. 슬펐다. 진짜

[그림 6] 불완전한 음-음절 연결 단계 (조선하, 우남희, 2004)　　[그림 7] 불완전한 음-음절 연결 단계

나. 글쓰기 발달

Bereiter(1980)는 글쓰기 발달을 5단계로 구분하였다. 다음은 글쓰기 발달의 단계를 정리한 것이다.

표 5. 쓰기 능력 발달 단계(Bereiter, 1980)

단계	시기	특징
1. 단순 연상적 쓰기	초등 1학년 까지	• 떠오르는 생각을 옮기는 수준의 글쓰기 단계 생각이 더 이상 떠오르지 않으면 글쓰기를 끝냄
2. 언어 수행적 쓰기	초등 2학년~ 5학년	• 표기법, 문법, 문단 형식, 장르적 관습 등 글쓰기 관습이나 규범을 지키며 글을 쓰는 단계 • 맞춤법에 맞게 쓰고자 하는 마음, 글씨를 바르게 쓰고자 하는 마음이 있음

3. 의사소통적 쓰기	초등 6학년~ 중학교 2학년	• 독자를 고려하며 글을 쓰는 단계 예상독자에게 잘 전달될 수 있도록 의미전달 효과를 고려하 면서 일정한 장치를 마련하여 글을 씀
4. 통합적 쓰기	중학교 3학년 이상	• 독자는 물론, 필자의 관점을 고려하여 글을 쓰는 단계 필자 스스로 글을 평가하며 피드백하여 글을 다듬을 수 있음.
5. 인식적 쓰기	고등학교 1학년 이상	• 창조적, 반성적 글쓰기 단계 쓰기를 통하여 새로운 인식을 창조하려 함.

1단계: 연상적 쓰기 단계

이 단계는 머릿속에 떠오르는 생각을 생각나는 대로 순서 없이 적는 시기이다. 대부분의 미숙한 필자는 이 단계에 머무르며, 떠오른 아이디어가 모두 소진되면 글쓰기를 멈춘다.

2단계: 언어 수행적 쓰기 단계

연상적 쓰기에 문법, 맞춤법, 문체 등 쓰기 관습이 자연스럽게 통합되는 단계이다. 필자는 다양한 쓰기 규칙을 의식하지 않아도 자동적으로 적용하며 문장을 쓸 수 있다. 이로써 쓰기의 유창성과 정확성이 향상된다.

3단계: 의사소통적 쓰기 단계

이 단계의 필자는 독자를 고려하여 글을 구성한다. 예상 독자의 입장에서 글내용을 조정하며, 자기중심적 쓰기에서 벗어나 필자의 의도와 전달을 명확히 하려고 노력한다.

4단계: 통합적 쓰기 단계

중학교 후반에 도달하는 이 단계에서는 독자뿐 아니라 자신의 관점도 함께 고려한다. 필자는 글을 통해 사고를 정리하고 성찰하며, 쓰기 후에는 스스로 평가하고 수정하여 글을 정교하게 완성한다.

5단계: 인식적 쓰기 단계

고등학교 수준 이상에서 나타나는 단계로, 쓰기를 통해 새로운 인식이나 통찰을 만들어내는 고차적 사고가 중심이다. 필자는 글을 통해 내면을 탐색하거나 사회 현상을 비판적으로 분석하며, 메타인지적 성찰을 바탕으로 글쓰기 그 자체를 성찰한다.

4. 독서 흥미 발달

이경화(2001)는 유아와 초등학생의 독서 흥미 발달을 5단계로 구분하였다. 학생들은 발달 단계에 따라 선호하는 읽을거리가 달라지므로, 교사는 이를 고려해 학생들의 독서 흥미를 높이고, 독서를 즐기는 태도를 형성할 수 있도록 도와야 한다. 다음은 독서 흥미 발달의 단계를 정리한 것이다.

표 6. 독서 흥미 발달 단계(이경화, 2001)

단계	시기	특징
옛이야기	4세 ~ 유치원	• 주변 사람, 사물, 성질, 관계 등을 반복적으로 익히는 단계 • 자신의 생활을 바탕으로 구성된 옛이야기에 흥미를 보임.
환상 동화	초등 1, 2학년	• 사회적 경험이 확장되며 규범과 역할에 관심이 생김. • 글 읽기를 시작하지만, 그림의 도움을 받아 이해하고 쉬운 단편 동화를 즐겨 읽음 • 우화나 환상 동화속 등장인물의 행동을 평가하려는 태도가 나타남
역사 이야기	초등 3, 4학년	• 자기중심적 사고에서 벗어나, 설화나 전설을 통해 현실을 재구성함 　- 신화, 전설, 환상과 현실이 결합된 이야기, 실존 인물 이야기, 우정과 모험 이야기에 흥미 가짐
지식과 논리의 시기	초등 5, 6학년	• 논리적 사고력이 발달하면서 새로운 지식 탐구에 관심을 보임 　- 정보책, 역사책, 서정 문학, 탐정,추리,공상과학 소설 등 논리와 상상력이 결합된 장르를 선호함

1단계: 옛이야기 단계

이 시기의 유아는 주변 사람과 사물의 이름, 성질, 관계 등을 이야기와 서사를 통해 반복적으로 익히며 언어 감각을 키운다. 특히 자신의 생활을 바탕으로 재구성된 옛이야기에 높은 흥미를 보인다. 이야기를 통해 세상에 대한 기초 개념을 형성하는 시기이며, 이 과정을 통해 말하기와 듣기 능력 또한 자연스럽게 발달한다.

2단계: 환상 동화 단계

사회적 경험이 확장되면서 새로운 상황에서의 규범과 역할에 관심을 갖는다. 글을 읽기 시작하지만 여전히 그림의 도움이 필요하며, 우화나 환상 동화 속 인물의 행동을 평가하려는 태도가 나타난다. 쉬운 단편 동화를 즐겨 읽으며, 독서를 통해 상상력을 키우고 독서에 대한 흥미를 더욱 높인다.

3단계: 역사 이야기 단계

자기중심적 사고에서 벗어나 타인의 입장을 고려하게 되며, 설화를 통해 현실을 재구성하는 활동을 즐긴다. 신화와 전설, 영웅 이야기, 우정 이야기, 모험 이야기 등에 관심을 가지며, 이를 통해 독립성과 사회성, 상상력을 확장한다. 이야기 속 인물에 감정이입하고, 보다 깊이 있는 이야기 구조를 이해하는 능력이 발달한다.

4단계: 지식과 논리 단계

논리적 사고력이 발달하면서 정보 중심의 책이나 역사 관련 도서에 대한 흥미가 높아진다. 동시에 서정 문학에 대한 정서적 감수성도 자라나며, 탐정 소설, 추리물, 공상과학 소설 등 논리성과 상상력을 함께 요구하는 장르를 즐겨 읽는다. 이 시기의 독서는 지적 호기심과 감성적 공감 능력을 함께 키우는 데 중요한 역할을 한다.

제2부 기초 문해 교육의 실제

1장

한글 해득 지도

1. 한글 해득의 개념

한글 해득은 글자를 소리로 바꾸고 그 의미를 이해하는 초기 읽기 능력뿐만 아니라, 말소리를 글자로 표현하고 단어의 뜻을 알고 쓸 수 있는 초기 쓰기 능력까지 포함하는 개념이다. 읽기와 쓰기의 초기 능력을 함께 포함하고 있다는 점을 강조하기 위해 '초기문해(Early literacy)'라는 용어를 사용하기도 한다. 초기문해는 한글 문해와 같은 뜻이며, 읽기와 쓰기의 초기 능력을 모두 지칭하는 말로 쓰인다. 초기 읽기는 눈으로 본 글자를 말소리로 바꾸고, 그 소리를 바탕으로 자신의 어휘 지식 속에서 해당 단어를 찾아 의미와 연결하는 과정을 의미한다. 초기 쓰기는 들은 말을 글자로 옮기고, 그 단어가 가진 의미를 알고 정확하게 쓸 수 있는 능력을 말한다.

한글 해득은 학습자가 학교 교육에 적응할 수 있는 기초 학습 능력을 기르고, 의사소통 능력을 신장시키고, 사회 생활의 기본 자격을 갖추기 위한 필수 요건이다. 한글을 읽고 쓸 수 있을 때에 의사소통 및 학습, 사회 생활이 가능해지기 때문이다. 또한, 또래와의 소통과 협력을 통해 건강한 공동체를 형성하는 데에도 중요한 역할을 한다. 한글 문해는 단순한 읽기·쓰기 기능을 넘어서 인간관계, 사회 참여, 학습 태도 형성 등 삶 전반에 영향을 미치는 핵심 역량으로서, 학습자의 인권과 사회 복지, 나아가 성공적인 학교생활과 긍정적인 또래 관계 형성에 결정적인 기반이 된다.

2. 한글의 특성

한글은 문자의 유형으로 보았을 때 음소 문자 및 자질 문자에 해당한다. 먼저 음소 문자는 문자 하나가 소리의 최소 단위인 음소와 1:1로 대응하도록 만들어진 문자 체계이다. 예를 들어, /ㄱ/ 소리를 나타내는 문자는 'ㄱ'인데, 이 음소 /ㄱ/은 '가지'와 '바지'처럼 단어의 뜻을 구별하는 최소 소리 단위이다. 한글은 이러한 특징 때문에 대표적인 음소 문자에 속한다. 음소 문자는 음절 문자에 비해 표음성이 더 강한데, 이는 더 다양한 소리를 정확하게 나타낼 수 있다는 의미이다. 예를 들어, 한글에는 'ㅓ, ㅡ, ㅐ, ㅚ, ㅟ'와 같은 단모음을 나타내는 모음자와 'ㅕ, ㅛ, ㅠ, ㅒ, ㅖ, ㅢ, ㅘ, ㅙ, ㅝ, ㅞ'와 같이 이중모음을 나타내는 모음자가 있어 다양한 소리를 표현할 수 있다. 음소 문자는 음절의 수보다 음소의 수가 적기 때문에 적은 문자의 수로 언어를 표기할 수 있다는 점에서 경제적이다.

같은 음소 문자라고 하더라도 변별성이 뛰어나고 체계성이 있어야 우수한 문자이다. 이러한 점에서 많은 외국의 언어학자들이 한글의 우수성을 칭찬하였다. 그 중 한 명인 샘슨 교수는 문자 체계 분류에서 한글만을 위해 자질 문자 체계를 따로 분류하였다(이병운, 2006). 자질 문자는 문자의 형상과 체계가 음성의 자질에 대응하는 문자 체계를 말한다. 한글은 사물의 형상을 본뜨는 상형, 획을 더하여 만드는 가획, 만들어진 문자를 합하여 만드는 합성이라는 세 원리에 의해 만들어졌다. 예를 들어, 자음자는 조음 위치에 따라 분류한 어금닛소리, 혓소리, 입술소리, 잇소리, 목구멍소리에서 가장 약한 소리를 기본음으로 하여 그것들의 조음 방법과 조음 기관의 모습을 상형하여 만들었다. 또한 모음자는 이집트 문자나 한자처럼 사물의 형상을 그대로 본뜬 것이 아니라, 하늘, 땅, 사람의 모습을 추상적으로 본떠 만들었다. 이처럼 한글은 음성의 자질을 문자의 형상에 체계적으로 반영한 자질 문자이다.

한글은 표기법에 있어서도 독특한 특성을 지닌다. 한글의 낱자는 음소를 단위로 나타내지만, 한글을 운용하는 방식에 있어서는 낱자를 조합하여 하나의 음절을 이루는 글자로 모아쓰는 방법을 사용한다. 로마자를 사용하는 영어 사용자들이 자모를 옆으로 나열해서 풀어쓰기를 하는 것과 대조적이다. 한글은 음소 문자이면서도 2~4개의 자모를 글자 단위로 표기하는 방식을 취한다. 이러한 한글 표기법은 시각적인 경계가 분명하다는 특성이 있어 글자에 대한 인식도가 옆으로 나열하여 쓰는 방식보다 높다. 또한 가로쓰기와 세로쓰기가 자유로우며, 음절 단위로 모아쓰기 때문에 공간의 활용도가 높다. 예컨대 공간이 좁은 안내 표지판이나 도로 교통 표지판 등에 유용하게 사용할 수 있다.

발신자의 의도를 수신자에게 효과적으로 전달하기 위해서, 문자는 간결성 이외에 표의성도 있어야 한다. 표음 문자인 영어 표기법이나 한국어 표기법에서는 표음 문자의 단점을 보완하기 위해 같은 소리이지만 표기를 달리하고 있다. 예를 들면 한국어 표기법에서 '낟, 낫, 낮, 낯, 낱' 등이 모두 [낟]으로 발음되더라도 뜻을 구분하기 위하여 달리 표기하는 방식이나, 영어 표기법에서 같은 발음의 [najt]지만 'knight'와 'night'로 달리 표기하는 방식이 모두 표음 문자의 단점을 보완하기 위한 것이다(이병운, 2006). 이러한 방식을 형태주의 표기법이라고 한다.

이와 관련하여 <한글 맞춤법>의 제1항에서는 다음과 같이 대원칙을 밝히고 있다.

제1항 한글 맞춤법은 표준어를 소리대로 적되, 어법에 맞도록 함을 원칙으로 한다.

'표준어를 소리대로 적는다.'라는 전제에, '어법에 맞도록 한다.'는 조건이 붙어 있다. 먼저 표준어를 소리대로 적는다는 것은 표준어의 발음을 따라 표기함을 의미한다. 맞춤법이라는 말은 음소 문자를 어떤 방법으로 조합하여(맞추어) 뜻을 드러내는 낱말로 표기할 것인지를 정한 방법이라는 뜻이 내재되어 있다. 이때 우리가 쓰는 표준어(말)를 표기하기 위해 자음자와 모음자를 결합하여 소리 나는 대로 쓴다는 것이 기본적인 전제라는 의미이다. 예를 들어 '나비', '고무'는 소리 나는 대로 적으면 그 자체로 뜻을 나타내는 낱말이 된다.

그런데 모든 낱말을 소리 나는 그대로 적을 수는 없다. 다음과 같이 소리 나는 그
대로 적을 경우 뜻을 잘 파악하기 어려운 경우가 많이 생기기 때문이다.

표 1. '꽃'의 여러 가지 발음

(1) [꼬ㅊ]	(꽃이)[꼬치]	(꽃을)[꼬츨]	(꽃에)[꼬체]
(2) [꼰]	(꽃나무)[꼰나무]	(꽃놀이)[꼰노리]	(꽃망울)[꼰망울]
(3) [꼳]	(꽃과) [꼳꽈]	(꽃다발)[꼳따발]	(꽃밭)[꼳빧]

이 경우 발음 그대로만 쓰면 쉽게 뜻을 파악하기 어려워 독서의 능률이 떨어지게
되므로 '꽃'은 소리 나는 대로가 아닌 원래의 형태를 밝혀 적게 된다. 이런 경우 때문
에 '어법에 맞게 맞도록 한다.'는 원칙이 추가된 것이다. 어법이란 언어 조직의 법칙,
또는 언어 운용의 법칙이라고 풀이된다. 어법에 맞도록 한다는 것은, 결국 뜻을 파악
하기 쉽도록 하기 위하여 각 형태소의 본모양을 밝히어 적는다는 말이다. 형태소는
단어의 기초 단위가 되는 요소인 실질 형태소와 접사나 어미, 조사처럼 실질 형태소
에 결합하여 보조적 의미를 덧붙이거나 문법적 관계를 표시하는 요소인 형식 형태
소로 나뉜다. 맞춤법에서는 각 형태소가 지닌 뜻이 분명히 드러나도록 하기 위하여,
그 본 모양을 밝히어 적는 것을 또 하나의 원칙으로 삼은 것이다.

다. 한글의 자모 체계

현대 국어에서 사용하는 한글의 자음자는 총 19개, 모음자는 21개이다.

우리말의 자음은 인체 내에서 소리가 만들어지는 다섯 가지 조음 기관을 본떠서
만들어졌다. 'ㄱ, ㄴ, ㅁ, ㅅ, ㅇ' 이 다섯 글자는 각각 조음 기관의 모양과 소리 나는 방
식을 시각적으로 형상화한 기본 낱자이다. 예를 들어, 'ㄱ'은 혀뿌리가 목구멍 뒤쪽을
막는 모습을, 'ㄴ'은 혀끝이 윗잇몸에 닿는 모습을, 'ㅁ'은 입술이 다물어진 입 모양을,
'ㅅ'은 날카로운 이빨 모양을, 'ㅇ'은 목구멍의 둥근 모양을 본떠 만든 글자이다.

이 기본 낱자를 바탕으로 글자의 형태를 변형하거나 획을 추가하여 다양한 자음

오음(五音)	기본자	본뜬 모양
아음(어금닛소리)	ㄱ	혀뿌리가 목구멍을 막는 모양
설음(혓소리)	ㄴ	혀가 위턱에 닿는 모양
순음(입술소리)	ㅁ	입모양
치음(잇소리)	ㅅ	이모양
후음(목소리)	ㅇ	목구멍 모양

글자를 만들어 냈다. 기본 낱자에 획을 더해 만든 9개의 자음자는 '가획자'라고 불리며, 이렇게 변형된 글자들은 각각 다른 발음의 소리를 나타낸다. 예를 들어, 'ㄱ'에 획을 하나 더하여 'ㅋ'을 만들 수 있다. 이러한 체계 덕분에 한글은 소리의 생성 원리를 시각적으로도 이해할 수 있는 매우 과학적이고 체계적인 문자로 평가받는다.

모음은 '홀소리'라고도 하는데, 이는 소리가 나올 때 입 안이나 목구멍 등 어떤 조음 기관에도 닿지 않고 홀로 나는 소리라는 뜻이다. 한글의 모음자는 조음 기관을 본떠 만든 자음과 달리, 철학적 사상을 바탕으로 만들어졌다. 훈민정음 창제 당시 '하늘, 땅, 사람'이라는 개념을 시각화하여 기본 모음 문자인 'ㆍ(아래 점)', 'ㅡ(가로선)', 'ㅣ(세로선)'를 만들었다. 하늘의 둥근 모양을 본떠 'ㆍ'를, 땅의 넓고 평평한 모양을 본떠 'ㅡ'를, 사람의 곧게 선 모습을 본떠 'ㅣ'를 각각 창조하였다. 이 세 기본 문자를 조합하여 'ㅗ, ㅜ, ㅏ, ㅓ' 같은 모음자를 만들었고, 다시 'ㆍ'를 두 번 결합하여 'ㅛ, ㅠ, ㅑ, ㅕ'와 같은 모음자를 만들어 총 11개의 모음 문자가 완성되었다. 이렇게 한글 모음은 자연과 인간을 담은 철학적 의미와 과학적 체계가 조화된 독창적인 문자 체계임을 보여준다.

한글은 자음자와 모음자가 합쳐져 하나의 글자를 이룬다. 한글 글자의 짜임은 크게 '자음자+모음자'와 '자음자+모음자+자음자'로 나눌 수 있다. 이 각각의 짜임에서 모음의 종류와 위치에 따라 세 가지 유형이 생긴다. 이렇게 한글은 총 6개의 글자 구조가 존재할 수 있는데 이를 정리하면 다음과 같다.[1]

표 3. 기본 자음자

자음자+모음자 (받침이 없는 글자)	좌우구조	자, 야, 마 등
	상하구조	요, 수, 묘, 모, 부 등
	상하우구조	과, 쥐, 화, 회, 최, 뇌 등
자음자+모음자+자음자 (받침이 있는 글자)	좌우받침구조	감, 말, 상, 일, 학 등
	상하받침구조	곡, 눈, 돈, 물, 불 등
	상하우받침구조	곽, 완, 원, 월, 권, 황, 횟 등

3. 한글 해득 지도 내용

가. 한글 문해 준비도

읽기와 쓰기를 하기 전에 학습자가 필수적으로 갖추어야 하는 몇 가지 측면이 있는데, 이를 한글 문해 준비도라고 한다. 한글 문해 준비도에는 단어를 인식하고 낱자를 익히는 데 기초가 되는 시지각 식별과 책의 구성 요소 인식 등이 있다.

한글 문해 준비도 학습 요소

- 도형의 위치 및 형태 변별
- 글자 형태 변별
- 책의 앞뒷면 구분하기
- 책 제목 및 역할 알기
- 읽기 방향 인식

---

1) 한글 글자의 구조에 대해 김홍기(2010)은 좌우구조, 좌우받침구조, 상하구조, 상하받침구조, 상하우구조, 상하우받침구조 6개의 순서로 제시하였다. <표 3>에서는 김홍기가 제시한 용어를 사용하되, 글자의 구조에서 받침 여부에 따라 크게 이원화하였다.

시지각 식별은 단순히 눈으로 정확하게 보는 능력만이 아니라 두뇌 작용에서 일어나는 시각적 자극의 해석 능력을 포함한다. 구체적으로 눈과 손의 협응, 도형의 형태 변별, 공간 관계 등 시·지각적 자극에 대하여 구별되는 자질을 인식하는 것이 있다. 학습자는 형태를 변별하고, 글자가 의미를 전달하는 용도로 쓰인다는 것을 알고, 도형과 구별되는 형태적 특징을 지닌다는 것을 인식해야 한다.

[그림 1] 도형의 첫머리의 차이 알기(김정권, 1992)

[그림 2] 책의 구성 요소 중 책 제목 찾기

책의 구성 요소 인식은 책의 앞뒷면 구분, 책 제목 및 역할, 읽기 방향 등에 대하여 인식하는 것이다(Rasinski & Padak, 2005). 책의 앞뒷면을 구분하고, 책 페이지를 왼쪽에서 오른쪽으로 넘기고, 책의 한쪽 면에서 윗줄과 아랫줄을 인식할 수 있어야 한다. 그리고 책 제목을 찾을 수 있고, 책 제목의 역할을 알고 있어야 하고, 책에서 글과 그림을 구분할 수 있어야 한다.

나. 음운 인식

음운 인식은 소리를 정확하게 듣고 구별하고 결합하는 능력을 말한다. 한글 문해 능력을 갖추려면 낱말을 이루는 낱자의 소리를 식별할 수 있고, 또 그런 소리들이 결합되어 낱말이 된다는 사실을 알며, 말소리의 최소 단위인 음소를 변화시킬 수 있어야 한다. Crowder(1982)에 따르면 영어 학습자의 음운 인식은 초등학교 1학년 무렵에 생긴다고 하였다. 윤혜경(1997)은 우리나라 아동의 음운 인식 발달이 영어 학습자의 음운 인식 시기보다 약간 빠르다고 하였다. 즉, 음절 인식은 약 4세에 시작되고, 음소 인식은 약 7세에 획득된다.

음운 인식 능력은 초기 읽기의 성공과 밀접한 관련이 있다. Crowder (1982)는 초기 독자가 두 가지 기능 즉, 문자 상징이 말소리 단위를 표상한다는 것과 말소리 단위는 음소라는 것을 알아야 한다고 하였다. 한글과 같은 표음 문자는 음운부호 처리를 하려면 반드시 낱자를 변별할 수 있어야 하고, 각 낱자의 음소를 알고 이를 결합할 수 있어야 한다.

음운 인식(소리 듣고 구별하기) 학습 요소

- 음운 인식 과제:
  - 단어 수준: 탈락(첫 단어, 끝 단어), 합성, 변별 등
  - 음절 수준: 음절 수 세기, 합성, 변별, 탈락, 대치 등
  - 음소 수준: 음소 수 세기, 합성, 변별, 탈락, 첨가 등
- 음운 단기 기억하기: 물건, 색깔 이름, 자모음 이름 등 빨리 말하기
- 음운 따라 하기: 일련의 수, 단어 등을 따라 말하기

음운 인식 과제는 글자가 아닌 말소리로 제공되어야 하며 단어, 음절, 음소 수준으로 제시될 수 있다. 각 수준에서 합성, 변별, 탈락, 대체 등의 조작을 할 수 있어야 하고, 음절 수준과 음소 수준에서는 들려주는 말소리에 음절과 음소가 몇 개 있는지 셀 수 있어야 한다. 음운 단기 기억은 그림이나 자모음을 보여주었을 때 그림 속 물건이나 색깔 이름, 자모음 이름을 빨리 말할 수 있는지와 관련이 있다. 음운 따라 하기는 수나 단어를 보면서 읽어주는 것을 따라 말하는 것을 의미한다.

음절 수준	
• 나무, 나비, 가위 중에서 첫소리가 다른 하나는 무엇인가요?	변별
• 꽃병에서 '병' 소리를 빼면 어떤 소리가 남을까요?	탈락
• 연 소리에 '필' 소리를 합하면 무슨 소리가 될까요?	합성
• 사과에서 '과'를 '자'로 바꾸면 무슨 소리가 될까요?	대치
음소 수준	
• 눈, 공, 길 중에서 처음 나는 첫소리가 다른 하나는 무엇인가요?	변별
• 무에서 '므(ㅁ)' 소리를 빼면 어떤 소리가 남을까요?	탈락
• 소에서 '스(ㅅ)' 소리를 '크(ㅋ)'소리로 바꾸면 무슨 소리가 될까요?	대치

[그림 3] 음운 인식 과제 중 음소 수준, 음절 수준 과제

다. 해독

해독(decoding)은 인쇄된 글자를 말소리로 전환시킬 수 있는 능력이다. 한글 문해에서 해독의 발달은 무엇보다 중요하다. 한글 문해에서 해독해야 하는 낱말의 범위는 주로 소리와 글자가 일치하는 낱말이다. 그리고 소리와 글자가 일치하지 않는 낱말이라도 기초 어휘에 해당되는 낱말이라면 소리 내어 읽을 수 있어야 한다.

단어 해독의 선행 요건은 바로 글자·소리 대응 지식이다. 읽기와 쓰기는 각 낱자들을 알고 쓸 수 있다는 것만으로는 충분하지 않고, 낱자와 말소리들을 연결시킬 수 있어야 한다. 낱자와 말소리의 연결은 일정한 규칙을 따르는데, 이것을 글자·소리 대응

지식이라고 한다. 글자·소리 대응 지식은 흔히 알고 있는 파닉스(phonics)로, 이것은 글자와 소리와의 규칙적 관계 등에 관한 지식을 말한다. 이러한 대응 규칙을 학습하면 모르는 단어가 나와도 당황하지 않고 발음을 시도해서 글을 읽고, 쓸 수 있게 된다.

글자·소리 대응 지식을 바탕으로 해독을 할 때 해독의 대상은 의미 단어와 무의미 단어 모두를 포함한다. 해독은 단어의 의미에 초점이 있는 것이 아니라 자음자와 모음자에 대응하는 소릿값을 알고 모음, 자음+모음, 모음+받침, 자음+모음+받침 등 글자의 짜임 유형에 따라 소리 내어 읽는 것에 초점이 있기 때문이다.

해독(낱말 소리 내어 읽기) 학습 요소

- 의미 단어 소리 내어 읽기
  - 글자와 소리 일치 낱말 소리 내어 읽기
  - 글자와 소리 불일치 낱말 소리 내어 읽기
- 무의미 단어 소리 내어 읽기

무의미 단어 소리 내어 읽기는 의미는 없지만 글자의 짜임 규칙에 맞게 만들어진 무의미 단어를 글자·소리 대응 지식을 사용하여 소리 내어 읽는 것이다. 그리고 의미 단어 소리 내어 읽기에서 의미 단어는 글자와 소리가 일치하는 단어와 글자와 소리가 일치하지 않는 단어로 구분할 수 있다. 글자와 소리가 일치하는 단어는 글자·소리 대응 지식을 그대로 적용할 수 있지만, 글자와 소리가 일치하지 않는 단어는 추가적인 발음 규칙을 이해해야 한다.

인쇄된 글자를 해독하기 위해서는 충분한 시간의 소리 듣기가 선행되어야 하며, 소리를 구별하고 조작하는 연습이 필요하다. 이러한 연습이 충분한 아이들은 모르는 단어를 읽을 때 글자·소리 대응 지식을 이용하여 소리 내어 읽어 낼 수 있는 능력이 향상된다. 만약 낱말을 소리 내어 읽는 해독이 정확하지 않고, 해독의 기초인 음운 인식에도 어려움을 겪는다면 난독증을 의심해 볼 필요가 있다.

라. 어휘력

한글 문해는 단순히 글자를 읽고 쓸 수 있는 상태가 아니라 특정한 낱말의 의미를 알고 읽고 쓸 수 있는 상태를 의미한다. 문자의 의미를 이해하여 읽고, 의미를 문자로 표현하여 쓰는 이러한 인지적 조작 과정에서 어휘는 핵심적인 위상을 지닌다. 이는 한글 문해의 수준을 결정하는 것이 바로 어휘력임을 의미한다.

아동의 구어 어휘력은 단어 재인에 영향을 준다(Stanovich, 1980). 단어 재인은 문자 기호를 지각하고 그것이 무엇인지를 마음속에 등록된 단어와 연결시키는 것을 말한다. 마음속에 등록된 사전은 '어휘망'(mental lexicon)이라고 한다. 초기독자는 어휘망이 풍부해야 다양한 낱말의 뜻을 이해할 수 있다. 만약 해독은 하였어도 어휘망이 부족하여 낱말의 뜻을 모르면 단어 재인을 하지 못한다.

어휘력은 한글 문해의 두 가지 경로(직접 경로와 간접 경로)에 모두 결정적인 영향을 준다. 음운 인식 능력이 낮은 초기독자는 한글 문해 과정에서 주로 직접 경로를 사용한다. 이들은 낱말을 단어 카드를 활용하여 통글자로 소리 내어 읽고, 그 소리를 가지고 자신의 어휘망으로 연결하여 그것으로부터 의미를 찾아낸다. 실제 3~4세 유아들은 음운 인식 능력이 낮기 때문에, 이들에게 그림과 함께 몇 가지 낱말을 들려주면 유아는 낱말 속의 소리에 주의를 기울이는 것이 아니라 그 낱말이 지닌 의미에 관심을 갖는 경향이 있다. 또한 음운 인식 능력이 있는 초기독자는 한글 문해 과정에서 주로 간접 경로를 사용한다. 이들은 음운결합 지식, 글자·소리 대응 지식 등의 음운부호 처리 과정을 통해 해독하고, 이것을 자신의 어휘망으로 연결하여 낱말의 의미를 파악한다.

어휘력 학습 요소

- 한글 문해를 위한 기초 어휘
- 낱말들 사이의 관계(반의어, 유의어, 상하위어)

한글 문해는 초기 읽기와 초기 쓰기를 가리키기 때문에 읽고 쓰는 대상이 되는 낱말은 기초 어휘를 의미한다. 국어과 교육과정에서 한글 문해의 교육 내용이 반영된 학년은 초등학교 1학년이기 때문에 초등학교 1학년 수준에서 필요한 어휘를 기초 어휘의 범주라고 할 수 있다. 또한 어휘력의 전제는 의미를 나타내는 단어이다. 해독이나 유창성을 연습하는 데에는 무의미 단어가 포함되기도 하지만, 한글 학습자의 어휘망에 있는 기초 어휘는 읽기와 쓰기에 사용되어야 하기 때문에 의미 단어이다.

기초 어휘는 개별 낱말로만 존재하는 것이 아니라 서로 관계성을 지닌다. 반의어, 유의어, 상하위어 등의 관계에 있는 어휘들을 서로 연결 지어 학습했을 때 어휘망을 형성할 뿐만 아니라 더 많은 어휘를 습득하면서 어휘망을 확장할 수 있다.

[그림 4] 그림 보고 낱말 찾기

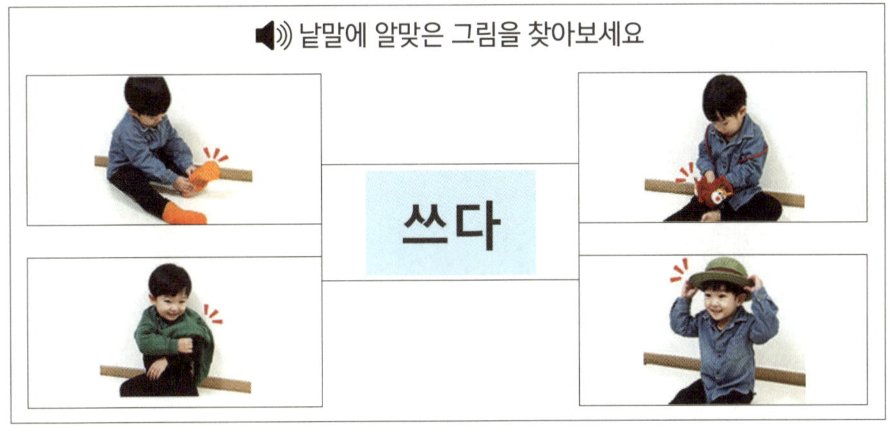

[그림 5] 낱말에 해당되는 그림 찾기

마. 글자 쓰기

글자 쓰기는 언어의 음성을 문자로 기록하고, 낱말의 의미를 알고 쓸 수 있는 능력으로, '전사'와 '글자쓰기(의미)'를 포함한다. '전사'(transcription)는 손으로 글씨를 쓰는 능력인 글씨쓰기(hand writing)와 철자에 맞게 쓰는 능력인 철자쓰기(spelling)가 합쳐진 개념이다(Beringer 외, 2002). 전사가 언어의 음성을 문자로 기록하는 것으로 덮어 쓰기, 따라 쓰기, 옮겨 쓰기(베껴 쓰기), 듣고 받아쓰기 등을 말하는 것이라면, 글자쓰기(의미)는 자신이 표현하려고 하는 의미를 가진 낱말을 떠올리고 그것을 문자로 기록하는 것이다.

초기쓰기의 경우, 낱자 지식, 글자 표기 지식, 음운 인식, 형태 인식, 어휘력 등 다양한 요인들이 쓰기 능력을 설명한다고 밝혀져 왔다(Kim 외, 2014). 아동은 처음에는 낱자 지식, 글자 표기 지식, 음운 인식, 소리·글자 대응 지식 등을 활용하여 전사를 할 수 있게 된다(Berninger 외, 2006). 그리고 점차 낱말의 의미에 초점을 두는 글자쓰기(의미)에 도달할 수 있게 된다. 초기에는 기계적인 기술, 즉 필기와 철자를 익히는데 중점을 두다가 학년이 올라갈수록 자신의 생각을 정리하고 표현하는 짧은 작문을 하게 된다(전병운 외, 2013). 전사가 자동화되어야 스스로 텍스트를 생성하는 작문이 가능해진다.

<table>
<tr><td align="center">글자 쓰기 학습 요소</td></tr>
</table>

- 낱자 획순에 맞게 쓰기
- 글자 표기(구조) 지식(가형, 고형, 귀형, 강형, 공형, 권형)
- 전사하기: 낱자 쓰기, 낱말 쓰기(덮어 쓰기, 따라 쓰기, 옮겨 쓰기)
- 낱말 듣고 받아쓰기
- 소리·글자 일치 낱말 쓰기
- 소리·글자 불일치 낱말 쓰기

한글 문해에서 글자쓰기 대상 낱말은 기본적으로 소리와 글자가 일치하는 낱말이다. 그리고 소리와 글자가 불일치하는 낱말이라도 기초어휘에 해당되는 낱말이라면 글자로 쓸 수 있어야 한다. 우리나라 아동의 쓰기 발달 단계 연구(양민화, 2006)를 보면, 글자 쓰기에서 음소와 자소가 대응을 이루는 단어들을 먼저 습득하며 그 이후 연음 규칙, 대표음화, 경음화, 자음동화 등의 음운 규칙이 포함된 단어들을 습득한다. 이 중에서 연음 규칙이 다른 음운 규칙보다 더 먼저 발달하므로 음운 변동 낱말 쓰기에서 연음 규칙을 먼저 지도하여야 한다

4. 한글 해득 지도 방법

가. 발음 중심 지도 방법

발음 중심 지도 방법은 정확한 읽기, 쓰기를 목표로 한다. 문자 언어의 가장 기초적인 기능인 자소-음소의 대응 관계를 이해하는 것이 가장 중요하다고 보는 방법이다. 따라서 자모가 가지고 있는 음가를 정확하게 가르치는 것부터 지도하고, 점차 낱말과 문장 수준으로 그 대상을 확대해간다. 읽기, 쓰기 학습에서 중요한 것은 '정확한 글자의 형태'이며 효율적인 읽기, 쓰기 학습이 이루어지기 위해서는 음소-글자의 대응 원리를 먼저 터득한 후에 관습에 맞게 정확한 발음으로 읽기를 하고 바른 철자로 글자 쓰기를 하여야 한다는 것이다.

이 방법은 관습적인 읽기, 쓰기에 비추어 얼마나 정확하게 읽기, 쓰기를 했느냐에 관심을 둔다. 발음 중심 접근법의 지도 내용으로는 청각 식별, 시각 식별, 시지각 운동, 눈의 좌우 진행 운동, 어휘에 대한 설명과 반복 연습, 글자와 소리의 연결, 새로운 낱말의 시각적 해독, 소근육 운동의 발달 촉진, 낱말 쓰는 시범보이기, 맞춤법이나 문법에 맞게 쓰기 등을 강조한다.

발음 중심 지도 방법은 한글 자모음의 체계를 논리적으로 이해하고 발음의 규칙성을 지도하는 데 유용하다. 특히 자소와 음소의 대응이 매우 규칙적이고 자모가 글자를 형성하는 원리가 명확한 한글의 장점을 최대한 발휘할 수 있는 방법이다. 몇 가지 원리만 이해하면 모든 글자를 읽을 수 있을 정도로 학습의 전이도 매우 뛰어나다. 그

러나 한편으로 너무 분석적이고 논리적이어서 한글 문해 교육을 받는 시기의 어린 학습자들에게는 적절하지 않다는 단점이 있다. 추상적이고 무의미한 단위를 강조하므로 학습자의 흥미나 동기를 유발시키기 어려울 수 있다.

표 4. 발음 중심 지도 방법의 장단점

장점	단점
· 자음자와 모음자를 결합하여 하나의 글자를 이루는 한글의 구조를 체계적이고 논리적으로 지도할 수 있음 · 문자에 음운(소리)을 대응시켜 발음의 규칙성을 지도할 수 있음 · 자소와 음소의 대응이 매우 규칙적인 한글 지도에 알맞음 · 글자에 유의하게 되므로 맞춤법 학습에 유용함	· 너무 분석적이고 논리적이어서 학생들이 이해하는 데 어려움이 있음 · 추상적이고 무의미한 단위까지 다루므로 학습 흥미의 유발과 지속이 어려움 · 의미보다는 문자 자체에 더 큰 관심을 갖게 되므로 독해 지도와 연계되지 않음 · 지나치게 자소와 음소 대응을 강조하게 되면 받침이 있는 음절, 음운 변동이 있는 낱말들을 읽고 쓰는 데 어려움을 겪을 수 있음

(1) 자모식

자모식은 자모법 또는 기역니은식 지도법이라고도 한다. 먼저 개별 자모의 소릿값을 익힌다. 그 다음에는 개별 자모의 소릿값을 결합하거나 분리하는 방식으로 익힌다.

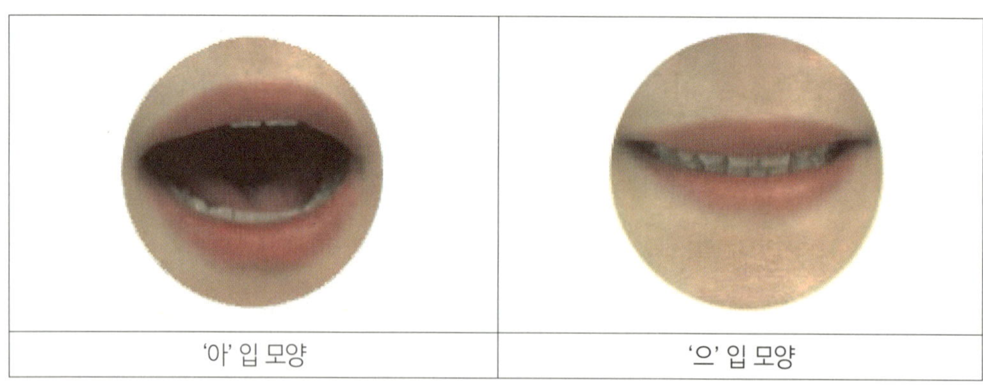

[그림 6] 자모식 지도 자료

'ㄱ'에 'ㅏ'를 더하면 '가'가 되고, 'ㅂ'에 'ㅓ'를 더하면 '버'가 된다는 식의 문자 지도 방법이다. 실제 지도에서는 기본 음절표를 활용하여 자모인 'ㄱ, ㄴ, ㄷ, ㄹ…..ㅎ'과 'ㅏ, ㅑ, ㅓ, ㅕ …….ㅣ' 등을 가르치고, 'ㄱ'에 'ㅏ'를 더하면 '가'가 되며, '가'에 받침 'ㄱ'을 더하면 '각'이 된다는 식으로 지도한다.

자모식은 문자라는 집합체를 구조적으로 분석, 인지할 수 있는 성인 교육에 효과적이나 추상적 인식 능력이 부족한 학생에게는 다소 어려움이 있다. 자음과 모음의 상대적 위치에 따라 문자 습득 순서가 달라지므로 순서를 고려하여 지도한다. 윤혜경, 권오식, 안신호(1995)의 연구에 따르면, 한글 글자 유형은 여섯 가지이며, 이 중 글자 구조 1형(가), 2형(고)을 보다 쉽게 학습하고, 4형(강)과 5형(곰)을 어려워하고, 3형(귀)과 6형(권)을 매우 어려워하는 것으로 나타났다.

자모식의 일종으로 제자 원리 중심 지도 방법도 최근에 관심을 받고 있다. 제자 원리 중심 지도 방법은 한글의 과학적 특성이 글자를 만드는(제자) 원리에 있으므로 이를 바탕으로 학습하면 그 효과가 더 있을 것이라는 생각에서 만들어진 방법이다. 교육학적으로 검증되지 않았다는 비판을 받기도 하지만 세계적으로 자신들이 사용하는 문자의 제자 원리를 알고 있는 나라가 드물기 때문에 우리나라에서만 할 수 있는 특화된 지도 방법이라는 의견도 있다.

훈민정음 해례본을 살펴보면 한글을 만든 방법이 상세히 제시되어 있다. 초성자는 말소리가 어떻게 나는가를 면밀히 관찰한 결과 발음 기관이 움직이는 모양 및 발음 기관 자체의 모양의 형상을 고려하여 기본자를 만들었다. 여기에 다시 획을 더함으로써 말소리의 세기에 따라 획을 더하는 가획의 원리를 반영하였다. 이 때 가획은 거센 소리를 나타내는 글자를 만들고 그 글자 모양을 결정하는 데 직접적인 영향을 미쳤다. 중성자는 초성자와 전혀 다른 방식으로 글자를 만들었다. 천, 지, 인 삼재와 그것을 조합한 초출자, 기본자와 초출자를 조합한 재출자의 방식으로 글자를 만든 것이다.

<찬찬 한글> 표지	<찬찬 한글> 지도 내용

[그림 7] 제자 원리 중심 지도 자료

　제자 원리 중심 지도의 장점으로는 한글의 과학적 특성을 반영할 수 있고, 글자가 만들어진 방법을 설명함으로써 학습자들에게 흥미를 유발할 수 있다. 또한 비슷한 형태의 낱자끼리 학습함으로써 학습 효과를 높일 수 있다. 반면 제자 원리 중심 지도의 단점으로는 제자 원리와 교육 원리 관계성에 대한 논의가 부족하다는 점을 대표적으로 들 수 있다. 또한 조음 위치에 따른 제자 원리는 알 수 있으나 어떤 조음 위치의 낱자를 먼저 가르쳐야 하는지는 알 수 없다는 단점이 있다.

(2) 음절식

　음절식은 음절법 또는 가가식 지도법이라고 한다. 음절을 중심으로 지도하는 방법에는 '체계적 자모 교수법'과 '동음절 연상법'이 있다. '체계적 자모 교수법'은 음절의 체계적인 조직표인 기본 음절표를 활용하여 먼저 '가갸거겨....'식의 개음절을 지도하고, 다시 여기에 받침을 덧붙여 폐음절 '각갹격격....' 등의 음절을 지도한 다음에 문장으로 확장하는 방식이다. 하나하나의 음절을 가르치되 그 음절의 구조와 결합 원리 그리고 각 자소의 음가를 비교할 수 있도록 분석적으로 가르친다.

　한 음절을 자소의 단위까지 분석하여 가르친다는 점에서는 자모식과 별 차이가 없으나, 기본 음절표를 사용하여 음절 사이의 자모와 그 자모의 음가를 체계적으로 비교 식별하게 함으로써 자소-음소 대응 관계를 지도한다는 점이 특성이다. 이 방법은 한글의 특성을 살려 문자 체계의 이해를 지도하는 것이다. 그러나 기본 음절표의 음절 140개 중 사용하지 않은 음절이 1/3이나 된다는 점을 고려할 때 효율적이지 못하다. 그리고 음운 변화에 따른 발음을 지도하기에 어려움이 있다.

표 5. 기본 음절표(일부)

모음 자음	ㅏ (아)	ㅑ (야)	ㅓ (어)	ㅕ (여)	ㅗ (오)	ㅛ (요)	ㅜ (우)	ㅠ (유)	ㅡ (으)	ㅣ (이)
ㄱ(기역)	가	갸	거	겨	고	교	구	규	그	기
ㄴ(니은)	나	냐	너	녀	노	뇨	누	뉴	느	니
ㄷ(디귿)	다	댜	더	뎌	도	됴	두	듀	드	디
ㄹ(리을)	라	랴	러	려	로	료	루	류	르	리
ㅁ(미음)	마	먀	머	며	모	묘	무	뮤	므	미
ㅂ(비읍)	바	뱌	버	벼	보	뵤	부	뷰	브	비

‘동음절 연상법’은 낱말 분석은 음절 수준에 머물고, 하나하나의 음절을 단위로 새로운 낱말을 형성하거나 분석하도록 연습을 시키는 방법이다. 예를 들면, ‘우리’라는 낱말을 ‘우유’의 ‘우’와 ‘머리’의 ‘리’로 분석하고, ‘우’자와 ‘리’자를 결합하여 ‘우리’라는 낱말을 만들어보는 것이다. 이 방법은 학습 과제의 최소의 단위가 음절이지만 기본 음절표를 사용하지 않는다는 점에서 체계적 자모 교수법과 차이가 있으며, 학습과제의 최소 단위가 음절이라는 점에서 낱말식과 구별된다.

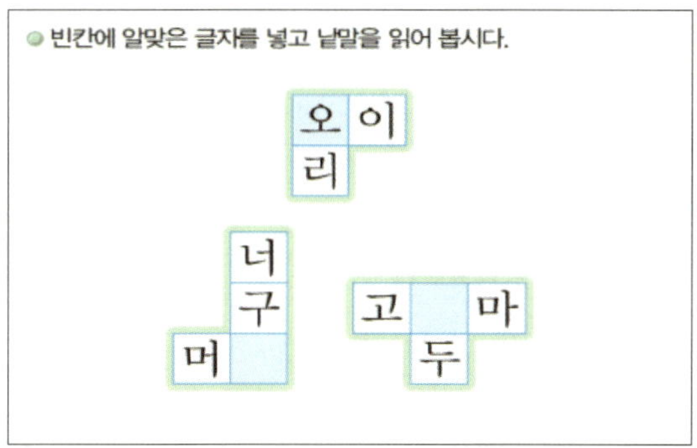

[그림 8] 동음절 연상법의 예시

나. 의미 중심 지도 방법

의미 중심 접근법은 읽기와 쓰기 과정이 언어의 상위 수준에서 시작하여 하위 수준으로 나아간다고 보는 하향식 관점에서 나왔다. 즉 가장 큰 언어 단위인 글 전체를 인식하고 이해하는 과정에서 문장, 낱말 등의 의미를 더 효과적으로 파악할 수 있다는 것이다. 하향식 관점은 언어 기능은 세분화되어 따로 따로 작용되는 것이 아니라, 통합적으로 작용된다고 보는 통합적 관점에 토대를 두고 있다.

능동적 읽기, 쓰기를 목표로 하는 의미 중심 접근법은 문자의 모양이나 구성 원리보다는 낱말 또는 문자의 의미 이해에 중점을 둔다. 음소나 낱자가 아닌 의미를 중심으로 언어를 가르치는 방식이다. 추상적인 낱자 수준이 아니라, 구체적인 낱말이나 문장이 학습의 대상이 되므로 학습자의 흥미를 유발시킬 수 있고, 단순한 문자 읽기보다 의미 파악이 중심이 된다.

이 방법은 어린 학습자의 발달 수준에 맞고 학습자의 흥미를 유발할 수 있다는 장점이 있다. 실생활에서 익숙한 소재를 중심으로 그림을 제시하여 반복적으로 지도함으로써 학습이 쉽고 흥미를 느낄 수 있다. 또한 제시된 글을 그대로 읽고 쓰는 것 뿐 아니라 의미를 확장하여 말하거나 생각해보는 활동과도 연계할 수 있다. 반면에 학습의 전이력은 떨어진다. 학습한 낱말과 문장만을 기억에 의존하여 알기 때문에 처음 보는 글은 읽기 어렵다.

표 6. 의미 중심 지도 방법의 장단점

장점	단점
• 낱말이나 문장을 하나의 단위로 읽어 나가기 때문에 의미 파악에 초점을 둘 수 있음 • 제한된 낱말, 문장만 지도하여 학습이 쉬움 • 실생활에서 익숙한 단어나 문장을 중심으로 지도하므로 학습의 흥미 유발, 지속적 관심을 유지할 수 있음 • 문자 읽기에 그치지 않고, 읽은 내용을 생활과 관련지어 말해 보는 방법을 곁들여 읽기와 말하기 지도를 병행할 수 있음	• 의미 파악에 과도하게 초점을 두어 정확한 발음을 지도하기 어려움 • 제한된 낱말, 문장만 지도하므로 학습량이 적음 • 일단 배운 글자는 그 형태 또는 기억에 의해 쉽게 읽을 수 있으나 배우지 않은 낱말이나 문장은 거의 읽을 수 없음 • 기억이 나지 않는 단어는 추측하여 읽게 됨

(1) 낱말식

낱말식은 낱말법이라고도 하며, '아버지', '우리' 등과 같은 낱말을 중심으로 지도하는 방법이다. 낱말식에서는 시각 어휘(sight word)나 학생들이 빈번하게 사용하는 낱말을 지도한다. 낱말식은 실생활에서 학습자에게 친숙한 낱말을 그림과 함께 익히게 하여 낱말을 통째로 익히는 방식이어서 쉽게 접근할 수 있고 흥미를 유발할 수 있다. 그러나 모든 글자를 일일이 시각화하여 지도하는 데 어려움이 있다. 주로 문자 학습의 초기에 시각 어휘화하기 쉽고 학습자에게 친숙한 어휘군을 중심으로 지도할 때 쓰인다. 예를 들어, 과일, 동물, 채소, 학용품 등은 낱말식으로 가르치기 좋은 어휘군이다.

| 낱말 카드 (앞면) | 낱말 카드 (뒷면) |

[그림 9] 낱말식 지도 자료

낱말식은 읽기와 쓰기 활동에서 모두 활용할 수 있으며, 낱말의 난이도에 따라 가르치는 순서를 조절해야 한다. 성숙자(2001)는 한글의 쓰기 지도 단계를 '개음절 낱말 쓰기 → 폐음절 낱말 쓰기 → 문장 쓰기'로 제안하였다. 첫 번째, '개음절 낱말 쓰기'로 시작하는 이유는 자소와 음소의 대응이 이루어져 소리 나는 대로 적는 것이 쉽기 때문이다. 개음절의 1음절 낱말은 형태소와 소리, 낱말이 일치하므로 1음절 낱말부터 시작해야 글자를 인식하기 쉬울 것이다. 받침이 없는 개음절어 중에서도 자음이 예사소리, 기본형 자음인 것, 모음이 단모음인 것부터 시작해야 한다. 두 번째, 폐음절 낱말 쓰기 단계에서는 종성은 소리 나는 대로 쓸 수 있는 것부터, 홑받침, 겹받침의 순서로 지도하여야 한다. 세 번째, 문장쓰기 단계는 폐음절 낱말이나 조사가 결합된 문장쓰기는 형태소에 대한 문법적 지식이 있어야 하므로 소리 나는 대로 쓰는 표기법 다음의 단계라고 본다.

(2) 문장식

문장식은 문장법이라고도 하며 처음부터 간단한 문장을 통하여 문자를 지도하는 방법이다. '나는 사과를 먹는다.'처럼 '누가, 무엇을, 어찌하다'로 구성되는 문장을 여러 가지 제시하여 기본 유형의 문장을 자연스럽게 익히게 하는 방법이다. 이 때 문장만 제시하기보다 그림과 함께 제시하거나 이야기 속에서 제시하여 의미 파악을 돕는다.

문장식 지도법은 사물에 대한 이해는 전체적 파악이 우선되어야 하며, 이를 통하여 부분의 분석으로 들어가야 한다는 구조주의 철학과 형태 심리학의 영향이 반영되어 있다. 전체 구조에 해당하는 문장을 문자 지도의 기본 단위로 삼고 있다. 이 방법은 언어 운용의 실제적 단위인 문장을 직접 다룸으로써 생활과 직결되고, 학생의 흥미를 북돋울 수 있는 장점이 있으나 문자·음가의 연결 등을 소홀하게 다루기 쉽다.

의미 중심 접근법의 특징은 낱말이나 문장 단위를 가르치더라도 보다 큰 단위인 텍스트 안에서 지도한다는 것이다. 정확한 읽기보다는 독자가 능동적으로 텍스트와 상호작용하며 문맥에서 자연스럽고 의미 있게 익히는 학습을 지향하기 때문이다. 이러한 지도를 위해서는 문학 작품, 그 중에서도 그림책이 대표적이고 매우 효과적인 교육 자료가 된다. 그림책은 독자가 글을 읽지 못해도 그림을 보고 의미 구성이 가능하고, 짧고 쉬운 글 텍스트를 통하여 낱말과 문장을 효과적으로 가르칠 수 있는 자료이다. 여기에는 예측 가능한 그림책, 글 없는 그림책, 글 있는 그림책 읽기 및 읽어 주기 등이 포함된다.

예측 가능한 책은 독자가 책을 읽으면서 다음에 무슨 말이 나올지 예측할 수 있도록 쓴 동화이다. 보통 이러한 책의 특징은 이야기의 길이가 짧고 낱말수가 적으며 문장 형태가 반복적이거나 점층적으로 이야기의 흐름을 보여주는 삽화가 삽입되어 있다. [그림 10]에서처럼 그림은 여러 가지 이야기를 보여주지만 상황을 설명하는 문장은 짧고 간결하게 표현되어 있다.

[그림 10] [나도 태워 줘](보리, 1996), 예측 가능한 책 활용

예측 가능한 책에는 반복되는 문장, 예측 가능한 이야기 흐름, 빈도수가 높은 낱말, 문장 반복, 그림이 제시되어 있다. 이런 반복과 변화는 좋은 소재일 뿐 아니라 문장에 익숙해지도록 해 준다. 또 글자 크기가 크며 학습자가 좋아하는 주제를 다루고 있다. 이야기의 결말을 예측, 추측할 수 있는 감각과 능력을 발달시키는데 도움을 준다. 학습자는 예측 가능한 그림책 읽기 및 읽어주기 활동을 통해 읽기에 대한 부담이 줄어들어 읽기와 쓰기에 자신감을 갖게 되고, 책 내용에 대한 이해력과 어휘력을 향상시킬 수 있다.

글 없는 그림책은 처음 글과 글자를 접할 때의 부담감을 줄이고 자유롭게 상상력을 펼치게 하는 데 유용하다. 글 없는 그림책을 통해 독자의 흥미를 유지하며, 상상력, 사고력, 어휘력을 풍부하게 할 수 있다. 각각의 그림이 지니는 의미를 탐구하고,

그림을 연결시켜서 이야기를 자유롭게 지어보는 활동을 한다. 또한 한글 해득이 되지 않은 경우라도 각 그림에 어울리는 이야기를 만들어 볼 수 있다.

글 있는 그림책 읽기는 어느 정도 글을 읽을 수 있는 학습자에게 적합하지만 정확히 읽을 필요는 없으므로 역시 독자의 부담을 많이 덜어줄 수 있다. 낱말이나 문장을 정확히 읽지 못하더라도 그림이라는 단서가 추론을 활발하게 해 주기 때문이다. 학습자는 자신이 아는 낱말과 문장 중심으로 글을 읽되 그림과 연관시켜 전체 글의 의미를 추론해 볼 수 있다. 이러한 활동은 이야기와 낱말에 대한 개념을 발달시키고, 글자의 개념과 글자를 탐구하는 능력을 발달시킨다.

다. 균형적 접근법

균형적 접근법은 1990년대 초부터 의미 중심 접근법으로 교육받은 학습자가 해독에 어려움을 겪는다는 문제점을 해결하고자 나온 방법이다. Rasinski(2013)는 균형적 접근법을 풍부한 독서 경험 제공과 성공적인 읽기에 필요한 기능 및 전략의 명시적 지도 간 '균형'을 이루는 것이라고 하였다. 균형적 지도 방법에서 '균형'은 문해력에 대한 포괄적인 시각을 바탕으로 교수학습을 운영하는 것을 뜻한다. 발음 중심 지도와 의미 중심 지도의 단순한 절충이 아니라 '균형'을 의미한다. 즉, 학생들에게 적합한 지도 방법을 탐색해가며 발음 중심 지도와 의미 중심 지도를 적절하게 사용하는 특성이 있다. 이때의 균형은 두 지도법의 균형뿐만 아니라, 흥미와 인위적 학습의 균형, 명시적·표준적 평가와 암시적 평가의 균형, 기초 문해력과 고등 문해력의 균형을 의미한다.

의미 중심에서는 의미 있고 상황적인 언어 사용이 가능하도록 문학 자료들을 가능한 한 많이 제공한다. 이는 읽기와 쓰기 활동들을 가능한 많이 경험시키고 문자에 대해 아동들이 동기와 흥미를 지속시킬 수 있도록 하기 위함이다. 그리고 발음 중심 접근법에서 강조하는 음운 지식, 자모 체계의 이해, 자소·음소의 대응 관계 이해, 낱자 지식, 단어 재인, 그리고 어휘력 등의 기초 기능들은 체계적이고, 직접적이며, 명시적인 방법으로 가르치기도 한다.

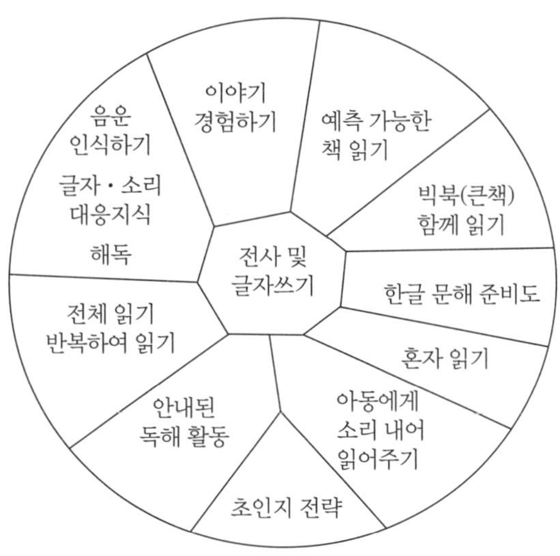

[그림 11] 균형적 접근법 지도 전략(Hammond, 1999)

위 그림에서 전체 학습량을 하나의 원으로 보면 그 원 속에 발음 중심 지도법은 음소와 음절의 변별, 대치, 탈락, 합성 등의 활동으로 구성되고, 의미 중심 지도법은 예측 가능한 책읽기, 이야기 경험하기 등의 활동으로 구성된다. 각 전략을 균형적으로 사용하고 있다. 즉, 의미 중심 학습법의 전략인 예측 가능한 책 읽기 활동을 하다가 학생이 특정 낱말을 소리 내어 읽지 못하는 경우 발음 중심 학습법의 전략인 글자-소리 대응 지식을 가르치는 형태로 학습자의 특성에 맞게 계속 변화를 주며 지도한다.

한글 지도를 하려는 교수자는 다양한 한글 지도 방법을 이해하고 활용할 수 있어야 하겠지만 그 원리나 방법에 얽매이기 보다는 학습자의 특성에 맞게 다양한 전략을 융통성 있게 활용하는 것이 필요하다. 한글 학습에서 필수적으로 다루어야 하는 내용을 음운 인식, 낱말 읽기, 글자 쓰기, 낱말 익히기, 자신 있게 읽기의 다섯 영역으로 나누고 각각의 학습 내용을 균형적 접근법을 활용해 지도할 수도 있다. 아래 그림은 교육부(2020년)에서 발간한 한글 교수 학습 자료인 『한글 한마당』이다. 이 자료는 균형적 접근법을 활용하여 한글 학습 요소별로 지도를 할 수 있게 만든 것이다.

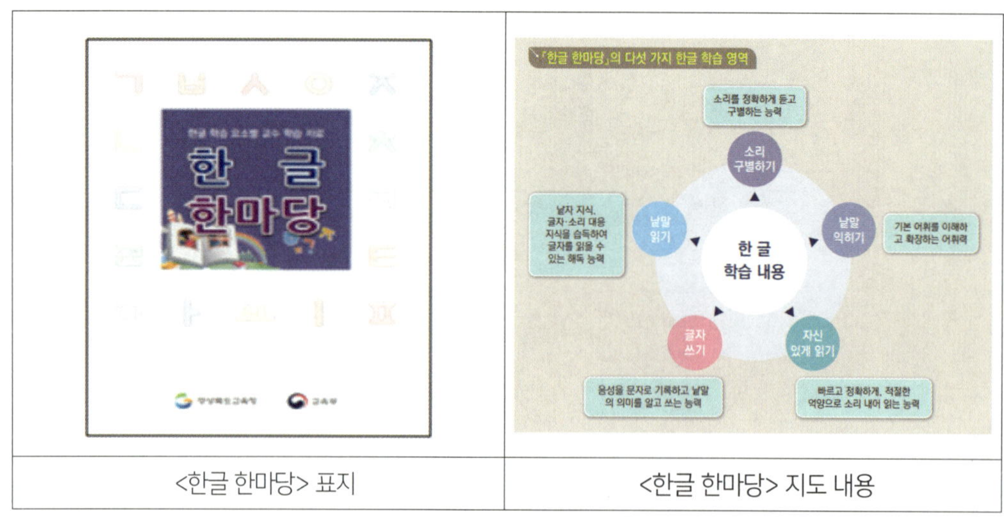

| <한글 한마당> 표지 | <한글 한마당> 지도 내용 |

[그림 12] 균형적 접근법 지도 자료

　균형적 접근법은 학습자의 개인차를 고려한 맞춤형 지도가 가능하고, 한글 읽기 및 쓰기와의 균형도 고려할 수 있다는 장점이 있다. 낱말의 의미를 알지만 해독에 어려움을 겪을 때는 발음 중심 접근법을 사용하고, 해독은 유창하지만 의미 파악에 어려움을 겪는 경우에 의미 중심 접근법을 사용하여 다양한 학습 방법을 융통성 있게 사용할 수 있다. 반면 다인 수 학급에서 학습자 개개인의 개별적 진단이 필요하다는 점은 단점이 될 수 있다. 학습자의 개인적 특성에 맞는 지도 방법을 판단하기 위해서는 교사의 전문성이 더욱 요구된다.

5. 한글 문해 검사 도구의 활용

　한글 문해 부진의 판별 기준은 진단 도구별로 제시한 평가 구인에 의해 결정된다. 한글 문해 부진 판별을 위해, 진단 도구들은 각 검사 도구에 맞는 부진 판별 기준을 마련한다. 그리고 진단 도구별 평가 구인과 세부 평가 요인의 성취 수준에 따라 학생의 한글 문해 수준을 결정한다. 한글 문해 부진 판별 결과는 학생의 평가 요인별 강점과 약점을 파악하는 데 도움이 된다. 한글 문해 진단 도구 두 가지를 소개하면 다음과 같다.

가. 한글 또박또박

'한글 또박또박'은 한글 책임 교육 정책의 일환으로 한국교육과정평가원에서 개발한 웹 기반 한글 문해 검사 도구이다. 한글 해득 수준을 짧은 시간 동안 체계적으로 평가 분석하고, 그 분석 결과에 따라 보충 수업 자료를 제공한다. 한글 또박또박의 특징은 다음과 같다.

- 교육과정을 기반으로 교과서와 연계하여 초등학교 1학년 1학기 한글 교육이 끝난 직후에 한글 해득 여부를 진단할 수 있다.

- 진단 결과에 따라 개별 학생에게 필요한 보충 교육 교재를 무료로 다운로드 받아 지도할 수 있도록 구성되어 있다. (예: 찬찬한글)

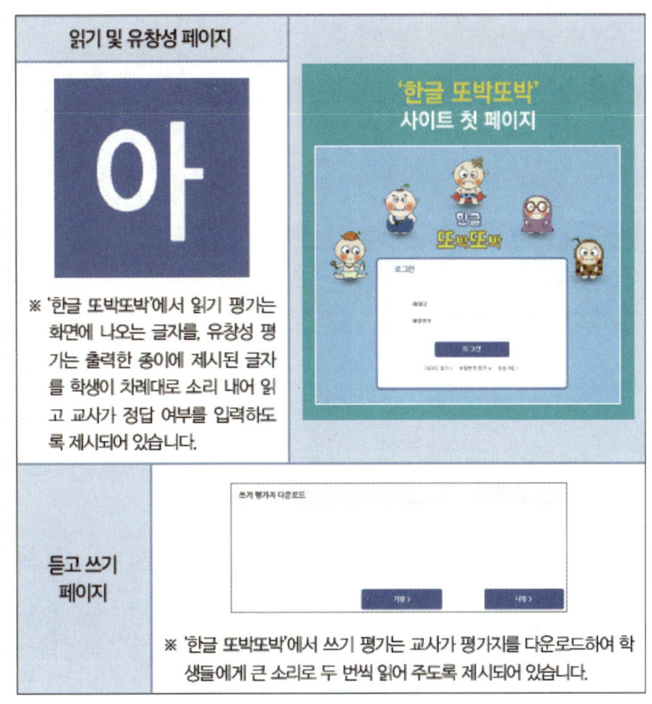

[그림 13] 한글 또박또박 초기 화면 및 평가 화면

- (가)형과 (나)형의 동형 검사로 구성되어 보충 교육 이후 학생의 최종 도달도 파악에 용이하다.

한글 또박또박의 진단 영역은 한글의 자·모음 및 결합 법칙에 근거하여 글자·소리 대응, 단어 읽기, 듣고 쓰기, 유창성으로 구성되어 있다. 글자-소리 대응 영역에서는 자음과 모음을 소리내어 읽을 수 있는지 확인하고, 단어 읽기와 듣고 쓰기 영역에서는 의미 단어와 무의미 단어를 읽고 쓸 수 있는지 확인한다. 그리고 유창성 영역에서는 단어 유창성과 문장 유창성을 평가한다.

한글 또박또박의 분석 결과 보고서에서 학생의 한글 해득 정도와 학생의 오반응 내역을 확인할 수 있다. 교사는 보고서에 결과 분석과 연계하여 제시된 보충 교재 '찬찬한글'을 인쇄한 후 개별 교육을 실시한다. 보충 교육 이후 한글 또박또박 (나)형으로 재검사를 실시하여 지도 결과 학생의 한글 문해 수준이 향상되었는지 알아볼 수 있다.

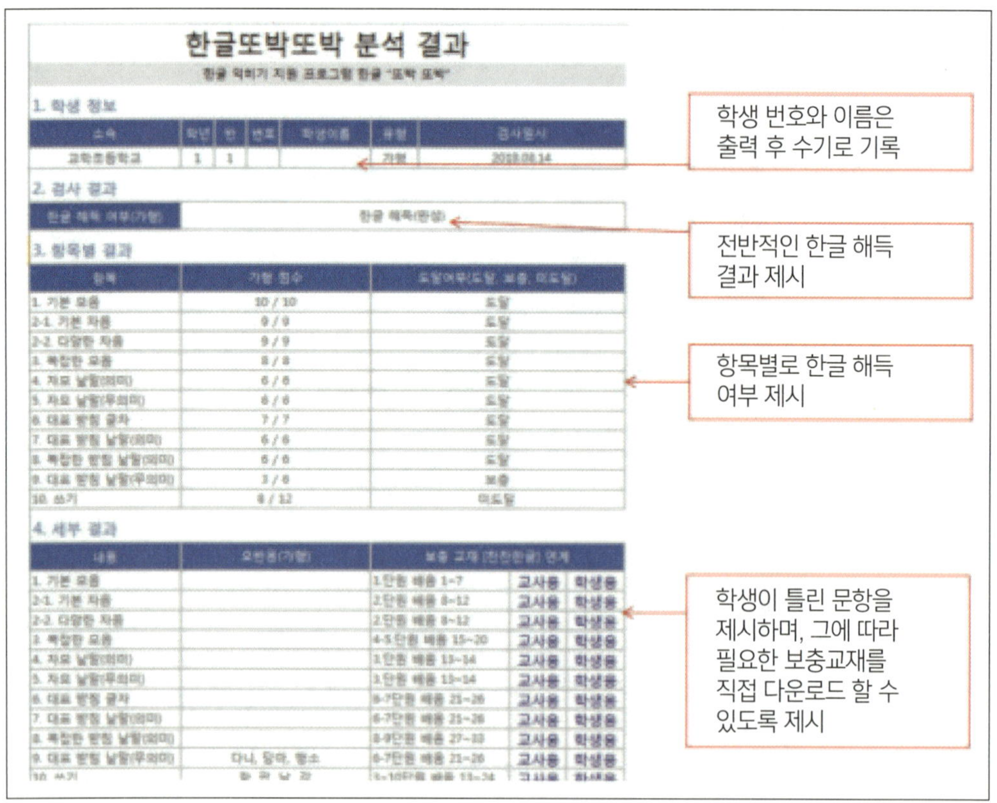

한글또박또박 분석 결과

한글 익히기 지원 프로그램 한글 "또박 또박"

1. 학생 정보

소속	학년	반	번호	학생이름	유형	검사 일시
교학초등학교	1	1			가형	2019.06.14

2. 검사 결과

한글 해득 여부(가형)	한글 해득(완성)

3. 항목별 결과

항목	가형 점수	도달여부(도달, 보충, 미도달)
1. 기본 모음	10 / 10	도달
2-1. 기본 자음	9 / 9	도달
2-2. 다양한 자음	9 / 9	도달
3. 복잡한 모음	8 / 8	도달
4. 자모 낱말(의미)	6 / 6	도달
5. 자모 낱말(무의미)	6 / 6	도달
6. 대표 받침 글자	7 / 7	도달
7. 대표 받침 낱말(의미)	6 / 6	도달
8. 복잡한 받침 낱말(의미)	6 / 6	도달
9. 대표 받침 낱말(무의미)	3 / 6	보충
10. 쓰기	4 / 12	미도달

4. 세부 결과

내용	오반응(가형)	보충 교재 (찬찬한글) 연계		
1. 기본 모음		1단원 배움 1~7	교사용	학생용
2-1. 기본 자음		2단원 배움 8~12	교사용	학생용
2-2. 다양한 자음		2단원 배움 8~12	교사용	학생용
3. 복잡한 모음		4-5단원 배움 15~20	교사용	학생용
4. 자모 낱말(의미)		3단원 배움 13~14	교사용	학생용
5. 자모 낱말(무의미)		3단원 배움 13~14	교사용	학생용
6. 대표 받침 글자		6-7단원 배움 21~26	교사용	학생용
7. 대표 받침 낱말(의미)		6-7단원 배움 21~26	교사용	학생용
8. 복잡한 받침 낱말(의미)		8-9단원 배움 27~33	교사용	학생용
9. 대표 받침 낱말(무의미)	다니, 당마, 멍소	6-7단원 배움 21~26	교사용	학생용
10. 쓰기	랑 규 남 강	1-10단원 배움 13~34	교사용	학생용

나. 웰리미[2]

'웰리미'는 한국초등국어교육연구소와 (주)미래엔이 만든 웹 기반 한글 문해 진단 검사 도구이다. PC와 스마트 기기를 활용하여 학생이 개별적으로 검사에 응할 수 있다는 장점이 있다. 또한 영역별 검사 결과에 따라 맞춤형 피드백을 제공한다. 웰리미의 특징은 다음과 같다.

- 한글 문해 구성 요소별로 학생들의 한글 문해 수준을 진단하며, 진단 결과에 따른 맞춤형 한글 학습 정보를 안내한다.
- 온라인상에서 진단이 이루어질 뿐만 아니라 안내 영상, 지시문, 신호음 등을 사용하여 사용자가 스스로 구동할 수 있어 대단위 검사가 가능하다.
- 웹 기반 진단 검사에 스토리텔링을 적용하여 검사 중 학생의 흥미를 지속적으로 유지할 수 있다.

웰리미 진단 검사는 온라인으로 이루어지기 때문에 홈페이지(http://hg.mirae-n. com)에 접속하여 진단 검사를 진행한다. 웰리미의 진단 영역은 크게 한글 문해 준비도, 음운 인식, 해독 및 낱말 재인, 문장 청해, 글자 쓰기, 유창성의 여섯 개 영역으로 구성되어 있다. 진단 검사 영역별 개요는 [그림 14]와 같다.

웰리미 한글 문해 진단 검사의 경우 검사를 하고 나면 바로 검사 결과를 살펴볼 수 있다. 검사 결과는 크게 개인별 총점 및 영역별 점수를 제공하고, 각 영역의 세부 요소별 진단 결과를 제공한다. 개인별 총점과 영역별 점수는 그래프를 통해 한눈에 볼 수 있게 제공하고, 평가 기준 점수와 비교해 피검사자가 어느 정도 성취를 이루었는지 상, 중, 하로 구분하여 제시하고 있어, 피검자가 잘하는 영역과 부족한 영역을 쉽게 파악할 수 있다. 영역별 진단은 각 영역별로 점수와 분석 결과, 학습 방향을 각각 제공한다. 분석 결과로 영역 내에서 구체적으로 어떤 능력을 갖추고 있는지, 어떤 능력이 부족한지를 파악할 수 있다. 또한 학습 방향을 제시하여 영역 내에서 학습자가 부족한 부분을 신장할 수 있도록 도움을 준다.

---

2) Web-based Early Literacy Learning Lee Kyeong Hwa & MiraeN's Hangeul Standard Assessment

▩ 한글 해득 준비도

도형 및 글자를 변별하고, 인쇄물에 대한 개념이 형성되었는가?

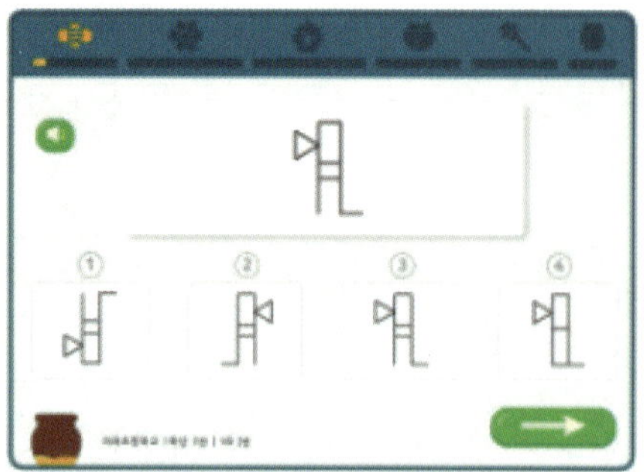

▩ 해독 및 낱말 재인

글자와 소리를 대응하여 낱말을 소리 내어 읽고, 낱말의 뜻을 아는가?

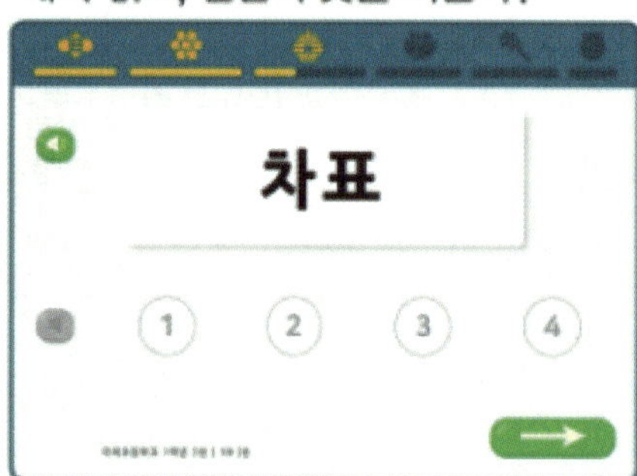

▩ 글자 쓰기

기초 어휘에 해당하는 낱말을 정확하게 쓸 수 있는가?

▩ 음운 인식

소리를 인식 및 조작하고, 소리의 순서를 이해할 수 있는가?

▩ 문장 청해

다양한 문장을 듣고 문장의 의미를 이해할 수 있는가?

▩ 유창성

낱말과 문장을 정확하고 빠르게 읽을 수 있는가?

[그림 14] 웰리미 한글 진단 검사 영역별 개요

2장

글자 쓰기 지도

1. 글자 쓰기의 개념

글자 쓰기는 언어의 음성을 문자로 기록하고, 낱말의 의미를 알고 쓸 수 있는 능력으로, 전사(transcription)와 글자쓰기(의미)를 의미한다. 전사는 글씨 쓰기와 철자 쓰기을 일컫는다[3]. 글자쓰기(의미)는 자신이 쓰는 낱말의 의미를 알고 글자를 쓰는 것을 말한다.

초기쓰기의 경우, 낱자 지식, 글자 표기 지식, 음운 인식, 형태 인식, 어휘력 등 다양한 요인들이 쓰기 능력을 설명한다고 밝혀져 왔다(Kim 외, 2014). 아동은 처음에는 낱자 지식, 글자 표기 지식, 음운 인식, 소리·글자 대응 지식 등을 활용하여 '전사'를 할 수 있게 된다(Berninger 외, 2006). 그리고 점차 낱말의 의미에 초점을 두는 글자쓰기(의미)에 도달할 수 있게 된다.

---

3) 전사는 글씨쓰기(handwriting)와 철자쓰기(spelling)가 합쳐진 개념이다. ① 글씨쓰기는 관습적으로 글자를 쓰는 방식이나 모양에 맞게 쓰는 것을 말한다. 낱자를 쓰는 획순을 알고 쓰기, 자음자는 왼쪽이나 위쪽에, 모음자는 오른쪽이나 아래쪽에 위치하도록 쓰기, 자음자를 먼저 쓰고 모음자를 나중에 쓰기 등이 포함된다. ② 철자쓰기는 관습적 어법에 맞게 쓰는 것을 말하며 맞춤법에 맞게 쓰기, 띄어쓰기 규칙에 맞게 쓰기 등이 포함된다. 기초적 쓰기 수준에서 필요한 철자 지식은 학습자에게 친숙하고 빈번하게 사용하는 단어 중 글자와 소리가 불일치하는 단어의 철자, 기본적인 띄어쓰기의 원칙 정도이다(이수진, 2018).

글자 쓰기 지도는 학습자의 기초 학습 능력 형성과 매우 밀접한 관련이 있다. 초등학교 입학 시기는 문자 학습이 본격적으로 시작되는 입문기로, 이 시기를 기점으로 학습자는 음성 언어 중심의 소통에서 벗어나 문자 언어를 통해 생각과 감정을 표현하고 타인과 소통하는 능력을 키우게 된다. 특히 글자 쓰기는 단순히 문자를 베껴 쓰는 활동이 아니라, 말과 글 사이의 관계를 이해하고 언어 구조를 인식하는 데 중요한 역할을 한다. 즉, 글자 쓰기를 통해 학습자는 자신의 사고를 정리하고 조직하는 법을 배우며, 점차적으로 문장과 문단 단위의 표현으로 발전시켜 나간다.

또한 글자 쓰기는 단순한 언어 학습을 넘어 인지 발달과도 깊은 연관이 있다. 필기구를 손에 쥐고 글자를 한 획씩 쓰는 과정은 소근육의 발달을 돕는 동시에, 뇌를 자극하여 학습자의 주의 집중력과 기억력 향상에도 긍정적인 영향을 준다. 글자를 쓰는 동안 학습자는 자신이 쓴 글자 모양을 인지하고 조절하면서 시각적, 운동 감각적 피드백을 지속적으로 받아들이게 된다. 이러한 과정을 반복하면서 뇌의 다양한 인지 기능이 활성화되고, 결과적으로 글을 통해 생각을 논리적으로 전개하는 고차원적 사고 능력으로까지 확장될 수 있다. 따라서 입문기 글자 쓰기 지도는 단순한 문자 교육이 아니라 학습자의 전반적인 학습 역량과 인지 발달을 위한 중요한 기반이 된다고 할 수 있다.

2. 글자 쓰기의 요소

글자 쓰기 능력을 갖추었다고 판단하기 위해서는 소리에 맞는 자모음자 쓰기, 필순에 맞게 쓰기, 글자의 짜임에 맞게 쓰기, 맞춤법에 맞게 쓰기 등을 할 수 있어야 한다. 교육부(2024)에서 제시한 글자 쓰기 학습 요소를 제시하면 다음과 같다.

표 1. 글자 쓰기 주요 학습 요소(교육부, 2017:407-408)

단계	세부 단계		학습 요소
준비 단계	집필 자세		연필 바르게 잡기
			바른 자세로 글자 쓰기
학습 단계	낱자 쓰기	필순	필순에 맞게 자음자 쓰기
			필순에 맞게 모음자 쓰기
		모양	자음자 모양 바르게 쓰기(초성, 종성)
			모음자 모양 바르게 쓰기
		간격	세로선에 맞추어 쓰는 낱자 쓰기
			가로선에 맞추어 쓰는 낱자 쓰기
			가로세로 선을 맞추어 쓰는 낱자 쓰기
			세로선의 간격이 일정해야 하는 낱자 쓰기
			사선의 간격이 일정해야 하는 낱자 쓰기
	글자 쓰기	모양 (자형)	기울인 세모형(◁) 글자 쓰기
			바른 세모형(△) 글자 쓰기
			마름모형(◇) 글자 쓰기
			네모형(□) 글자 쓰기
			기타 모양 글자 쓰기
		간격	자간을 유지하며 낱말 쓰기
			띄어쓰기 간격을 유지하며 어절 쓰기
확장 단계	일반 정서법		바른 자세로 쓰기
			필순에 맞게 쓰기
			글자 모양 바르게 쓰기
			문장 부호 바르게 쓰기
			알맞은 간격으로 띄어 쓰기

3. 글자 쓰기의 오류 유형

글자 쓰기를 할 때 어려움을 겪는 아동들의 반응을 관찰하면 크게 다음과 같은 유형으로 나눌 수 있다(이수진, 2018).

가. 글자의 모양과 크기, 간격 조절이 어려움

아동들은 관습적인 글자를 익히기 이전부터 이미 글자에 대한 흥미와 모방하려는 경향을 자연스럽게 드러낸다. 이는 낙서와 비슷한 형태로 나타나며, 단순히 의미 없는 선이나 곡선으로 보일 수 있지만, 실제로는 글자 쓰기를 배우기 위한 초기 시도이자 표현 욕구의 발현이다. 이러한 시기는 '발생적 문해력' 단계라고도 하며, 아동들은 주변에서 본 글자의 형태를 흉내 내며 '쓰기 흉내'를 내기 시작한다. 이처럼 쓰기에 대한 내적 동기는 매우 이른 시기부터 시작되며, 본격적인 문자 학습의 토대를 형성한다.

아동들이 글자를 쓰는 과정에서 보이는 여러 가지 어려움은 단순한 부주의나 연습 부족 때문이 아니라, 쓰기와 관련된 기초 능력의 미성숙에서 비롯된다.

- 선긋기가 바르지 않고 방향 조절이 어려움
- 자모음자, 글자의 모양이 이상하여 알아보기 어려움
- 글자 크기와 간격 조절이 일정하지 않고 불균형함
- 낱말이나 문장을 쓸 때 복잡하고 비좁게 씀

이런 현상은 손의 소근육 조절 능력이 부족하거나 시각과 손의 운동 협응이 충분히 일어나지 않는 것이 문제이다. 예를 들어, 선 긋기가 바르지 않고 획의 방향을 자유롭게 조절하지 못하는 경우는 손의 미세한 움직임을 조절하는 소근육 기능이 아직 충분히 발달하지 않았기 때문이다. 이로 인해 자음과 모음, 글자의 형태가 일그러지거나 왜곡되어 글자를 알아보기 어렵게 되는 경우가 많다. 또한, 글자의 크기가 일정하지 않거나 글자 간의 간격이 불균형하게 나타나는 문제도 자주 보인다. 이런 경우 글자를 너무 크게 쓰거나 너무 작게 써서 전체적인 문장 구성의 시각적 흐름이 깨지며, 낱말이나 문장을 지나치게 복잡하고 비좁게 쓰는 습관으로 이어질 수 있다. 기계적인 쓰기 기술의 부진은 신경학적 장애로 인해 나타나기도 하지만 평균 지능의 아동들에게서도 빈번하게 나타나는 문제로서 초기 쓰기 수행을 어렵게 하는 요인이다.

나. 보고쓰기나 베껴쓰기가 제대로 안 됨

스스로 글자를 쓰는 데 어려움을 겪는 아동들 중에는 보고쓰기나 베껴쓰기 활동조차 원활하지 못한 경우가 많다. 이들은 제시된 글자나 문장을 그대로 따라 쓰는 과제에서도 상당한 어려움을 보이며, 쓰는 데 시간이 오래 걸리고 오류도 자주 발생한다. 특히 짧은 문장이나 단어조차 정확하게 옮기지 못하고, 필사 과정에서 많은 실수를 저지르며, 글자의 형태를 일관되게 유지하는 데에도 어려움을 겪는다. 이러한 아동은 단순히 '글자를 모른다'기보다는 '보는 것과 쓰는 것을 연결하지 못한다'는 점에서 그 어려움의 본질이 드러난다. 따라서 보고쓰기와 베껴쓰기의 부진은 단순한 연습 부족이나 주의력 문제로만 판단해서는 안 된다. 이러한 어려움은 실제로 다양한 구체적 형태로 나타난다.

- 자모음자의 모양을 정확하게 쓰지 않음
- 글자의 필순에 맞지 않게 씀
- 글자를 쓸 때 초성, 중성, 종성의 위치에 맞지 않게 씀

자음자나 모음자의 형태를 정확히 재현하지 못하거나, 글자의 필순(획을 그리는 순서)이 뒤섞이는 경우, 혹은 글자를 구성하는 초성, 중성, 종성을 제 위치에 적절히 배치하지 못하는 현상 등이 대표적이다. 이는 단순한 글씨체의 문제를 넘어 글자 구조에 대한 개념 형성 미숙에서 비롯된다. 이런 아동의 글씨는 글자의 균형이 맞지 않거나, 글자가 삐뚤게 배열되어 시각적으로 알아보기 어려운 경우가 많으며, 그 결과 또래 아동들보다 필사 정확도나 속도 면에서 현저히 낮은 수행을 보인다.

초등학교 1학년 50여명을 대상으로 글자 쓰기를 연구한 최종윤(2018)에 따르면, 가장 많이 틀린 자음자는 디귿(ㄷ)과 쌍디귿(ㄸ), 쌍비읍(ㅃ)이었다. 모음자의 오류 개수는 왜(ㅙ)가 가장 많았고, 외(ㅚ), 와(ㅘ), 요(ㅛ), 웨(ㅞ)가 그 뒤를 이었다. 또한 필순의 오류 양상을 몇 가지로 유형화하였는데, 먼저 필순의 방향성을 착각하여 오류를 범한 경우가 발견되었다. 예를 들어 획의 방향이 위에서 아래로, 왼쪽에서 오른쪽으로 그어져야 하는데 반대로 긋는 경우가 있었다. 다음으로 가로획과 세로획이 교차될 때는 왼쪽에 쓰는 획이나 위쪽에 쓰는 획을 먼저 써야 하는데 그 순서를 바꾸어 쓰는 오류 유형이 있었다. 그리고 받침이 되는 획은 맨 마지막에 써야 하는데 받침이 되는 획을 먼저 쓰고, 위에 있는 획을 나중에 쓰는 오류도 발견되었다. 또 획과 획을 구분하지 않고 모두 한 획이나 두 획으로 이어서 쓰는 오류를 범하는 경우도 있었다.

이러한 문제의 근본 원인은 시각 정보와 손의 움직임을 통합하는 능력, 즉 시각-운동 협응 능력의 미성숙에서 비롯된다. 글자를 베껴쓰거나 따라 쓰는 활동은 단순히 눈으로 보고 쓰는 것을 넘어서, 시지각 능력(형태를 보고 기억하고 재현하는 능력), 운동 계획 능력, 공간 지각 능력 등이 통합적으로 작동해야 가능한 과제이다. 또한 자모 체계에 대한 이해, 글자의 짜임 구조(자음+모음의 결합 방식), 필순 규칙 등 문자 체계에 대한 인지적 지식 부족도 이러한 어려움을 심화시키는 요인이 된다. 결국 이와 같은 아동은 문자 구조에 대한 개념 형성과 운동 조절 능력 두 가지 측면에서 모두 지원이 필요하며, 이를 위해 시각적 자극, 조작 활동, 반복 연습, 점진적 글자 구조 분석 등의 다양한 접근이 병행되어야 한다.

다. 받아쓰기에서 많이 틀림

초기 쓰기 발달에서 가장 중요한 과업 중 하나는 관습적인 글자를 적당한 속도로 정확하게 쓰는 능력이다. 특히 철자에 맞게 글자를 쓸 수 있는 능력은 아동의 언어 이해 능력과 문식 발달을 평가하는 핵심 기준 중 하나이다. 이 시기의 아동은 말하기와 듣기 중심의 언어 사용에서 점차 문자 언어 중심의 표현 활동으로 전환하게 되며, 그 과정에서 철자 규칙을 이해하고 적용하는 능력은 필수적으로 요구된다. 그러나 구어 능력이나 읽기 능력이 아직 충분히 발달하지 않은 아동의 경우에는 철자 쓰기, 즉 철자법에 맞게 글자를 구성해내는 데 어려움을 겪을 가능성이 크다. 이러한 쓰기 능력을 측정하는 대표적인 활동이 바로 받아쓰기이며, 이는 아동의 철자 지식, 음운 인식, 그리고 문자 체계에 대한 이해도를 함께 평가하는 데 유용하다.

하지만 받아쓰기 활동은 많은 아동에게 심리적 부담을 주는 과제이기도 하다. 불러주는 문장이나 낱말을 빠르게, 정확하게 받아 적어야 한다는 상황은 아동에게 긴장을 유발하며, 특히 자주 틀리는 경우에는 자기 효능감과 쓰기에 대한 흥미까지도 떨어질 수 있다. 받아쓰기에서 자주 실수를 반복하는 아동들은 자신의 언어 능력에 대한 자신감을 잃기 쉽고, 나아가 쓰기 자체를 회피하려는 경향을 보이기도 한다. 따라서 교사는 받아쓰기 활동을 단순한 평가 도구로 활용하기보다는, 아동의 언어 인식 수준을 파악하고 그에 따른 맞춤형 지도를 제공할 수 있는 진단적 활동으로 접근할 필요가 있다.

- 불러주는 소리에 맞는 글자를 쓰지 못 함
- 낱말이나 문장을 맞춤법에 맞게 쓰지 못 함

받아쓰기에서 아동들이 보이는 오류는 크게 두 가지 유형으로 나눌 수 있다. 하나는 불러주는 소리에 맞는 글자를 쓰지 못하는 경우이고, 다른 하나는 낱말이나 문장을 맞춤법에 맞게 정확히 쓰지 못하는 경우이다. 첫 번째 유형은 주로 음운 처리 능력의 미숙함에서 비롯된다. 즉, 자음과 모음이 어떤 소리를 가지는지, 그 소리를 어떤 문자로 표현해야 하는지를 파악하지 못해 음소와 자소 사이의 대응 관계가 제대로 이루어지지 않는다. 이 경우 아동은 듣는 대로 쓰지 못하고, 단어의 구조를 왜곡하거나 자음과 모음을 빠뜨리기도 하며, 이는 읽기 부진과도 밀접하게 관련되어 있다. 이러한 아동은 소리 인식 중심의 기초 음운 지식부터 단계적으로 강화해 주는 접근이 필요하다.

글자 쓰기의 내용 요소는 일반적으로 집필 자세, 획순, 낱자 모양, 낱자(자모) 간격, 글자 모양, 글자 간격, 문장 쓰기, 문장 부호 등을 생각할 수 있다. 이런 내용 요소를 고려할 때 집필 자세와 필순은 바른 글자 쓰기의 기본 조건이 된다. 그러나 집필 자세와 필순은 한 번에 완성되는 것이 아니고, 잠시라도 소홀할 경우 언제든지 흐트러질 수 있으므로 글자 쓰기 단계에서 지속적으로 관심을 두고 지도해야 한다.

필순을 익히고 나면 낱자의 모양을 지도한다. 자음자든 모음자든 낱자 모양을 정확하게 써야 알맞은 낱자의 간격을 고려할 수 있기 때문이다. 낱자의 모양은 낱자가 어느 위치에 오느냐에 따라 달라질 수 있다. 그러므로 낱자의 모양 지도는 이후 지도할 자형에 따라 쓰기와 연계되는 것이다. 낱자 모양과 간격을 바르게 쓴다면 낱자의 크기를 고려한 쓰기를 학습해야 한다. 필순에서 낱자 크기에 따른 글자 쓰기가 이루어졌다면 글자를 쓰는 단계로 넘어갈 수 있다.

글자를 쓴다는 것은 자음과 모음을 결합해 글자의 형태(자형)대로 쓴다는 뜻이다. 한글의 자형은 크게 기울인 세모형(◁), 바른 세모형(△), 마름모형(◇), 네모형(□)으로 구분할 수 있다. 자형에 맞게 글씨를 쓸 수 있게 되면 바른 글자 쓰기가 어느 정도 완성되었다고 볼 수 있다. 글자 모양을 바르게 쓸 수 있다면 글자로 이루어진 낱말 쓰기로 넘어갈 수 있다. 낱말 쓰기는 개별 글자 쓰기 단계를 넘어서 글자와 글자의 간격을 고려하는 것이다. 이후 낱말 간 띄어쓰기, 문장 쓰기, 문장 부호 쓰기로 학습이 진전될 수 있다.

이러한 일련의 체계적인 글자 쓰기 학습이 끝나면 종합적인 글자 쓰기 연습을 반복한다. 이때 단순 반복이 아니라 자신의 글자 쓰기를 스스로 점검하고 평가해 미흡한 부분을 스스로 개선할 수 있도록 한다

4. 글자 쓰기 지도 원리

글자 쓰기 지도 원리는 다음과 같이 다섯 가지를 들 수 있다. 첫째, 글자 쓰기 지도는 초등학교 입학 초기부터 전 학년에 걸쳐 지속적으로 이루어져야 한다. 글자 쓰기와 관련된 습관은 형성되기까지 시간이 오래 걸리고, 일단 잘못된 습관이 몸에 배면 쉽게 고치기 어렵다. 따라서 초등학교에 입학하는 시점부터 바른 글자 쓰기 지도를 시작해야 하며, 특히 학습 기초를 다지는 1~2학년 시기에 중점적으로 지도할 필요가 있다. 그리고 이 시기만으로 충분하지 않기 때문에, 중학년과 고학년까지 교육을 반복적으로 이어가야 한다. 글자 쓰기는 단기간에 완성되는 기능이 아니라, 지속적인 반복과 점진적인 발전을 통해 정착되므로, 모든 학년에서 꾸준한 관심과 지도가 이루어져야 한다.

둘째, 글자 쓰기 지도는 특정 교과에 국한되지 않고, 학교생활 전반에서 폭넓게 이루어져야 한다. 글자 쓰기 능력은 단지 국어 시간에만 다룰 것이 아니라, 학교에서 글을 쓰는 모든 상황에서 자연스럽게 활용되며 지도되어야 한다. 예를 들어, 수학 시간에 문제 풀이를 할 때, 과학 시간에 관찰 결과를 기록할 때, 혹은 사회 시간에 정리 노트를 작성할 때 등 다양한 교과에서 글자 쓰기를 실천할 수 있다. 또한 아침 자습 시간이나 독서 후 독후감 쓰기, 알림장이나 가정통신문 작성 등 생활 전반에서도 바른 글씨를 쓸 기회를 제공해야 한다. 이렇게 다양한 상황에서의 쓰기 활동을 통해 학생들이 자연스럽게 글자 쓰기의 중요성을 체득할 수 있다.

셋째, 글자 쓰기는 체계적이고 반복적인 지도 과정을 통해 학습되어야 한다. 글자 쓰기는 단순히 글자를 베껴 쓰는 행위가 아니라, 인지적·운동적 요소가 복합적으로 작용하는 기능이다. 따라서 이를 효과적으로 익히기 위해서는 단계별로 구성된 체계적인 지도가 필요하다. 지도 초기에는 연필을 바르게 쥐는 법, 바른 자세 유지, 직선이나 곡선 긋기 같은 기초 훈련이 선행되어야 하며, 그 후에 자음과 모음의 결합 원리, 필순, 자형, 글자의 크기와 간격, 위치 등을 익혀야 한다. 이는 문장 단위의 글자 쓰기로 확장된다. 이 모든 과정은 덮어 쓰기, 따라 쓰기, 홀로 쓰기 같은 반복적 활동을 통해 지속적으로 이루어져야 한다. 이러한 반복과 누적 학습을 통해 글자 쓰기 기능이 체득되고, 생활 속에서 자연스럽게 활용될 수 있다.

넷째, 글자 쓰기 지도는 학습자의 개별적인 발달 특성과 실제 사례를 충분히 반영해야 한다. 초등학생들은 개인별로 발달 속도나 특성이 다르기 때문에, 일률적인 지도 방식보다는 학습자의 특성을 고려한 맞춤형 지도가 요구된다. 학생들이 자주 실수하거나 틀리는 글자의 형태나 자형을 중심으로 지도하면 보다 실질적인 효과를 거둘 수 있다. 실생활 속에서 아이들이 자주 접하는 단어를 활용한 쓰기 지도나, 교사가 관찰한 학생 개개인의 오류 유형을 바탕으로 한 피드백 제공도 효과적인 방법이다. 이처럼 학생 한 명 한 명의 특성을 반영한 세심한 지도가 바른 글자 쓰기의 습관화를 이끌어낼 수 있다.

다섯째, 글자 쓰기는 가정과 학교가 함께 연계하여 지도하는 것이 중요하다. 초등학교 저학년 학생들은 아직 자기 주도성이 약하고 주변의 영향을 크게 받는 시기이다. 따라서 교사가 칠판에 쓰는 글씨, 부모가 일상에서 쓰는 글씨 등이 아이들에게는 자연스러운 학습 자료가 된다. 이때 잘못된 필순이나 흐트러진 글자 모양을 자주 접하게 되면, 아이들도 이를 모방하여 잘못된 습관이 생길 수 있으므로, 교사와 부모는 항상 모범적인 글자 쓰기를 실천해야 한다. 또한 글자 쓰기 습관은 가정과 학교에서 동시에 일관되게 지도되어야 생활 속에서 지속 가능하다. 가정에서의 꾸준한 연습과 격려, 학교에서의 정기적인 점검과 피드백이 함께 이루어질 때, 학생들은 바른 글자 쓰기의 필요성을 인식하고 자발적으로 노력하게 된다. 이러한 가정-학교 연계를 통한 지도는 교육 효과를 극대화하는 데 큰 역할을 한다.

5. 글자 쓰기 지도 방법

가. 글자 쓰기 자세 지도

글자 쓰기의 기본은 바른 자세를 갖추는 데에서 시작된다. 아무리 글자 모양을 정확히 익히고 쓰는 연습을 많이 하더라도, 잘못된 자세로 글씨를 쓰면 오랫동안 글씨를 쓰는 데 불편함을 느끼거나 손의 피로, 집중력 저하, 심지어는 신체의 균형에도 부정적인 영향을 줄 수 있다. 특히 초등학교 저학년 학생들은 아직 자세가 고정되지 않았고, 손의 근육 발달도 충분하지 않기 때문에, 처음부터 바른 자세를 습관화하는 것이 매우 중요하다. 글자 쓰기에서 고려해야 하는 바른 자세는 크게 두 가지인데, 하나는 연필을 바르게 쥐는 것이고, 다른 하나는 바르게 앉아서 쓰는 자세이다.

먼저 연필을 바르게 잡는 자세는 다음과 같다.

① 연필은 연필심이 아래로 가게 해서 엄지손가락과 집게손가락으로 살짝 잡는다.

② 가운뎃손가락의 첫째 마디 부분을 연필 아래에 받치고, 연필대는 엄지손가락과 집게손가락 사이에 가볍게 올려놓는다. 가끔 엄지손가락과 집게손가락 및 가운뎃손가락으로 연필을 잡고, 넷째 손가락으로 연필을 받치는 학생이 있는데 그렇게 하지 않도록 한다.

③ 넷째 손가락과 새끼손가락은 차례대로 구부린 채 가운뎃손가락을 받쳐 주기만 한
다.

④ 이때 연필과 지면의 각도는 60도 정도 되게 유지한다. 대부분의 학생은 연필대를
너무 세워서 쓰는 경향이 있는데 그렇게 하지 않도록 한다.

⑤ 연필대의 끝을 오른쪽(왼손잡이 학생의 경우 왼쪽) 귀 옆쪽을 향하도록 한다.

⑥ 왼손잡이 학생의 경우도 동일한 방법으로 연필을 잡는다.

[그림 1] 오른손잡이가 연필을 잡는 방법
(교육부, 2024:391)

[그림 2] 왼손잡이가 연필을 잡는 방법
(교육부, 2024:391)

다음으로 바르게 앉아서 글씨를 쓰는 방법을 제시해 보면 다음과 같다.

① 책걸상의 높이가 몸집에 적합해야 한다.

② 걸상을 책상 밑으로 조금 들어오도록 놓는다.

③ 책상 앞 모서리와 배 사이에 주먹 하나가 들어갈 정도, 등과 걸상 뒷면 사이에도
주먹 하나가 들어갈 정도가 되도록 걸상을 놓는다.

④ 허리를 펴고 고개는 앞으로 조금 숙인다.

⑤ 오른쪽 팔꿈치는 자연스럽게 책상 위로 올려놓는다. 왼쪽 팔꿈치도 자연스럽게 책
상 위로 올리고, 공책이나 종이가 움직이지 않도록 살며시 누른다. 왼손으로 글씨
를 쓸 때에는 오른손으로 쓸 때와 마찬가지로 팔꿈치를 자연스럽게 올리고, 종이

가 움직이지 않도록 살며시 누른다.

나. 글자 필순 지도

글자 쓰기의 준비가 끝나면 가장 먼저 학습하게 되는 것이 바로 낱자의 필순이다. 필순이란 글자를 쓸 때 획을 그리는 순서를 의미하는데, 이는 단순히 보기 좋은 글씨를 쓰기 위한 방법일 뿐 아니라, 쓰기의 효율성과 정확성을 높이는 데 필수적인 요소이다. 특히 초등학교 저학년 학생들은 아직 손의 움직임이 정교하지 않기 때문에, 글자를 자연스럽고 안정적으로 쓰기 위해서는 올바른 필순을 체계적으로 익히는 것이 매우 중요하다.

먼저, 자음자 쓰기의 지도는 글자의 기본 구조와 필순을 정확히 익히는 데 중점을 둔다. 예를 들어 'ㄱ'과 'ㄴ' 같은 자음자는 한 번에 한 획씩 쓰되, 방향과 힘 조절에 유의해야 한다. 예를 들어 'ㄱ'은 왼쪽에서 오른쪽으로 획을 긋다가 멈추고, 방향을 바꿔 아래로 내려 써야 하며, 'ㄴ'은 위에서 아래로 내리다 방향을 바꿔 오른쪽으로 긋는 순서로 쓴다. 이때 필순을 제대로 지키는 것이 글자의 모양을 바르게 만드는 핵심이다.

'ㄷ'과 'ㄹ'은 획이 여러 번 이어지므로 더욱 신중한 필순 지도가 필요하다. 'ㄷ'은 먼저 옆으로 획을 긋고, 이어서 'ㄴ'과 비슷하게 획을 내려 쓰는 반면, 'ㄹ'은 여러 획이 겹치므로 순서대로 옆으로, 아래로, 다시 옆으로 긋는 과정을 정확히 익혀야 한다. 특히 'ㄹ'은 획이 겹치는 지점에서 힘 조절과 획의 위치가 어긋나지 않도록 주의해야 하며, 이 부분이 글자의 완성도를 결정짓는다.

'ㅁ'과 'ㅂ'은 네 면이 모두 획으로 이루어진 자음자로, 획의 시작과 끝 위치를 정확히 맞추는 것이 중요하다. 'ㅁ'은 내리긋는 획부터 시작해 이어서 옆과 위쪽 획을 차례로 쓰며, 'ㅂ'은 'ㅁ'을 먼저 쓴 뒤 옆으로 획을 덧붙여 완성한다. 특히 'ㅂ'의 경우 획이 여러 번 교차하므로 각 획의 위치와 간격을 고르게 유지하는 것이 바른 글자 쓰기에 필수적이다. 전반적으로 자음자 쓰기 지도는 필순에 충실하면서도 획의 위치와 방향을 세심하게 교정하는 데 중점을 두어야 한다.

다음으로, 모음자 쓰기의 지도는 글자의 정확한 형태를 익히고 바른 필순을 습득하는 데 목적이 있다. 모음자는 대부분 획이 직선으로 구성되어 있어 단순해 보이지만, 실제 쓰는 위치와 순서를 정확히 익히지 않으면 글자 모양이 왜곡되기 쉽다. 예를 들어, '아', '야'처럼 점이 오른쪽에 있는 모음자는 내리긋는 획(ㅣ)을 먼저 쓰고, 이어서 점을 찍어야 한다. 이때 점은 가로 보조선과 세로획이 만나는 곳 근처에 위치해야 하며, 지나치게 떨어지거나 겹치지 않도록 주의해야 한다.

'어', '여'와 같이 점이 왼쪽에 있는 모음자는 점(ㆍ)을 먼저 찍은 다음에 내리긋는 획을 아래로 긋는다. 이 경우에도 점의 위치는 왼쪽 가로 보조선의 중간쯤에 위치해야 하며, 선과 점의 간격이 지나치게 멀거나 좁으면 글자의 균형이 무너진다. '우', '유'처럼 옆으로 긋는 획이 먼저 오는 모음자는 먼저 옆으로 긋는 획을 왼쪽에서 오른쪽으로 긋고, 이어서 점을 찍는다. 점은 보조선과 가로획의 중간 부분에 위치해야 하며, 점과 선이 겹치거나 너무 떨어지지 않도록 정확하게 써야 한다.

이러한 모음자 쓰기 지도는 단순한 반복이 아닌 정확한 필순과 위치 감각을 중심으로 이루어져야 하며, 반복적인 연습을 통해 자연스럽고 일관된 글자 형태를 형성할 수 있도록 도와야 한다.

다. 글자 모양(자형) 지도

낱자 쓰기의 기본이 필순이라면, 그다음 단계인 글자 쓰기의 기본은 글자 모양에 맞추어 쓰기이다. 즉, 하나하나의 낱자를 바르게 쓰는 능력을 바탕으로, 이를 바탕으로 글자 전체의 형태를 올바르게 구성하는 것이 중요하다는 뜻이다. 글자 모양에 맞춰 글씨를 쓴다는 것은 단지 글자의 형태를 흉내 내는 것을 넘어, 낱자의 모양, 위치, 간격, 크기 등 여러 요소를 조화롭게 고려해야 함을 의미한다. 이는 글씨가 또렷하고 균형 잡히게 보이도록 할 뿐 아니라, 나중에 낱말이나 문장 단위의 쓰기로 자연스럽게 확장될 수 있는 기초가 된다.

글자 모양 지도에서는 먼저 다양한 글자 형태에 대한 이해와 연습이 필요하다. 예를 들어 기울인 세모형(◁)은 받침이 없으며, 'ㅏ', 'ㅑ', 'ㅓ', 'ㅕ', 'ㅣ' 등의 모음자와 결합할 때 주로 사용된다. 단모음뿐만 아니라 'ㅐ', 'ㅔ', 'ㅒ', 'ㅖ' 같은 복모음과 결합할 때도 같은 모양으로 쓰여야 하므로, 학습자들이 다양한 결합 형태를 인지하고 정확하게 쓸 수 있도록 반복적인 연습이 필요하다. 글자 모양을 정확히 익히면 글자의 전체적인 균형과 조화가 좋아져, 바르고 깔끔한 글자 쓰기에 크게 도움이 된다.

글자모	방법
기울인 세모형	'기울인 세모형(◁)'은 받침이 없고, 'ㅏ, ㅑ, ㅓ, ㅕ, ㅣ' 등의 모음자가 결합될 때 사용하는 글자 모양이다. 단모음뿐만 아니라 'ㅐ, ㅔ, ㅒ, ㅖ' 등의 낱자와 결합할 때도 같은 모양으로 글자를 써야 한다.
바른 세모형	'바른 세모형(△)'은 받침이 없고, 'ㅗ, ㅛ, ㅡ' 등의 모음자와 결합될 때 사용하는 글자 모양이다. 다만, 'ㅜ, ㅠ'의 모음자와 결합될 때는 '마름모형(◇)'이 사용되므로 주의해야 한다.
마름모형	'마름모형(◇)'은 받침이 없을 때는 'ㅜ, ㅠ' 등의 모음자와 결합될 때 사용하고, 받침이 있을 때는 'ㅗ, ㅛ, ㅡ' 등의 모음자와 결합될 때 사용한다.
네모형	'네모형(□)'은 받침이 있고, 'ㅏ, ㅑ, ㅓ, ㅕ, ㅣ' 등의 모음자가 결합될 때 사용하는 글자 모양이다. 역시 단모음뿐만 아니라 'ㅐ, ㅔ, ㅒ, ㅖ' 등의 낱자와 결합할 때도 같은 모양으로 글자를 써야 한다.

[그림 3] 글자 모양에 맞게 쓰기(교육부, 2017:412)

라. 자간 유지하며 바르게 쓰기

베른스타인은 움직임(Nikolai Bernstein, 1967)을 협응으로 정의한 바 있다. 움직임이란 신체 부분의 협조적인 상호작용을 통해 통합된 결과를 산출하는 과정이라고 지적한 것이다. 즉, 우리 몸의 운동은 하나의 감각 또는 하나의 기관이 독립적으로 움직이거나 반응하기보다는 신체의 신경 기관, 운동 기관, 근력 따위가 서로 호응하며 조화롭게 움직인다. 눈-손 협응력은 눈을 통해 동체의 움직임이나 신체의 한 부분 혹은 여러 부분의 움직임을 포착함과 동시에 손을 유연하게 대응 및 반응하는 능력을 말한다(여광응, 1994). 이러한 눈과 손의 협응력은 쓰기의 필수적인 요소로서 펜을 대고 떼는 지점을 시각적으로 안내하여 글자를 쓸 때 일어나는 연속적인 동작을 자연스럽게 할 수 있게 한다.

한글 자음은 주로 곧은 선을 쓰는데 필기도구를 손에 쥐고 종이에 수직과 수평을 지켜 완전한 직선을 긋는 것은 거의 불가능하다. 획의 기울기는 무엇보다 필기도구와 그것을 쓰는 사람의 숙련도에 따라 몸 축의 변화를 만들고 이는 획의 기울기에 가장 중요한 요인이 된다. 한 글자 안에서 첫 획을 그을 때와 마지막 획을 그을 때 손 또는 손목의 위치 변화가 필기도구를 움직이는 축의 변화를 가져온다. 한 글자 안에서와 마찬가지로 글자를 쓰는 내내 몸 축이 움직이며 그것을 보완하는 움직임을 통해 글자를 최대한 균정하게 쓰는 노력을 해야 한다(김대연, 2024).

따라서 자간을 유지하며 바르게 글자 쓰기를 지도할 때 가장 먼저 고려해야 할 점은 눈과 손의 협응력 강화이다. 눈-손 협응력은 시각 정보를 바탕으로 손을 유연하게 움직이도록 하는 능력으로, 글자를 쓸 때 펜을 대고 떼는 정확한 위치를 안내하는 역할을 한다. 따라서 학습자가 글자를 쓸 때 각 획과 글자 사이의 간격을 눈으로 확인하며 손을 조절할 수 있도록 다양한 시각-운동 통합 활동을 통해 협응력을 길러주는 것이 중요하다.

또한 글자를 쓰는 과정 전반에 걸쳐 신체 축과 손의 위치 변화에 주의를 기울이도록 지도하는 것이 필요하다. 글자 안에서 첫 획을 그을 때부터 마지막 획을 마칠 때까지 손과 손목의 위치가 계속 변하는 것은 자연스러운 현상이지만, 이 움직임이 자간 불균형이나 글자 모양 왜곡으로 이어지지 않도록 몸의 움직임을 보완하는 연습이 중요하다. 지속적인 반복 훈련을 통해 글자의 균형과 자간을 일정하게 유지하는 능력을 길러 주는 것이 바른 글자 쓰기의 핵심이다. 한글 글자는 대부분 직선 획으로 구성되어 있으나, 필기도구를 쥔 손과 손목의 미세한 움직임이 획의 기울기와 자간에 변화를 가져올 수 있다. 이를 최소화하기 위해 학생들이 몸의 중심을 안정적으로 유지하고, 손목과 팔꿈치의 움직임을 조절하는 연습을 꾸준히 하도록 지도해야 한다.

3장

어휘 지도

1. 어휘 지도의 중요성

어휘(vocabulary)는 자립해서 쓰일 수 있는 언어 단위인 낱말(단어)들이 어떤 기준에 따라 크고 작은 모임을 이룰 때, 그 모임에 속한 낱말 전체를 통칭하여 나타내는 말이다. 즉, 어휘는 어떤 특정한 테두리 내에서 사용되는 낱말의 모임이라고 볼 수 있다. 예를 들면 고유어 또는 표준어 등이 이에 해당한다. 사람들은 생각을 표현하는 단위로 문장을 사용한다. 그러기 때문에 문장의 문법적 의미를 '최소 생각의 단위'라고 표현하는 것이다. 하지만 문장을 생성하기 위해서는 '어휘'가 사용된다. 사람들은 일상생활 속에서 수많은 어휘를 사용한다. 어휘의 의미를 잘 알고 있어야 상대방의 말을 제대로 이해할 수 있고, 내 생각을 정확하고 적절하게 표현할 수 있는 것이다. 이런 측면에서 볼 때 어휘를 안다는 것은 어휘의 의미를 정확하게 이해하고, 상황에 맞게 적절하게 사용한다는 것을 포함한다.

어휘 교육은 어휘의 사전적 의미를 정확하게 파악하게 하고, 해당 어휘와 관련된 주변적인 것과의 관계까지 파악하게 하여 어휘의 개념을 형성하게 하며, 더 나아가 다양한 어휘를 원활하게 사용할 수 있도록 어휘력을 신장시키는 것을 말한다.(신헌재 외, 2009:424). 즉, 어휘 교육은 어휘의 의미를 정확하게 이해하고, 어휘의 사용을 적절하게 표현하는 능력인 어휘력을 신장시키는 교육을 의미한다. 어휘 교육을 통해 학생들은 다른 사람들의 생각과 감정을 이해하고, 적절한 어휘를 사용하여 자신의 생각과 감정을 효과적으로 표현할 수 있을 것이다.

　어휘력은 오래전부터 강조되어 왔다. 최근에는 문해력에 대한 관심이 높아지면서 문해 능력에 가장 큰 영향을 미치는 어휘력에 대한 연구가 국내외에서 활발하게 이루어지고 있다. 어휘는 초기의 격차가 결손 누적으로 이어질 가능성이 높아 어휘력이 부족한 학생은 학년이 높아질수록 학교생활에 어려움을 겪을 가능성이 크다. 또한 텍스트의 가독성(이독성, Readability)을 결정할 때도 제일 먼저 고려하는 것도 어휘 난이도일 정도로 어휘력이 학습자에게 미치는 영향은 크다. 즉, 의사소통 과정과 학습 과정에서 학습자가 알고 있는 어휘가 부족하다면 자신의 생각과 감정을 바르고 효과적으로 표현할 수 없을 뿐만 아니라 다른 사람의 말과 글을 제대로 이해하지 못해 어려움을 겪게 되는 것이다.

　초등학생들은 학교 교육을 처음 시작하는 시기로 학습 상황에서 다양한 어휘를 만나게 되고, 여러 친구들과의 대화나 여러 가지 독서 활동을 통해 새로운 어휘를 만나게 된다. 이러한 시기에 어휘의 의미를 정확하게 익히고 어휘를 적절하게 사용하게 하는 교육은 학습 능력과 의사소통 능력을 기르는 데 필수적인 교육이라고 할 수 있다.

　어휘는 개인의 언어 생활뿐만 아니라 학교 생활에도 많은 영향을 미친다. 학습자 개개인의 사고를 분화하고 정교화하기도 하면서 생각을 다양하고 다채롭게 표현하게 한다. 또한 학습하는 데 필수적인 역할을 하기도 한다. 이러한 중요성 때문에 예전부터 어휘에 대해 많은 학자들이 관심을 가졌고, 현재도 다양하게 연구되고 있다. 또한 최근 교육의 흐름을 고려할 때 어휘력이 문해력의 핵심 능력이라는 점에서 앞으로도 어휘 지도의 중요성은 계속 강조될 것이다.

2. 어휘 지도 내용

초등학생들이 학교에서 배우게 되는 어휘는 크게 기초 어휘[basic language], 교과 어휘[content-specific language], 사고 어휘[academical language]로 구분할 수 있다.

기초 어휘는 일상적인 대화에서 사용하는 기본 어휘이다. '물, 크다, 먹다, 친구' 등 음성 언어를 사용하면서 생활 속에서 자연스럽게 익힌 어휘로 학교 교육에서는 초기 문자 지도를 할 때 음성과 문자의 연계 과정에서 중요한 역할을 담당한다. 또한 생활 공간이 넓어지고 생활 속에서 사용하는 어휘가 넓어지면서 어휘가 확충되기도 한다.

교과 어휘는 특정 교과목에서만 사용되는 전문적인 어휘이다. '맞춤법, 증발, 방정식' 등 교과 학습을 할 때 개념을 명확하게 익히는 경우 사용되는 어휘이다. 이는 교과 학습 성취에서 중요한 역할을 하는 어휘로 각 교과에서 지도하는 경우가 많다.

사고 어휘는 논리적 사고를 돕는 어휘이다. '비교하다, 분석하다, 설명하다, 파악하다' 등 다양한 교과목에서 공통적으로 사용되며 질문, 토론, 논리적 사고 활동 등을 할 때 작용하는 어휘이다. 또한 이러한 어휘는 문해력에 영향을 미치기도 한다.

어휘 교육은 학습자의 어휘력을 신장시키는 데 목적이 있다. 어휘력은 어휘를 이해하고 사용하는 것을 말하므로 결국 어휘 교육은 어휘의 이해 능력과 표현 능력을 기르는 것이다. 어휘를 이해했다고 하는 것은 어휘의 형태적인 면, 의미적인 면, 사용적인 면에서 어휘를 알고 있다는 뜻이고, 어휘를 표현했다고 하는 것 역시 형태적인 면, 의미적인 면, 사용적인 면에서 이를 적절하게 표현했다는 것을 뜻한다. 이를 표로 제시하면 다음과 같다.

표 1. 어휘 능력의 구분(최규홍 외, 2024)

대영역	소영역	능력
이해	형태	단어의 철자를 읽을 수 있다.
		단어를 듣고 어떤 단어인지 인식할 수 있다.
	의미	대상 단어의 정확한 의미를 알 수 있다.
		대상 단어의 다의적 의미를 알 수 있다.
		대상 단어와 다른 단어의 의미 관계를 알 수 있다.
	사용	대상 단어가 잘못 사용된 예를 찾을 수 있다.
표현	형태	대상 단어의 철자를 올바르게 쓸 수 있다.
		대상 단어의 발음을 정확하게 할 수 있다.
	의미	대상 단어를 정확한 의미로 사용할 수 있다.
		대상 단어와 다른 단어를 대체해서 표현을 바꿀 수 있다.
	사용	대상 단어를 문법적으로 정확하게 사용할 수 있다.
		대상 단어를 적절하게 사용할 수 있다.

어휘 능력을 갖게 하기 위해서 지도하는 어휘 교육의 주요 내용 요소는 다음과 같다.

가. 낱말의 형성

국어의 낱말 확장 방법을 이해하면 국어의 어휘 세계에 대한 인식 능력을 높이고 어휘 능력을 신장시킬 수 있다. 여기서 낱말 확장 방법은 다음과 같은 것을 가리킨다. 예컨대 '개꿈, 개떡, 개머루'에는 공통적으로 '개–'가 들어가 있어 모두 '참 것이나 좋은 것이 아니고 함부로 된 것'이라는 뜻을 갖는다. 낱말 학습을 할 때 학생들은 낱말의 형태적 특성에 기반하여 구조적인 분석을 시도하기도 한다. 즉, 낱말의 일부를 이용하여 모르는 낱말의 뜻을 생각하거나, 의미와 절차를 기억하는 데 도움을 받는 것이다.

낱말의 일부를 이용한 어휘 지도 방법과 관련된 문법 지식으로는 낱말의 형성 원리를 들 수 있다. 낱말 형성 원리는 형태소끼리 모여 새로운 낱말을 만들어 내는 것인데 이를 흔히 조어법이라고도 한다. 낱말은 짜임새가 단일한 단일어와 짜임새가 복합적인 복합어로 나눌 수 있다. 또, 복합어는 실질형태소에 형식형태소가 붙어서 만들어진 파생어와 실질형태소들의 결합으로 이루어진 합성어로 나눌 수 있는데, 복합어의 형성에 나타나는 실질형태소를 어근이라 하고 형식형태소를 접사라고 한다. 접사는 어근과 결합되는 자리에 따라 접두사와 접미사로 구분된다. '덧신'과 '드높다'에 나타나는 '덧-'과 '드-'는 어근 '신, 높-'의 앞에 붙는 접두사이다. 또, '지붕'의 '-웅'은 어근 '집'의 뒤에 붙는 접미사이다.

접두사나 접미사 등을 익혀 낱말을 확장해 가는 어휘 학습에서 중요한 것은 어떤 접사를 제시해야 효과적으로 지도할 수 있는가 하는 점이다. 이때 국어에서 사용 빈도가 높은 접사, 생산성이 높아서 많은 낱말에 적용할 수 있는 접사, 그리고 학생들의 언어적 생활 경험에서 친근하게 접할 수 있는 접사인지를 고려하여 대상 낱말을 선정하는 것이 효과적이다.

나. 의미 관계

낱말의 의미는 어떤 방식으로든 다른 낱말과 서로 관련된다. 언어의 구조에 나타나는 이러한 의미 관계에 대한 지도는 개별 낱말의 의미를 정확하게 파악하는 데 도움이 될 뿐 아니라 생산적인 어휘 학습을 위해서도 중요하다.

의미 관계를 이용하여 어휘 지도를 하면 양적, 질적인 면에서 장점이 있다. 양적인 측면으로는 학습자들에게 인지적 부담을 줄여 많은 양의 어휘를 학습할 수 있게 한다. 의미 관계를 바탕으로 어휘를 지도할 경우 각각의 어휘를 개별적으로 학습하는 것보다 의미 관계를 통해 여러 어휘를 함께 학습하게 되므로 결과적으로 많은 양의 어휘를 효율적으로 학습할 수 있다. 질적인 측면으로는 어휘 간의 관련성과 의미의 차이를 이해할 수 있게 한다. 의미 관계를 통해 어휘 간의 미세한 의미 차이를 이해함으로 어휘의 사용에도 영향을 미치게 된다.

의미 관계는 크게 '계열관계'와 '결합관계'로 대별된다. 그 중 '계열 관계'는 낱말의 의미가 종적으로 대치되는 관계이다. 예를 들면, "아이가 {강아지/고양이}와 놀고 있다."에서 '강아지'와 '고양이'는 대등한 자격으로 선택될 수 있는 계열 관계의 보기이다. 계열 관계에는 '유의 관계, 반의 관계, 상하 관계'가 있다. 의미의 '결합 관계'는 낱말의 의미가 횡적인 연관 관계를 말한다. 예를 들면 "동생이 왼발로 공을 찼다."에서 '공-차다', '발-차다', '왼-발'은 상호의존적으로 연결되는 결합 관계의 보기이다. 결합 관계에는 대표적으로 '관용 관계, 연어 관계'가 있다 이에 대해 구체적으로 살펴보면 다음과 같다.

1) 계열 관계

① 유의 관계

　같거나 유사한 의미를 지닌 둘 이상의 낱말이 맺는 의미 관계를 말하며 이런 관계에 있는 낱말들을 '동의어' 또는 '유의어'라고 부른다. 둘 이상의 낱말이 동일한 의미를 지닌 경우 '동의어'라 하며, 유사한 의미를 지닌 경우 '유의어'라고 칭하는 것이 일반적이지만 실제로, 의미가 같고 모든 문맥에서 치환이 가능한 '동의어'는 그 수가 매우 제한되어 있기 때문에, 유의 관계의 대부분은 개념적 의미의 동일성을 전제로 한 '유의어'를 가리킨다.

② 반의 관계

　반의 관계는 의미상으로 대립되는 낱말의 관계를 가리킨다. 반의 관계에 대하여는 '반대말, 반의어, 상대어, 대립어, 맞선말, 짝말' 등의 술어가 혼용되어 왔는데, 이는 곧 의미적 대립에 여러 종류의 다른 유형이 존재함을 뜻한다. 의미적 대립은 크게 '이원 대립'과 '다원 대립'으로 구별할 수 있다. 그 중에서 '반의 관계'는 주로 이원 대립에 국한된다. '반의 관계'의 의미 특성은 동질성과 이질성의 양면성을 지니는데, 공통된 의미 특성을 많이 지님으로써 의미상 동질성을 드러내며 하나의 매개 변수가 다름으로써 의미상 이질성을 드러낸다.

③ 상하 관계

상하 관계는 낱말 의미의 계층적 관계로서, 한 쪽이 의미상 다른 쪽을 포함하거나 다른 쪽에 포함되는 관계를 말한다. 예를 들어, '사과'와 '과일', '움직이다'와 '뛰다'에서 '사과'와 '뛰다'는 각각 '과일'과 '움직이다'의 '하위어'이며, 역으로 '과일'과 '움직이다'는 '사과'와 '뛰다'의 '상위어'이다.

2) 결합 관계

① 관용 관계

'관용어'는 둘 이상의 어휘소가 구의 형식을 이룰 때 의미가 특수화되어 있을 뿐 아니라 구성 방식이 고정된 결합 관계를 말한다. 따라서 관용어는 전체가 부분의 총화일 수 없으며, 또한 전체는 부분으로 환원되지 않는다.

예를 들어, '미역국 먹다'라는 표현은 의미적인 측면에서 볼 때, '미역으로 끓인 국을 먹다'라는 글자 그대로의 의미와 '실패하다'나 '낙방하다'라는 관용적 의미를 지니고 있다. 그 중 관용어의 의미는 '미역국'이라는 명사와 '먹다'라는 동사의 단순 결합으로 설명될 수 없다.

어떤 용법이 관용어가 되기까지는 여러 단계를 거치게 된다. 곧 구체적인 상황에 쓰이던 표현이 유사한 일반적인 상황에 적용되면서 그 유래가 잊혀진 채 관용적 구조와 의미로 굳어진다.

② 연어 관계

낱말이 모여 더 큰 구성체를 이루게 될 때, 주변의 다른 요소와 의미적으로 조화를 이루어야 한다. 예를 들면, '밥을 먹었다'와 '밥을 입었다'에서 '밥'과 '먹었다'는 의미적으로 통하는 조화로운 결합으로 볼 수 있지만. '밥'과 '입었다'는 어색한 결합체이다. 이처럼, 상호 의존적 관계에 있는 낱말의 결합체를 연어 관계(collocation)라 한다.

다. 다의어와 동형어

1) 다의어와 동형어의 구별

다의어는 하나의 낱말이 둘 이상의 관련된 의미를 지닌 것을 말한다. 이 경우 관련된 의미의 형성은 낱말의 기본적이며 원형적인 의미를 바탕으로 그 용법이 확장된 것이라 할 수 있다. '다리'는 원래 '사람이나 짐승의 몸통 아래에 붙어서 몸을 받치며 서거나 걷거나 뛰게 하는 부분'을 가리키지만, '책상 다리', '지겟다리'처럼 '물건의 하체 부분'을 가리키기도 하는데, 이때 '다리'는 다의어이다. 이에 비해 동형어는 의미가 다른 둘 이상의 낱말이 우연히 동일한 형태(소리)를 취한 것이다. 예를 들면 배는 먹는 배와, 사람의 신체 일부인 배, 그리고 바다 위 선박을 의미하는 배로 형태는 같으나 그 뜻이 다양한데, 이때 배는 동형어이다.

다의어와 동형어는 본질적으로 구분되는 개념이지만, 다의어에서 확장 의미가 원형 의미와 연관성을 찾기 어려울 정도로 확장이 진행될 경우, 이를 하나의 낱말인 다의어로 간주할 것인가 아니면 별개의 낱말인 동형어로 취급할 것인가의 문제가 일어나게 되기도 한다.

손01
　「명사」
　「1」 사람의 팔목 끝에 달린 부분. 손등, 손바닥, 손목으로 나뉘며 그 끝에 다섯 개의 손가락이 있어, 무엇을 만지거나 잡거나 한다.
　「2」 =손가락.
　「3」 =일손 「3」 .
　「4」 어떤 일을 하는 데 드는 사람의 힘이나 노력, 기술.
　「5」 어떤 사람의 영향력이나 권한이 미치는 범위.

손02
　「명사」
　「1」 다른 곳에서 찾아온 사람.
　「2」 여관이나 음식점 따위의 영업하는 장소에 찾아온 사람.
　「3」 지나가다가 잠시 들른 사람.
　「4」 =손님마마.
　【손 〈용가〉】

손03
　「명사」『민속』
날짜에 따라 방향을 달리하여 따라다니면서 사람의 일을 방해한다는 귀신. 초하루와 이튿날은 동쪽, 사흗날과 나흗날은

[그림 1] 국립국어원 표준국어대사전 '손' 검색 결과

사전에는 다의어의 경우 하나의 표제어로, 동형어의 경우 별개의 표제어로 기술한다. [그림 1]과 같이 '손01'과 '손02'는 동형어들이고, '손01'에서의 「1」, 「2」, 「3」, 「4」는 다의어들로서, 그 의미의 차이를 기술하고 있다.

3. 어휘 지도 방법

어휘 교육 방법은 앞서 살펴본 어휘 능력의 측면에서 이해 교육과 표현 교육으로 구분할 수도 있다. 이는 크게 '어휘 이해하기'와 '어휘 활용하기'로 구분할 수 있다. 이는 모르는 어휘를 정확하게 이해하는 방법과 알고 있는 어휘를 체계화 하거나 적절하게 사용할 수 있게 하는 방법이다.

가. 어휘 이해하기

어휘 이해하기 전략은 모르는 낱말의 의미를 학습하는 것에 초점을 둔 전략이다. 많은 어휘 학습 전략들이 어휘의 의미를 정확히 익히지 않은 채 어휘를 활용하여 다양한 활동을 하는 것에 초점을 두고 있다. 따라서 어휘의 종류에 따라서 어휘 이해하기 학습도 함께 병행되어야 할 것이다.

(1) 사전 찾기

어휘의 의미를 이해하기 위해서 가장 쉽게 할 수 있는 방법이 사전 찾기이다. 사전의 사전적 정의는 '여러 가지 사항을 모아 일정한 순서로 배열하고 그 각각에 해설을 붙인 책'이다. 즉, 국어의 의미를 이해하기 위해서는 국어 사전을 찾은 것이 가장 쉬운 방법이다. 따라서 사전에서 어휘의 의미를 찾게 하기 위해서는 사전을 찾는 방법을 지도한다.

사전 찾기를 지도할 때는 ① 사전의 개념 이해, ② 사전에 실리는 단어의 순서(자모음자 순서), ③ 여러 낱말이 있을 경우 적절한 낱말 찾기를 지도해야 한다. 이와 더

불어 두 가지를 추가로 지도할 필요가 있는데 첫째, 사전을 펼쳤을 때 좌우측 상단에 있는 표제어에 대해 이해하게 함으로써 빠르게 필요한 단어를 찾을 수 있게 한다. 둘째, 사전에 사용된 용례를 함께 익힐 수 있게 한다. 사전을 통해 익힌 의미는 단어 그 자체의 의미이므로 결국 표현을 고려할 때 문장을 함께 익힐 필요가 있다는 것이다.

낱말의 의미를 이해하기 위한 방법으로 문맥을 활용하는 방법이 있다. 이는 문장 속에 쓰인 어휘의 의미를 앞뒤 문장의 내용과 연관지어 낱말의 의미를 유추하게 하는 방법이다. 하지만 유추한 의미의 정오를 판단할 수 없으므로 나중에는 결국 사전을 찾아 확인을 해야 하므로 별도의 방법으로 제시하지 않고 이 항에서 붙여 설명하였다.

(2) 예측 가능한 책 활용하기

예측 가능한 책(predictable book)은 아이들이 책을 읽으면서 다음에 무슨 말이 나올 수 있도록 예측할 수 있도록 책이다. 예측 가능한 책은 학습 대상 어휘를 반복적으로 제시함으로써 책을 읽어가는 과정에서 어휘 학습이 자연스럽게 이루어질 수 있게 도움을 주는 책이다. 초등학교 저학년 시기에는 그림과 함께 학습 대상 어휘를 반복적으로 노출시킴으로써 어휘 학습이 자연스럽게 이루어질 수 있게 한다. 예를 들어 동작 관련 어휘를 익히게 할 목적이라면 '앉다, 서다, 잡다, 던지다' 등의 어휘를 그림과 함께 지속적으로 노출시켜 학습자가 의미를 익히게 하는 것이다.

(3) 시각적 변별하기

시각적 변별하기는 그림으로 어휘를 익힌다는 점에서는 다른 활동과 유사할 수 있으나 대상 어휘들이 그림을 사용하지 않고 문자만으로 어휘의 의미를 익힐 때 혼란을 줄 수 있는 어휘를 대상으로 한다는 점에서 차별화를 할 수 있다. 학생들이 의미의 혼란을 겪는 어휘는 크게 두 종류로 구분할 수 있다. 첫째, 표기는 다르나 소릿값이 다른 어휘들이다. 이는 '반드시-반듯이, 걸음-거름, 느리다-늘이다' 등의 어휘로 문자 기호로만 변별이 어려운 어휘들이다. 둘째, 표기도 다르고 의미도 다르나 비슷한 표기로 인하여 혼란을 주는 어휘들이다. 이는 '잃다-잊다, 가르치다-가리키다, 작다-적다' 등의 어휘로 처음에 의미를 명확하게 익히지 않으면 혼란을 줄 수 있는 어휘들이다.

(4) 형태 분석하기

단어의 형태를 분석하여 어휘를 익히는 것은 낱말의 조어법을 익히게 되는 시기에 지도하기 적절하다. 형태를 분석하여 지도하는 것은 접두사나 접미사의 개념을 이해하여 해당 접사가 포함된 어휘를 계열별로 학습하게 함으로써 생산적인 어휘 학습을 하게 하는 것이다. 예를 들어 '헛-'이라는 접두사가 '이유 없이, 보람 없는, 잘못'이라는 뜻을 더해 준다(한정한다)는 것을 익히고 나면 '헛-'이 붙은 '헛걸음, 헛고생, 헛소문, 헛디디다, 헛살다' 등의 여러 낱말의 뜻을 자연스럽게 익힐 수 있게 된다.

나. 어휘 활용하기

어휘 활용하기 전략은 어휘의 사전적 의미를 어느 정도 알고 있는 상태에서 어휘의 이해 능력과 표현 능력을 향상하기 위해 사용할 수 있는 전략이다. 즉, 이미 알고 있는 어휘를 활용해 어휘의 의미를 더 정교하게 학습하거나 의미 간의 관계, 표현 등의 활동을 하는 것을 뜻한다.

(1) 어휘 놀이하기

어휘 놀이 전략은 학습자의 흥미를 유발하고 적극적이고 지속적으로 학습에 참여하게 하는 방법이다. 어휘 놀이는 다시 형태 활용 놀이와 의미 활용 놀이로 구분할 수 있다. 형태 활용 놀이는 어휘 찾기 놀이 또는 동음절 연상 놀이 등이 있다. 어휘 찾기 놀이는 음절 단위로 나뉘어진 글자판을 가지고 어휘를 찾게 하는 방법 등이 있고, 동음절 연상 놀이는 끝말잇기, 같은 소리로 시작하는 낱말 말하기 등이 있다.

의미 활용 놀이는 낱말의 의미 바탕으로 이루어지는 놀이로 십자말 풀이, '넓다넓다 놀이[4)', '꼬리말 잇기 놀이[5)', '시장에 가면 놀이[6)' 등이 있다.

(2) 어휘 범주화하기

어휘 범주화는 그림이나 표 등을 이용하여 어휘의 포함 관계나 연상 관계 등을 시각적으로 나타내는 전략이다. 이는 가시적인 효과와 함께 어휘의 의미 관계, 어휘의 의미장 등을 함께 학습할 수 있다. 대표적인 방법으로는 '관련 어휘 묶기', '의미 관계 그리기' 등이 있는데 '관련 어휘 묶기'는 '얼굴과 관련된 어휘', '학교와 관련된 어휘' 등으로 주제와 관련된 어휘의 범주화를 해 보는 것이다.

이때 해당 어휘에 연상되는 어휘를 결합하여 표현 활동으로 확대할 수도 있다. 예를 들어 얼굴 관련 어휘로 '눈, 코, 입, 귀'를 떠올리고 나면, 각각의 신체 부위를 통해 할 수 있는 동작어휘로 '보다, 맡다, 먹다, 듣다'를 떠올리게 하고, 동작의 대상이 되는 어휘로 '색깔, 냄새, 음식, 동물소리' 등을 떠올리게 한 다음 연결하여 문장을 만들어 보는 활동으로 확장할 수 있다.

이외에도 어휘 의미의 반의 관계, 유의 관계, 포함 관계 등을 활용하여 위계 구조, 순차 구조 등으로 시각화하는 방법도 있다.

(3) 의미 자질 분석하기

의미 자질 분석하기는 대략적인 의미를 알고 있는 어휘를 대상으로 해당 어휘의 개념을 정교화하기 위해 대상 어휘와 비슷한 범주에 있는 어휘를 가지고 자질을 비교 분석하는 방법이다. 한 낱말의 의미나 개념은 그 낱말의 의미를 구성하고 있는 의미 자질의 총합으로 볼 수 있기 때문에 낱말이 가진 의미 자질을 분석하여 개념을 정교화하는 것이다.

의미 자질 분석하기의 절차는 다음과 같다. 먼저 범주를 선택하고 해당 범주의 낱말을 나열한 다음, 낱말의 속성을 파악 할 수 있는 자질을 나열한다. 다음으로 각 말별로 자질 여부를 판단하고 필요할 경우 추가 자질을 제시한다. 끝으로 결과에 대한 토의를 한다. 이 방법은 낱말의 의미를 정확하게 알 수 있다는 장점이 있으나 의미의 자질을 찾아내기 어렵고 시간이 많이 걸린다는 단점이 있다.

---

4) 넓다넓다 – 바다가 넓다 – 넓디넓디 – 하늘이 넓다 등 / 깊다깊다, 얇다얇다 등으로 변형

5) 원숭이 엉덩이는 빨개 – 빨가면 사과 – 사과는 ~ 등

6) 과일가게에 가면 – 사과도 있고 – 사과도 있고 배도 있고 등

(4) 어휘 표현하기

어휘력에서 어휘를 이해하는 것만큼 중요한 것이 어휘를 표현하는 것이다. 어휘를 표현한다는 것은 말하기 또는 쓰기 과정에서 어휘를 활용해 문장을 만들거나 의사소통을 하는 것이다. 학습 과정에서 학습자가 의도적으로 어휘를 활용하여 의사소통하는 것은 쉽지 않다. 이러한 점을 고려할 때, 어휘를 문장으로 표현하도록 하는 활동은 어휘력을 기르는 데 핵심적인 역할을 한다.

어휘 표현 전략은 어휘를 적절하게 사용하는 것에 초점을 두고 자신의 생각을 문장으로 나타내는 것을 뜻한다. 이 전략도 교체와 생성으로 구분할 수 있는데 '교체'는 문장을 주고 해당 어휘를 유의어나 상위어로 교체하는 활동을 의미하고, '생성'은 반의어를 활용해 반대의 문장을 만들거나 해당 낱말을 활용해 새로운 문장을 만드는 활동을 하는 것을 의미한다.

4. 어휘 능력 검사 도구의 활용

어휘에 대한 관심이 높아지면서 최근 어휘력 검사 도구들이 다양하게 나오기 시작했다. 그중 대표적인 어휘 검사 도구를 한두 가지 소개하면 다음과 같다.

(1) 수용 표현 어휘력 검사[REVT: Receptive and Expressive Vocabulary Test]

수용 표현 어휘력 검사는 영유아 및 장애아를 대상으로 검사가 수행되는게 일반적이며, 이는 일상어, 학습 어휘 등 어휘 특성 분석에 따라 목록을 구축하여 개발하지 않아 일반 학생용으로 사용하기에 한계가 있다는 점에서 아쉬움이 있다.

(2) 어울림 어휘 능력 진단 검사(https://voca.mirae-n.com/)

'어울림'은 온라인으로 어휘 능력을 진단할 수 있는 웹 기반 어휘 능력 진단 검사 도구이다. 이는 어휘력을 형태, 의미, 관계, 확장, 화용(각주 넣기)으로 구분하여 문항을 제시함으로써 피평가자의 어휘 능력을 구인별로 이해할 수 있다는 장점이 있다.

또한 1~3단계로 수준을 구분하여 수준별로 어휘 능력을 진단할 수 있다. 또한 개 인 검사와 단체 검사(학급에서 실시)가 가능하게 설계되었다. 그리고 검사 결과에 대한 자료도 풍부하게 제공하고 있는데 피평가자의 어휘 능력 및 강약점 분석과 추가적인 어휘력 향상 방안까지 안내하고 있다. 어울림 어휘 능력 진단 검사 도구의 구인은 다음과 같다(최규홍 외, 2024).

표 2. 어휘 능력 진단 검사 도구 구인(최규홍 외, 2024)

구분	내용
어휘 형태	어휘의 올바른 형태를 알고 있는가?
어휘 의미	어휘의 정확한 의미를 알고 있는가?
어휘 관계	어휘와 어휘의 관계를 이해하고 있는가?
어휘 확장	어휘의 중심적 의미와 확장적 의미를 구분할 수 있는가?
어휘 화용	어휘를 적절하게 사용할 수 있는가?

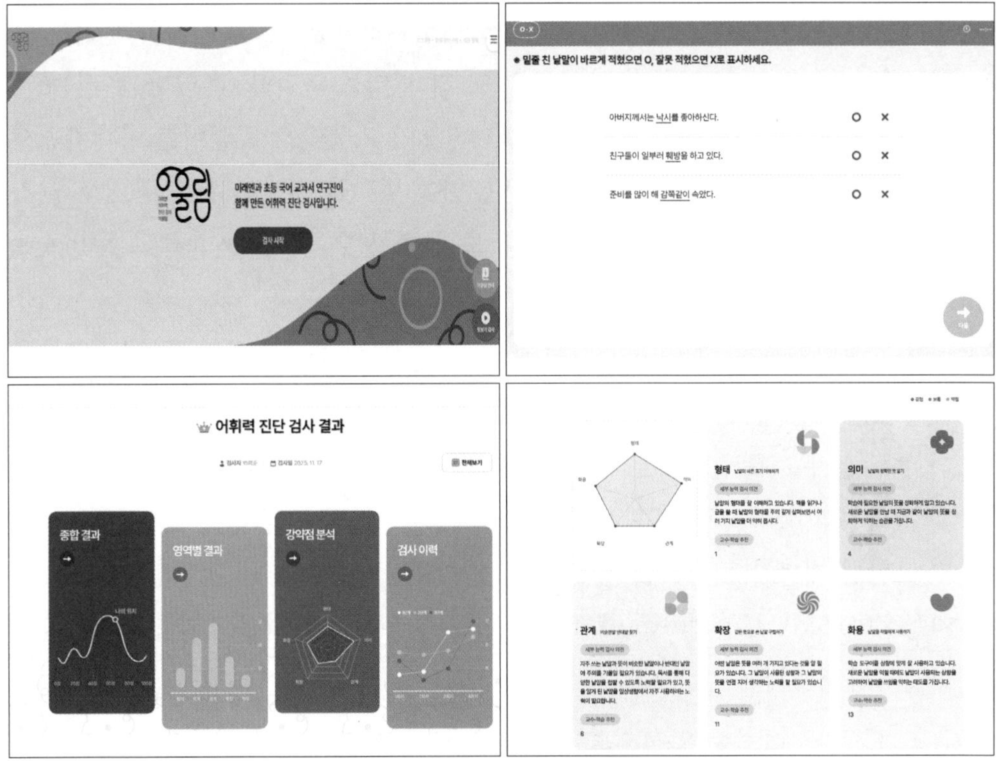

[그림 2] 어울림 어휘 능력 진단 검사 도구

4장

읽기 유창성 지도

1. 읽기 유창성의 개념과 중요성

가. 읽기 유창성의 개념

읽기 유창성(reading fluency)은 문자를 소리 내어 정확하고 신속하게 읽을 수 있는 능력을 말한다. 읽기 유창성은 두 가지 의미로 분리할 수 있다. 우리는 읽기를 소리 내어 읽을 수 있는 음독(oral reading), 마음속으로 의미를 이해하면서 읽는 묵독(silent reading)으로 구분한다. 읽기 방식을 구분한 것을 근거로 읽기 유창성도 음독 유창성과 묵독 유창성으로 구분할 수 있다(Rasinski & Samuels, 2006: 95).

음독 유창성은 소리 내어 유창하게 읽는 것을 의미한다. 소리 내어 유창하게 읽는다는 것은 문자를 음성으로 변환하는 해독(decoding) 이상의 능력을 의미한다. 해독은 문자를 음성으로 바꾸는 읽기 과정이다. 반면에 읽기 유창성은 해독의 정확성과 빠르게 변화하는 속도, 그리고 의미를 잘 전달할 수 있는 표현성까지 포함한 개념이다. 문자를 음성으로 옮기는 해독을 한 후에 정확성(accuracy), 자동성(speed), 표현성(expression)을 확보한 음독 유창성을 갖추는 것이 읽기 발달에서 중요하다.

읽기 유창성의 다른 방식은 묵독 유창성이 있다. 문해력 교육에서 묵독 유창성을 놓치는 경향이 있다. 묵독은 마음속으로 글의 의미를 이해하는 과정이다. 눈으로 읽으면서 점차 속도를 높일 수 있다. 그리고 소리 내어 읽는 것을 자동화하면서 마음속으로 문장, 글의 의미가 무엇인지 사고하면서 읽을 수 있다. 묵독 유창성은 독해의 중요한 기반이 되는 읽기 과정이다.

우리 인류가 마음속으로 글을 읽게 된 것은 역사적으로 얼마 되지 않았다. 그동안 중세 시대만 하더라도 성경을 소리 내어 읽거나, 동양에서는 불경이나 유교와 관련된 서적을 소리 내어 읽는 것이 보편적 읽기 방식이었다. 강독(講讀)은 소리 내어 글의 의미를 해석하는 것을 의미한다. 강독이 중요했던 우리의 독서 문화에서도 음독 유창성이 차지했던 위상을 짐작할 수 있다.

점차 인류는 마음속으로 글을 읽는 묵독 유창성으로 이행하게 된다. 글을 마음속으로 읽으면서 의미를 이해하는 데 집중하는 효율이 높아지기 시작했다. 그리고 묵독 유창성이 점차 읽기의 보편적인 방식으로 자리 잡으면서 우리 인류는 비약적인 발전을 하게 된다. 알베르토 망겔은 「독서의 역사」라는 책에서 묵독하는 시점부터 우리 인류가 복합적이고 심층적인 사고를 하게 되었다고 말한다. 그리고 이 시점은 인지 혁명, 과학 혁명 등 우리 인류를 변화시키는 시점과 일치한다고 지적한다.

문화인류학적 변화는 학생의 발달과 일치한다. 메리언 울프는 「프루스트와 오징어」라는 책에서 우리 인류의 문자 읽기 발달 양상은 학생들의 발달 과업과 일치한다고 언급한다. 즉, 학습자는 음독 유창성에서 점차 묵독 유창성으로 익숙해지는 발달 과정을 거친다. 따라서 Rasinski & Samuels(2006)에서 언급한 것처럼 유창성에서 음독 유창성과 묵독 유창성이 모두 중요하다.

특히 기초 문해력 교육에서 중요한 읽기 유창성은 음독 유창성이다. 문해력에서 음독 유창성을 강조하는 이유는 음독 유창성이 읽기 이해와 밀접한 관련이 있기 때문이다. 읽기 이해라는 사고 과정은 묵독 유창성과 유사한 방식이다. 따라서 발달적 순서와 과업을 고려할 때 음독 유창성이 충분히 발달해야 묵독 유창성과 독해가 가능하다.

기초 문해력에서 읽기 유창성 지도는 독해를 위해 중요한 과업이다. 그런데 음독 유창성 지도를 하면서 유의할 점이 있다. 돌아가면서 읽기(round-robin reading) 방식과 음독 유창성에는 차이가 있다는 것을 유의해야 한다. 많은 읽기 교육 전문가는 학생들이 돌아가면서 읽는 것이 읽기 유창성에 큰 효과가 없다는 것을 밝히고 있다 (NRP, 2022). 돌아가면서 글을 읽게 되면, 읽는 학생 외에 다른 학생은 실제 읽을 수 있는 시간이 줄어들기 때문이다. 즉, 읽기 유창성은 개별적으로 훈련하고 학습해야 발달할 수 있는 능력이다.

정리하면, 초등학교 저학년 시기에는 음독 유창성을 중요한 발달 과업으로 가르쳐 야 한다. 그리고 점차 묵독 유창성을 숙달할 수 있도록 노력해야 한다. 초기 읽기 발 달에서 음독 유창성이 중요한 이유는 읽기 이해에 중요한 토대가 되는 능력이기 때 문이다. 그리고 읽기 유창성은 개인이 연습하고 훈련해서 발달시켜야 하는 능력이다.

나. 읽기 유창성의 중요성

읽기 유창성 연습이 학생들의 독해 발달에 얼마나 효과적일까? 실제 많은 연구 들이 음독 유창성을 학습하는 것이 읽기 성취에 유의미하다는 연구가 많이 있다 (NICHD, 2000). 음독 유창성 연습이 많을수록 학생들의 읽기 능력 향상에 큰 도움을 준다. 음독 유창성 자체의 발달에도 영향을 주지만 해독, 단어 재인, 독해 등에 모두 긍정적인 영향을 준다(NRP, 2002).

읽기 유창성의 긍정적인 영향은 읽기 부진 학생뿐만 아니라 모든 학생에게도 유 의미하게 나타난다. 대체로 읽기 유창성은 읽기를 어려워하는 학생을 위한 지도 방 법으로 생각된다. 그러나 읽기 유창성 훈련은 읽기 부진, 읽기 장애, 난독증, 정상적 인 읽기 능력을 가진 학생까지도 모두 유사하게 학습 효과를 보인다(NRP, 2002). 읽기 유창성 훈련은 다문화 학생, 제2 언어 학습자에게도 같은 학습 효과를 보였다 (Chafouleas 외, 2004; De la Colina 외, 2001).

읽기 유창성은 독해 성취에 가장 유의미한 영향을 준다. 글을 소리 내어 읽는 데 익숙하고 자동화가 된 학습자는 의미를 이해하는 데 집중할 수 있는 여유가 생긴다. 즉, 어떤 의미인지 이해하고 해석하는 데 뇌의 효율성을 높일 수 있다. 해독하는 데에만 집중하게 되면, 학습자는 어떤 의미인지 이해하는 데 어려움을 겪을 수밖에 없다.

이와 같은 기제는 우리의 뇌가 해독과 독해를 관할하는 영역이 분리되어 있기 때문에 나타나는 특징이다. 우리의 뇌는 효율성을 추구한다. 해독과 독해의 영역을 동시에 활성화하는 것이 아니라 한 영역을 숙달시켜 다른 영역에 집중하도록 하는 특징이 있다. 따라서 해독이 충분히 숙달되어야 독해 영역이 활성화될 수 있다. 즉, 음독 유창성을 획득한 독자가 글자를 읽고 의미를 이해하는 과정에 집중할 수 있는 것이다.

읽기 유창성은 단어 재인(recognition) 과정에도 긴밀한 영향을 준다. 재인은 인지(cognition)를 다시 한다는 의미로 읽은 문자가 자신이 들었던 소리인지, 읽었던 문자인지를 사고하는 과정이다. 재인을 통해 독자는 의미를 이해하는 데 집중할 수 있다. 단어의 의미가 무엇인지를 이해하기 위해서는 소리를 내어 글자의 음운을 인식하는 것이 중요하다. 자신의 소리를 듣고 단어의 의미를 정확하게 파악하면서 글의 의미를 이해하는 과정까지 나아갈 수 있다.

2. 읽기 유창성의 구성 요소

읽기의 유창성은 정확성(accuracy), 자동성을(speed/automaticity), 표현성(expression)의 세 가지 요소를 갖추는 것이 중요하다(Rasinski & Samuels, 2006). 정확성은 글자를 정확하고 어법에 맞게 읽는 것을 의미한다. 자동성은 글자를 보고 빠르게 인지해서 소리로 만드는 속도가 빠르게 되었다는 것을 말한다. 표현성은 누구나 이해할 수 있도록 의미를 고려해서 읽는 것을 말한다.

소리 내어 읽는 음독 유창성에서는 정확성과 자동성이 중요하다. 묵독 유창성에서는 표현성이 중요하다. 따라서 읽기 유창성은 정확성, 자동성, 표현성을 모두 갖추어야 한다. 초등학교 1학년 초기 글자를 읽을 때는 정확성과 자동성을 갖출 수 있도록 해야 한다. 점차 소리 내어 읽는 것이 유창해지면, 표현성도 고려할 수 있도록 해야 한다. 이 시점을 명확하게 분리할 수 있지 않다. 학습자마다 발달이 다양하고, 개별적인 발달 속도가 다르기 때문이다.

3. 읽기 유창성 지도 원리

읽기 유창성을 지도하기 위해서는 다음의 원리를 고려해야 한다. 첫째, 소리 내어 읽는 것이 중요하다. 묵독으로만 읽기 성취에 효과를 발휘하기 어렵다. 음독을 하면서 읽기 능력을 향상시키는 데 초점을 둔 지도 방법이다.

둘째, 반복 읽기를 강조한다. 반복하며 읽으면 텍스트를 여러 번 읽거나 듣는다. 이를 통해 정확성, 자동성, 표현성이 향상된다. 시간이 지나면 암기하는 것이 아니라 자동화가 되었다는 것을 인지할 수 있다.

셋째, 음독에 대한 피드백이 있다. 학생이 소리 내어 읽은 후에 이에 대한 청중과 피드백을 동반하는 지도 방법이다. 소리 내어 읽는 것은 학생 스스로 훈련하는 것으로 오해하는 경우가 있다. 자신이 읽은 것을 스스로 점검하기도 하지만, 친구나 선생님이 듣고 피드백을 해주는 것이 음독 유창성에 도움을 준다는 것을 알 수 있다.

이처럼 읽기 유창성에서 음독 유창성이 중요하다는 것을 모두 인지하고 있지만, 실제 다수의 학생을 지도할 때 현실적인 장벽이 생길 수 있다. 많은 학생이 소리 내어 읽으면서 다른 학생에게 방해가 된다고 생각할 수 있다. 그러나 많은 연구에서 음독 유창성을 연습하는 것이 독해에 도움을 준다고 밝히고 있다. 따라서 조용히 읽는 것도 중요하지만, 소리 내어 읽는 연습도 간과해서는 안 된다.

넷째, 읽기 유창성을 지도할 때 교사가 주도하는 데 어려움이 있을 수 있다. 교실의 많은 학생을 동시에 지도하기에는 현실적인 한계가 따르기 때문이다. 따라서 앞서 소개한 짝 읽기가 가장 좋은 전략이다. 교사는 학생의 짝을 정해주고 한 명은 읽고, 다른 한 학생은 점검하는 역할을 한다. 그리고 이 역할을 서로 교대하면서 지도할 수 있다. 분량은 50~150 단어 정도를 정해주는 것이 좋다(NRP, 2002).

다섯째, 읽기 유창성을 효과적으로 지도하는 방법 중 멈춤, 유도, 칭찬을 활용할 수 있다(Wheldall & Mettem, 1985). 글을 읽는 중 적절하게 읽는지 점검하기 위해서는 멈춤이 필요하다. 교사가 적절히 시범을 보이고 난 후, 학생이 성취한다면 칭찬하는 방식으로 지도할 수 있다.

여섯째, 읽기 유창성을 지도할 때 학급의 크기, 교실의 구조, 자리 배치 등이 다양하므로 한 가지 방식으로 지도하는 것은 어렵다(NRP, 2002). 따라서 모든 학생이 읽기 유창성 지도에 참여하는 것이 중요하고, 소리 내어 읽는 시간을 늘려 주는 것이 읽기 발달에 도움을 준다. 이때 학생들이 무엇을 연습해야 하는지 과업을 분명하게 제시해야 한다.

4. 읽기 유창성 지도 방법

읽기 유창성을 지도하기 위해서는 다양한 방법을 활용할 수 있다.

첫째, 단어, 문장, 글 단위로 유창성 지도를 할 수 있다. 읽기 유창성을 향상하기 위해서는 먼저 단어 읽기 유창성이 발달해야 한다. 그리고 문장 읽기 유창성이 발달해야 한다. 단어 읽기와 문장 읽기의 유창성 차이는 조사, 어미가 붙으면서 연음이 발생한다는 것이다. 연음이 발생하면 유창성 속도가 지연될 수 있다. 학습자는 단어 읽기 유창성과 문장 읽기 유창성을 함께 연습해야 한다. 그리고 점차 문장의 수를 늘려 가면서 글 단위 읽기 유창성 연습을 해야 한다.

둘째, 가장 중요한 지도 방법은 반복해서 읽는 것이다(이경남·이승미·이소라, 2021). 글을 반복해서 읽으면 학생들은 해독이 점차 자동화될 수 있다. 같은 단어와 문장을 반복해서 읽으면서 학생들은 읽기 자신감을 가질 수 있다. 반복해서 읽는 훈련은 음운 인식, 해독의 발달에 많은 도움을 주고, 향후 묵독 유창성이 발달하는데 중요한 기반이 된다.

구체적으로 다음과 같은 지도 방법을 활용하여 지도할 수 있다.

(1) 짝 읽기

짝 읽기(partner reading, Stevens 외, 1987)는 두 명이 짝을 이루어 협력하면서 소리 내어 읽는 방식을 의미한다. 짝 읽기는 서로 같은 텍스트를 돌아가면서 낭독하고 이야기하는 방식이다. 서로 읽는 방식을 점검하고 의미를 이해하는 데 도움을 줄 수 있다.

(2) 감각을 고려한 읽기 유창성 지도

감각을 고려한 읽기 유창성 지도(Neurological Impress Method, Heckelman, 1969)는 교사와 학생이 나란히 앉아서 같은 텍스트를 동시에 소리 내어 읽는 방법이다. 이 방법은 특히 읽기에 어려움을 겪는 학생에게 효과적이다. 신경 인상법은 청각, 시각, 언어, 운동 경로를 동시에 자극하면서 읽기 능력을 향상시키는 방법이다. 교사가 학생의 오른쪽 혹은 왼쪽 옆에 가까이 앉아서 학생이 읽는 책을 함께 보며, 큰 소리로 동시에 읽는 방식이다. 교사가 시범을 보이면서 동시에 학생에게 자극을 주는 긍정적인 효과를 얻을 수 있다.

(3) 메아리 읽기

메아리 읽기(Echo Reading, Mathes 외, 2001)는 교사가 먼저 유창하게 읽으면, 학생이 메아리처럼 따라서 읽는 방식을 의미한다. 먼저, 학생과 교사가 읽을 텍스트를 선정한다. 교사가 먼저 낭독하고 학생이 따라서 낭독을 한다. 점차 긴 텍스트를 읽으면서 이 과정을 반복하면서 읽는다. 학생이 잘 읽을 수 있는 능력이 되었을 때는 혼자서 읽을 수 있도록 지도할 수 있다.

(4) 듣기-따라읽기

듣기-따라 읽기(Listen-and-Follow/Repeated Reading, Rasinski, 1990)는 교사가 시범보이는 것을 먼저 들은 후에 학생이 같은 텍스트를 반복해서 읽는 훈련을 말한다. 먼저 학생은 소리 내어 읽는 것을 듣고, 눈으로 따라가면서 텍스트를 확인한다.

그리고 같은 텍스트를 학생이 따라서 읽고, 2~4회 정도 반복해서 읽는다. 학생이 읽은 것을 점검하고 읽었던 내용을 요약하거나 중심 내용을 이야기하는 활동으로 이어갈 수 있다.

(5) 라디오 리딩

라디오 리딩(Radio Reading, Greene, 1979)은 학생이 마치 라디오 방송의 아나운서처럼 유창하게 읽도록 훈련하는 낭독 중심의 수업 방식이다. 이 전략은 표현성(prosody)과 관련된 읽기 동기 부여, 자신감 부여에 효과적인 방법이다. 듣는 사람을 먼저 상정한다. 그리고 시, 이야기, 연설문, 뉴스 기사 등 말하기 스타일이 있는 글을 선정한다. 방송국 DJ, 아나운서, 라디오 DJ처럼 글을 읽는 연습을 하면서 읽기 훈련을 한다. 라디오 리딩은 유창성뿐만 아니라 억양, 자신감, 동기 강화에 효과적이다.

(6) 녹음기 활용

녹음기 활용(recorded repeated reading, Chomsky, 1976)은 읽기 능력이 낮은 학생에게 효과적인 방식이다. 학생 자신이 읽는 소리를 직접 녹음하고 그 소리를 반복해서 듣고, 낭독을 반복하는 과정에서 유창성을 향상하는 전략이다. 녹음을 한 후 학생은 자신의 읽기 방식을 점검한다. 그리고 교사가 읽었던 것을 들으면서 비교하고 차이를 인식한다. 스스로 자기의 문제점을 고치면서 다시 읽는 연습을 하고 동기를 부여하는 읽기 방식이다.

5. 읽기 유창성 검사 도구의 활용

읽기 유창성을 진단하고 검사하기 위해서는 연습과 기록이 중요하다. 다양한 검사 도구가 개발되어 있지만, 대부분의 연구에서는 1분에 얼마나 정확하게 읽을 수 있는지 평가하는 데 목적을 둔다.

일반적으로 읽기 유창성을 측정하는 구체적인 방법과 절차는 다음과 같다.

- 학생이 주어진 텍스트를 1분 동안 읽는다.
- 정확하게 읽은 단어 수를 센다.(음절 수를 셀 수 있다.)
- 실수나 오류는 제외하고 계산한다.
- 긴 시간 동안 읽었다면, 읽은 전체 단어 수에서 오류 수를 뺀다.
- 초 단위로 나눈 후 분당 정확하게 읽은 단어 수를 기록한다.

이처럼 측정하는 방식은 학생들이 얼마나 잘 읽고 있는지 점검하는 기록이 된다. 그리고 학생의 읽기 동기 유발에도 도움을 준다. 그리고 읽기 평가를 할 때, 읽지 못한 단어를 교사는 기록해야 한다. 단어 목록을 기록한 후 학생에게 연습할 수 있도록 목록을 제공한다.

교사가 많은 의문을 가지는 것 중 하나가 어떤 읽기 자료를 활용하는 것이 효과적인지이다. 유창성을 평가할 때 시가 효과적인지, 설명문이나 이야기가 효과적인지 연구에서도 의견이 분분하다. 많은 연구를 검토해 보면, 모든 장르의 읽기 자료가 효과적이다(NRP, 2002). 따라서 학생이 읽을 수 있는 자료라면 다양한 읽기 자료를 제공해서 연습할 수 있다.

그렇다면 텍스트의 난이도는 어떻게 고려해야 하는가? 읽기 쉬운 텍스트를 제공하는 것이 중요하다. 읽기 쉬운 텍스트는 읽기 유창성을 연습하는 데 효과적이다. 그런데 읽기 쉬운 텍스트라고 해서 무조건 쉬운 텍스트를 제공하는 것은 적절하지 않다. 학생 수준에서 도전적인 텍스트를 제공해야 하며, 그러한 텍스트를 읽고 이해할

[그림 1] 『한글 술술 그림책』(글자와 소리의 연결)(이경화 외, 2025)

때 학생에게 도움을 줄 수 있다(Morgan 외, 2000; O'Connor 외, 2002). 읽기 쉬운 텍스트의 예로 다음과 같은 자료를 활용할 수 있다.

오디오 북과 같은 읽기 자료도 도움이 되는지에 대한 관심도 많다. 실제 연구 결과를 살펴보면, 오디오 북도 학생이 읽기 유창성 연습에 도움을 준다(NRP, 2002). 오디오 북을 들으면서 따라 읽어 보고 연습하면서 읽기 유창성을 훈련할 수 있다.

그렇다면 학생이 어느 정도 유창해질 때까지 읽어야 할까? 많은 연구를 검토한 결과 성공 기준은 98%의 정확도를 보일 때까지 반복해서 읽는 것이 효과적이란 것을 강조하고 있다(NRP, 2002). 그리고 반복 횟수에 대한 의문점도 있다. 여러 연구를 검토한 결과 3번 이상 반복할 때 읽기 유창성 발달에 도움이 된다(NRP, 2002).

다음은 구체적인 읽기 유창성 측정 도구이다.

(1) KRI

KRI(Kice Reaidng Inventory)는 국가기초학력지원센터에서 영어권 국가에서 활용하는 QRI(qualitative reading inventory)를 바탕으로 개발한 검사지이다(이경남 외, 2021). KRI는 단어 읽기 유창성, 글 읽기 유창성 평가와 기초적인 독해를 검사할 수 있도록 구성되어 있다.

단어 읽기 유창성 검사는 KRI 검사를 개발하기 위해 구성한 기초 어휘 1,600개를 기반으로 개발되었다(이경남 외, 2021). 기초 어휘는 음성 언어 수준에서 학습자가 이해할 수 있는 어휘를 말한다. 즉, 소리로 단어를 듣고 이해할 수 있는 어휘이다. 그만큼 학습자에게 많이 노출된 어휘라서, 단어 읽기 유창성 검사에 적합하다.

단어 읽기 유창성 평가는 학습자가 1초 이내에 머뭇거림 없이 읽을 수 있는 평가하는 방법을 활용한다. 구체적인 평정 방법은 다음과 같다.

$$\text{단어 읽기 유창성} = \frac{\text{정확하게 읽은 단어}}{20} \times 100$$

단어 읽기 유창성의 평가 기준은 다음과 같다.

표 1. 낱말 유창성 판단 기준

	1학년	2학년	3학년	4학년	5학년	6학년
기준 수	16	16	17	17	17	17
기준 백분율	80%	80%	85%	85%	85%	85%

글 읽기 유창성은 학습자에게 40~60초 정도의 시간을 제공하고 해당 시간 내에 전체 읽은 음절 수를 계산한 후 정확하게 읽은 음절 수를 다시 확인한다. 그리고 두 수를 활용하여 '정확하게 읽은 음절 수/시간 내에 읽은 음절 수*100'을 계산한 후 수준에 따라 다르지만, 95~97% 정도의 정확도를 갖추면 글 읽기 유창성을 갖추었다고 할 수 있다(이경남 외, 2021). 구체적인 공식은 다음과 같다.

$$\text{글 읽기 유창성} = \frac{\text{정확하게 읽은 단어}}{\text{1분 동안 읽은 단어}} \times 100$$

문장 읽기 유창성 평가 기준은 다음과 같다.

표 2. 문장 유창성 판단 기준

	1학년	2학년	3학년	4학년	5학년	6학년
기준 백분율	95%	95%	95%	95%	96%	96%

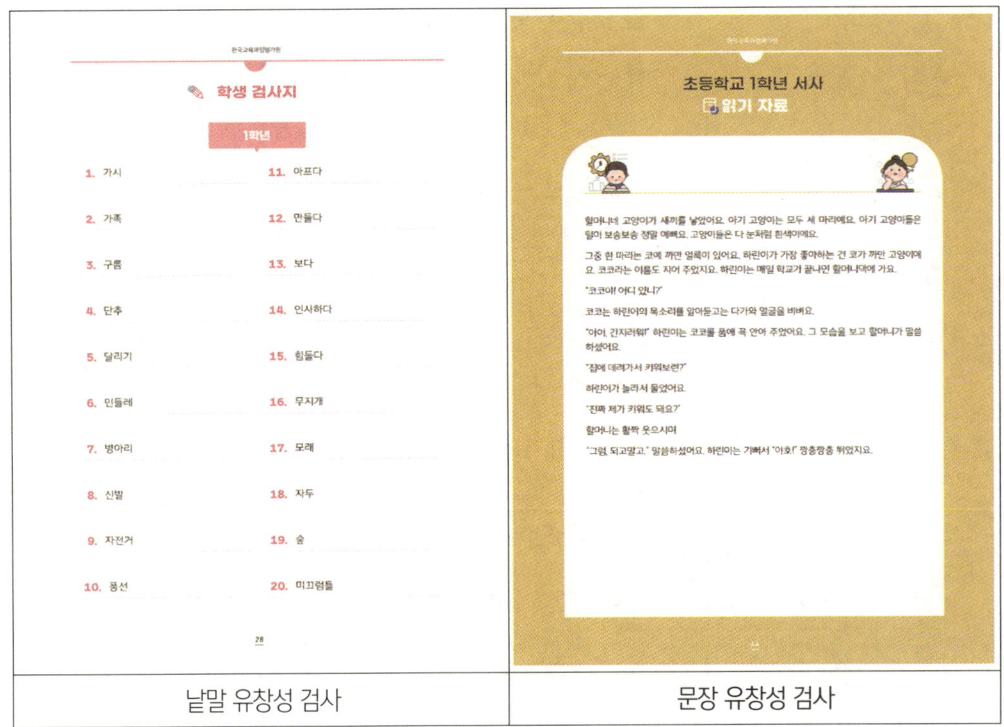

| 낱말 유창성 검사 | 문장 유창성 검사 |

[그림 2]. KRI 유창성 검사지 예시

(2) 오독 분석법

오독 분석법(reading miscue analysis)은 학습자가 주어진 글을 읽으면서 잘못 읽는 것은 무엇인지, 몇 번이나 잘못 읽고 있는지 등을 파악하여, 오독의 원인이 무엇인지를 추론함으로써 학습자의 읽기 유창성 능력을 평가하는 방법이다. 교사는 학생이 읽는 동안 발생하는 오독을 무조건 잘못된 것으로만 받아들이지 말고, 그 원인이 무엇인지를 정확히 밝히는 데 초점을 두어야 한다. 그리고 정확한 발음을 요구하는 등의, 언어의 세부적인 면에만 초점을 두기보다, 학생의 읽기 전략과 관련지어 오독을 세심히 분석, 평가할 필요가 있다.

- 읽기 검사지: 학생이 태어나서 한 번도 본 적이 없는 글을 소리 내어 읽게 한다.
- 교사는 학생이 검사지를 읽는 동안 녹음하고, 결과지에 오류를 기록함
- 음독 오류 유형: 학자마다 유형이 다양함. (<표 3> 참고)

표 3. 음독 오류 유형(예시)

음독		기호	내용
오독 유형	삽입	V	문장에 없는 글자나 단어를 넣어 읽은 경우
			예) 나무 세 묶음^뿐이니
	생략		문장에 있는 글자나 단어, 구를 빠뜨리고 읽는 경우
			예) 배는 항상 따뜻해야 해요.
	대치 · 의미	—O	문장에 있는 글자나 단어를 다른 글자나 단어로 대치하고 대치한 단어나 글자가 의미를 변화시키지 않는 경우
			예) 입으로 공기가 같이 들어가요. (함께)
	대치 · 무의미	—X	문장에 있는 글자나 단어를 다른 글자나 단어로 대치하고 대치한 단어나 글자가 의미를 변화시키는 경우
			예) 꿩고기를 보며 말했어요.
	거꾸로	∿	글 자나 단어의 위치를 바꿔 읽는 경우
			예) 오늘은 많이 바람이 부니까

• 오독 분석법의 3단계: 준비 단계, 읽기 단계, 평가(분석) 단계

① 준비 단계: 오독 분석을 받을 아동을 선정하고 그 아동에게 제공할 글을 선택한다.

② 읽기 단계: 그 아동이 최대한 자유로운 분위기 속에서 주어진 글을 읽게 하고 이 과정에서 나타난 결과를 신속, 정확하게 기록한다. 이 단계에서는 읽기에 방해되지 않는 조용한 장소에서 글을 읽도록 하는 것이 중요하다. 그리고 자유로운 분위기에서 주어진 글을 읽도록 해야 한다.

③ 평가 단계: 기록된 결과를 정확히 분석, 평가한다. 이 단계는 교사의 전문적인 능력을 발휘할 수 있는 가장 중요한 단계이다. 여기서 주의해야 할 것은, 단순히 그 아동이 보여준 오독 개수만을 보고 평가해서는 안 된다는 점이다. 이외에 그 글을 읽는 동안에 느낀 점이나 어려웠던 점, 가장 재미있었던 부분 등에 대해 아동과 이런저런 이야기를 나누면서 유용한 정보를 얻는 것이

좋다. 잘못 읽은 부분을 언급하면서 필요할 경우에는 다시 그 글을 읽어보게 하거나 또는 이와 유사한 짧은 문장을 주어 또 잘못 읽는지를 살펴 볼 필요가 있다. 이러한 과정이야말로 아동 스스로 자기 평가를 해 볼 수 있는 기회를 줌으로써 그 과정 자체가 하나의 좋은 지도의 계기가 된다.

표4. 오독 분석 평가표

오류 유형 이름	무반응	삽입	생략	무의미 대치	의미 대치	자기 수정	기타	종합 의견 (기록일자 포함)

5장

문장 독해

1. 문장 독해의 개념과 중요성

문장 독해는 문장 성분 간의 관계를 파악하여 전체 의미를 구성하는 인지적 활동이다. 문장(文章, sentence)은 낱말들이 통사 규칙에 따라 일정하게 결합하여 하나의 완결된 의미를 전달하는 최소 단위로 기능한다. 문장 독해는 문장에 포함된 개별 낱말의 뜻을 알고, 문장 내의 성분들이 어떤 관계를 맺고 있는지를 분석하여 전체 의미를 구성하는 과정이다. 기초 문해 교육에서 문장 독해가 중요한 까닭은 다음과 같다.

첫째, 문장 독해는 글 전체의 독해력 기반이 된다. 문장은 글을 구성하는 가장 기본적인 의미 단위이다. 개별 문장에 대한 이해가 축적되면서 글 전체에 대한 독해로 나아간다. 문장의 뜻을 정확하게 이해하지 못하면 글 전체의 구조를 파악하기 어렵고, 글에 제시된 정보를 분절적으로 인식하게 된다. 해독 능력이나 어휘력이 뛰어난 학습자라 하더라도 문장 구조에 대한 인식이 부족하면 복잡한 글의 정보 관계를 해석하거나 필자의 의도를 추론하는 데 어려움을 겪는다(Bowey, 1986; Goodwin, Petscher, & Reynolds, 2022). 이러한 경향은 명제 단위로 의미를 구성해야 하는 설명문이나 논설문과 같은 설명적 유형의 글에서 특히 두드러진다.

둘째, 문장 독해는 의미 구성 능력을 길러준다. 문장 독해는 추론을 비롯하여 적극적인 의미 구성 노력을 요구하는 인지 과정이다. 우리가 평소 사용하는 문장 중에는 그 안에 모든 성분이 명시적으로 제시되지 않는 것도 있다. 드러나지 않는 정보는 문맥이나 담화의 구조에 따라 생략되거나 압축된 형태로 제시된다. 이는 필자가 맥락상 자명한 정보를 반복해서 쓰지 않기 때문이다. 학습자는 정보의 공백을 채워 생략된 의미를 해석해야 한다. 예를 들어 "학교에 갔다."라는 문장에는 주어가 생략되어 있지만, 학습자는 앞뒤 문맥과 상황 맥락 등을 근거로 행위 주체를 유추할 수 있다. 문장을 독해하려면 단순히 문장의 표면적인 구조를 파악하거나 주어진 정보를 파악하는 데서 나아가, 생략된 논항을 논리적으로 추론하고 문맥 기반으로 문장의 내용을 해석하는 고차적인 사고력이 필요하다.

셋째, 문장 독해는 의사소통 능력과 긴밀하게 연결된다. 문장은 말과 글로 의미를 조직하고 전달하는 기본 단위다. 문장을 정확하게 이해하지 못하는 학습자는 자기 생각을 타당하고 논리적인 문장으로 표현하지 못할 가능성이 크다. 문장 성분의 기능과 관계를 이해하는 능력은 문장을 이해하고 구성하는 두 맥락에서 중요하게 작용한다. 문장을 구성할 때 어떤 정보가 주어로 제시되고, 어떤 행위나 상태가 서술어로 표현되어야 하는지를 판단하려면 문장 성분의 기능에 대한 이해가 선행되어야 한다. 즉, 문장 독해는 학습자가 자신이 사고한 내용을 명확하게 전달하는 문장 구성 능력으로 이어진다. 문장 독해는 단순히 글을 읽는 데에 그치지 않고, 표현의 조직력과 소통의 정확성을 뒷받침하는 능력이라 할 수 있다.

넷째, 문장 독해는 문법을 적용하는 실제적인 맥락으로 기능한다. 학습자는 문장을 읽는 과정에서 문장의 구조적 특성이 어떻게 의미화되는지를 경험한다. 문장의 형태, 문장의 확장, 주어부와 서술어부의 구성 등 문장 구조에 대한 지식은 모두 문장의 의미를 이해하는 능력과 긴밀하게 연관된다(이경화, 2019). 지식을 단순히 암기하기보다 실제 언어 사용 맥락에 적용하는 과정에서, 문법 지식은 문장을 해석하거나 표현할 때 활용할 수 있는 실용적인 도구로 확장될 수 있다.

2. 문장 독해의 요소

문장은 주어, 서술어, 목적어 등의 문장 성분이 일정한 규칙에 따라 결합하여 이루어진 최소한의 표현 단위다. 문장을 이해하려면 각 성분이 어떤 기능을 수행하고 이들이 문장 안에서 어떻게 연결되어 있는지 파악해야 한다. 문장 독해는 문장 구조를 바탕으로 중심 의미가 어떻게 구성되는지를 이해하는 데서 시작한다.

이를 위해 문장을 이루는 기본 단위인 문장 성분, 성분들이 결합하여 구조를 이루는 방식인 문장 구조, 표현 목적이나 짜임새에 따라 달라지는 문장 유형에 대한 이해가 필요하다. 여기서는 이들 요소 각각이 문장 독해에서 어떤 역할을 하고, 어떻게 의미 구성에 관여하는지 살펴본다.

가. 문장 성분

문장은 주어와 서술어를 기본으로, 필요에 따라 목적어, 보어, 관형어, 부사어, 독립어 등의 성분이 더해져 구성된다. 문장 성분은 크게 주성분, 부속성분, 독립성분으로 나뉜다. 주성분은 문장의 중심 의미를 형성하는 핵심 성분이자, 문장을 완성하는 필수 요소로 여겨진다.[7] 대표적으로 주어, 서술어, 목적어, 보어가 여기에 속한다. 부속성분은 주성분을 꾸미는 역할을 하며, 관형어와 부사어가 이에 해당한다. 독립성분은 문장 내 다른 성분과 문법적으로 직접 연결되지 않는데, 감탄사나 호격어 등이 있다. 여기에서는 주성분인 주어와 서술어, 목적어와 보어에 대해 알아보자.

(1) 주어와 서술어

주어는 문장에서 동작, 상태, 성질, 존재 등의 주체를 나타낸다. 일반적으로 문장의 앞부분에 위치하지만, 어순이 비교적 자유로운 한국어에서는 특정한 의미를 강조하거나 담화의 흐름을 조정하기 위해 주어가 문장의 끝에 오기도 한다. 예를 들어 '민지

---

7) 일부 주성분은 생략되거나 문맥으로 보완되기도 한다.

가 사과를 먹었다'라는 문장에서 주어인 '민지'를 뒤로 옮겨 '사과를 민지가 먹었다'
와 같이 표현할 수도 있다. 기초 문해 수준에서는 '주어'라는 문법 용어를 사용하기보
다는 '누가?', '무엇이?'와 같은 발문을 통해 주어의 기능을 지도하는 것이 효과적이
다.

서술어는 주어의 동작이나 상태를 나타내는 주성분으로, 문장의 구조나 완결성을
결정짓는다. 문장을 읽을 때 가장 먼저 주목해야 할 성분은 서술어이다. 서술어는 주
어가 어떤 동작을 했는지, 어떤 상태나 성질에 있는지를 진술하여 문장의 중심 의미
를 형성한다. 학습자는 서술어를 중심으로 주어, 목적어, 보어 등 다른 성분들과의 관
계를 파악함으로써 문장의 전체 의미를 파악할 수 있다.

예: 고양이가 잠을 잔다. → '고양이가'(주어), '잔다'(서술어)

서술어의 의미와 기능을 중심으로 문장을 구조적으로 파악하는 연습은 문장 독해
능력을 기르는 출발점이 된다. 문장을 구성할 때 먼저 서술어를 중심으로 '무엇을 말
하고 싶은가?'를 생각해 보게 하면, 문장의 구조를 이해하고 의미 있는 문장을 생산
해 낼 수 있다. 기초 문해 수준에서는 간단한 문장을 구성하는 데서 시작해 점차 서
술어 중심의 문장 만들기로 확장하는 접근이 필요하다.

(2) 목적어와 보어

목적어는 서술어가 나타내는 동작 또는 영향을 받는 대상을 가리킨다. 서술어에
따라 문장 내에 반드시 목적어가 필요한 경우가 있는데, 이때 목적어가 누락되면 문
장의 의미가 모호하거나 어색하게 느껴질 수 있다. 예를 들어 '아이가 던졌다'라는 문
장은 목적어가 생략되어서 아이가 던진 대상이 무엇인지 알 수 없다.

예: 아이가 장난감을 던졌다. → '장난감을'(목적어)

문장 독해를 지도할 때는 '무엇을?', '누구를?'과 같은 질문에 답하도록 하여 학습

자가 문장에서 목적어를 찾게 하고, 서술어가 요구하는 성분이 충족되었는지를 판단하며 읽게 할 수 있다. 이처럼 서술어와 목적어의 의미적 연결 관계를 파악해 봄으로써, 학습자는 문장이 완성되기 위한 조건과 의미 구조를 자연스럽게 익힐 수 있다.

보어는 서술어의 의미를 완성하고, 주어나 목적어가 어떤 상태나 신분이 되는지를 나타내는 성분이다. 특히, '되다', '아니다', '이다'와 같은 서술어는 보어 없이는 하나의 문장으로 성립되지 않는다. 이때 보어는 문장의 의미를 완성하는 데 필수적인 요소라 할 수 있다. 예를 들어, '나는 학생이다'에서 '학생'은 주어인 '나'가 어떤 존재인지를 밝혀주는 보어인데, 이 성분이 빠지면 독자는 문장이 어색하고 불완전하다고 느낀다.

예: 나는 선생님이 되었다. → '선생님이'(보어)

초등학생을 지도할 때에는 "무엇이 되었는가?", "무엇이 아닌가?"와 같은 구조화된 질문을 통해 서술어와 보어의 관계를 자연스럽게 익히게 하는 것이 효과적이다.

나. 문장 구조

문장 구조는 문장 성분들이 일정한 규칙에 따라 결합하는 방식을 말한다. 이는 '성분 중에서 무엇이 먼저 오고, 뒤따르는가', '어떤 성분이 필수이고 어떤 성분은 선택적인가'를 판단할 수 있게 해 주는 일종의 틀이다.

(1) 문장의 기본 구조

문장 구조는 서술어를 중심으로 형성되며, 서술어가 요구하는 성분에 따라 기본 구조가 결정된다. 가장 단순한 구조는 [주어 + 서술어]형이다. 예를 들어, '고양이가 잔다'라는 문장에서 '고양이'는 행동의 주체인 주어이고, '잔다'는 그 행동을 나타내는 서술어이다.

ㄱ. 고양이(주어)가 잔다(서술어).

아래의 예와 같이 [주어 + 서술어]의 기본 구조는 서술어에 따라 목적어나 보어가 더해져 의미를 완성하기도 한다.

　　ㄴ. 아이(주어)가 장난감을(목적어) 던졌다(서술어).
　　ㄷ. 나는(주어) 선생님이(보어) 되었다(서술어).

문장을 이해하려면 성분 간의 관계를 파악할 수 있어야 한다. 문장 구조에 대한 인식이 있으면 생략된 성분을 추론하거나 어순이 변형된 문장에서도 의미를 정확히 파악할 수 있다. 그리고 자신이 표현하려는 내용을 명확하게 구성할 수도 있다. 이런 점에서 문장을 구조적으로 읽어내는 능력은 문장 독해의 핵심 기반이라고 할 수 있다.

(2) 문장 구조와 의미 구성

문장 구조는 단순한 성분의 배열이 아니라, 의미를 구성하는 틀로 작용한다. 문장에서 성분의 위치나 유무, 배열 방식이 달라지면 문장의 의미 역시 달라지거나 흐려질 수 있다. 역으로 문장의 의미를 읽어낼 때는 문장의 구조를 파악하는 게 도움이 된다. 문장 구조가 의미 구성에 영향을 주는 예를 차례로 살펴보자.

성분의 배열 방식에 따라 문장 내에서 특정 요소의 의미를 강조할 수 있다. 예를 들어 '철수가 사과를 먹었다'와 '사과를 철수가 먹었다'라는 두 문장은 성분 간의 관계는 같아서 표면적으로 전달하는 의미는 같다. 그런데 어순을 조정함으로써 주체나 대상 중 하나를 특히 강조하려는 필자의 의도가 담기게 되어 두 문장은 다른 의미로 해석될 수 있다.

문장 구조를 익히면 동일한 구조의 문장 뜻을 쉽게 파악할 수 있다. 예를 들어 '나는 학생이다'라는 문장 구조를 안다면, '학생' 대신 보어의 위치에 '선생님'이 들어간 문장을 읽을 때 그 의미를 잘 이해할 수 있다. 학습자는 동일한 문장 구조에서 낱말을 대체한 여러 문장의 예를 비교해 보면서 기본 문장 구조를 익힐 수 있고, 구조 틀 내에서 어떤 성분이 의미의 차이를 만들어내는가를 파악하게 된다.

문장 구조를 인식하면 성분이 생략되어 의미가 불완전한 문장의 뜻을 유추할 수도 있다. 가령 '철수가 먹었다'라는 문장은 철수가 '무엇'을 먹었는지가 빠져 있어 의미가 불완전하게 느껴진다. 이 경우에 학습자는 '누가 무엇을 먹었다'라는 문장의 구조를 통해 철수가 먹은 음식(대상)이 무엇인지 파악할 수 있다. 그리고 문맥을 통해 생략된 성분에 들어갈 내용을 유추하고 문장의 의미를 온전히 이해하게 된다.

다. 문장 유형

문장 유형은 문장의 기능이나 형태, 의미 구조에 따라 문장을 나누는 분류 방식이다. 문장 구조가 문장 내부의 관계와 의미 형성 방식에 초점을 둔다면, 문장 유형은 문장의 외형적 형식과 화자의 의도를 바탕으로 한 표현 기능에 주목한다. 문장 유형은 표현 방식과 의미 기능의 차이를 이해하는 데 중요한 단서가 된다.

문장은 표현 목적, 문장의 짜임, 서술어의 성격, 필자의 태도 등에 따라 다양한 유형으로 구분된다. 문장 유형을 이해하면 문장의 구조와 의도를 파악하는 데 도움이 된다. 특히 문장 독해에서는 문장에 담긴 의도와 정보 구조를 파악하는 전략적 접근이 필요하다. 문장의 유형은 주로 종결 어미나 문장 구성 방식에 따라 드러나지만, 필자의 의도나 맥락에 따라 그 의미가 달라지기도 한다. 따라서 문장을 정확히 이해하려면 문장 유형을 단순히 분류하는 데서 그치지 않고, 의미 구성과 연결하여 해석할 수 있어야 한다.

여기에서는 문장 유형 중에서도 표현 목적에 따른 문장 유형(예: 평서문, 의문문 등)과 문장의 짜임에 따른 유형(홑문장, 겹문장 등)을 중심으로 살펴본다. 이 두 가지 유형은 문장을 올바르게 이해하고 핵심 정보를 파악하는 데 기초가 된다. 이후 수준에서는 서술어의 성격이나 문체적 태도에 따른 분석까지 확장해 볼 수 있다.

(1) 표현 목적에 따른 문장 유형

문장은 필자의 표현 목적에 따라 평서문, 의문문, 명령문, 청유문, 감탄문 등으로 그 유형을 구분한다. 문장의 끝맺음 표현을 보면 문장의 의도를 파악할 수 있다.

ㄱ. "나는 책을 읽었어." → 평서문(사실이나 생각을 진술)

ㄴ. "너 책 읽었어?" → 의문문(상대방에게 질문)

ㄷ. "책 좀 읽어봐." → 명령문(상대방의 행동 유도)

ㄹ. "같이 책 읽자." → 청유문(함께 행동 제안)

ㅁ. "이 책 정말 재밌다!" → 감탄문(필자의 감정이나 느낌을 강하게 표현)

이처럼 문장이 어떤 형태로 끝나는지를 파악하면, 필자가 무엇을 말하고자 하는지 더 정확히 이해할 수 있다. 기초 문해 지도에서는 각 문장 유형에 대한 종결 표현을 중심으로 유형을 인식하게 하고, 문장의 목적과 필자의 의도를 질문과 함께 추론하게 하는 활동이 효과적이다.

그런데 동일한 내용이라도 표현 방식이 달라질 수 있으므로 문장 형식과 필자의 의도를 함께 고려할 필요가 있다. 예를 들어 "책 좀 읽지 그래?"라는 문장은 의문문의 형식이지만, 실제로는 권유나 질책의 의미로 사용된다. 이와 관련하여 초등 학습자의 사례를 살펴보자. 초등학교 4학년 학습자들은 "저 애는 어쩜 저렇게 예쁠까?"라는 문장을 두고 대부분 감탄의 표현이 아닌 의문문으로 인식하였다(최선희, 2017). 이는 초등 학습자가 문장 유형과 문장 부호를 문장의 실제 의도와 분리된 형식 요소로 이해하며, 그 의미를 일률적으로 해석하는 오개념을 지니고 있음을 보여준다. 따라서 문장의 형태와 실제 의도를 문맥 속에서 파악할 수 있도록 지도해야 한다.

(2) 문장의 짜임에 따른 문장 유형

문장은 짜임에 따라 홑문장과 겹문장으로 나뉜다. 홑문장은 '하나의 서술어로 이루어진 문장'이다. 겹문장은 이어진 문장과 안은문장과 같이 '둘 이상의 서술어가 있는 문장'을 가리킨다.

ㄱ. 나는 아침을 <u>먹었다</u>. → 홑문장

ㄴ. 나는 아침을 <u>먹고</u> 학교에 <u>갔다</u>. → 이어진문장

ㄷ. 그는 내가 아침을 <u>먹은</u> 것을 <u>몰랐다</u>. → 안은문장

홑문장은 중심 내용을 바로 이해할 수 있지만, 겹문장은 정보 사이의 관계를 파악하는 능력이 필요하다. 이어진 문장에서는 두 사건이나 상황의 연결 관계(그리고, 그래서, 하지만 등)를 파악해야 한다. 그리고 안은문장에서는 문장 안에 들어 있는 또 다른 정보의 성격(이유, 설명, 조건 등)을 이해해야 한다. 가령, "비가 와서 소풍을 취소했다."라는 문장은 단순히 두 사실을 나열한 것이 아니라, 원인과 결과의 관계를 담고 있다.

기초 문해 지도에서는 홑문장과 겹문장을 구별하고, 겹문장의 연결 표현에 주목하게 해야 한다. 그리고 두 사건이나 정보가 어떤 관계로 연결되어 있는지를 시각화하거나 문장을 분리 또는 재구성하는 활동으로 나아갈 수 있다.

3. 문장 독해 지도 방법

가. 그림에 알맞은 낱말 찾기

문장을 읽고 그 뜻을 이해하려면 문장을 구성하는 낱말 단위에서부터 독해를 시작해야 한다. 특히 문장의 주요 성분에 해당하는 낱말의 뜻을 먼저 파악해야 한다. 이처럼 문장 성분에 초점을 둔 문장 독해 지도에서는 주요 성분인 주어, 목적어, 보어, 서술어 중 일부를 비워두고 그림이 설명하는 의미와 일치하는 알맞은 낱말을 고르는 과제를 제시할 수 있다.

초등학교 저학년 학습자에게 문장 성분 용어를 사용해 지도하는 것은 바람직하지 않다. 그러나 그림에 알맞은 낱말을 찾아보는 과정에서 학습자는 문장의 의미를 구성하는 여러 가지 성분이 존재하며, 문장의 뜻을 파악하려면 각 성분에 해당하는 낱말의 뜻을 변별해내야 한다는 사실을 직관적으로 이해할 수 있다. 특정 성분에 해당하는 낱말을 찾게 할 때에는, 그림을 설명하는 문장의 빈칸에 들어갈 알맞은 낱말을 <보기>에서 찾아보도록 과제를 제시한다.

[그림 1] 알맞은 낱말에 표시하기(이경화 외, 재미있는 문장 놀이, 2018)

이때, 학습자가 특정 문장 성분에 주목할 수 있도록 교사가 초점화된 발문을 해도 좋다. 예를 들어, '주어'에 해당하는 낱말을 찾을 때 교사는 "'누가' 사과를 먹었을까요?"라고 질문하고, '목적어' 자리에 들어갈 낱말을 찾을 때에는 "동생이 '무엇을' 불렀을까요?"와 같이 질문하여 학습자가 주어와 목적어에 해당하는 낱말에 주목할 수 있도록 도울 수 있다.

나. 그림에 알맞은 문장 찾기

낱말 단위에서 문장 성분을 제대로 파악하고 있다면, 여러 가지 짜임으로 만들어진 문장의 의미를 독해하는 단계로 나아가야 한다. 문장의 짜임에 따라 문장 독해를 지도할 때에는 홑문장에서 겹문장으로 확대하는 단계적인 접근이 요구된다. 홑문장은 문장 내에 주어와 서술어가 하나씩 있고, 겹문장은 주어와 서술어의 관계가 두 번 이상 나타난다. 문장의 형태를 익히는 초등학교 저학년 단계에서는 주어와 서술어가 모두 포함된 전형적인 문장의 예를 활용하지만, 일반적으로는 주어가 생략되기도 한다. 따라서 문장의 짜임을 구분할 때에는 서술어의 개수를 확인하는 게 좋다.

문장의 짜임에 따라 문장 독해를 지도할 때에는 홑문장에서 시작해서 결국 겹문장의 독해까지 나아가야 하지만, 기초 문해 수준에서는 홑문장 독해 연습이 충분히 이루어져야 한다. 겹문장은 문장의 구조가 복잡하여 초등학교 저학년 학습자가 이해하는 데 어려움이 크다. 그래서 겹문장 독해를 지도하기 이전에 홑문장 독해 능력을 기르는 충분한 과제가 선행되어야 한다.

홑문장 독해를 지도하기 위한 방법으로는 그림을 보고 알맞은 문장을 찾는 활동이 있다. 이때 홑문장의 유형에 따라 단계적으로 장면과 문장을 제시할 필요가 있다. 홑문장의 유형은 다음과 같다.

- '누가/무엇이 무엇이다'
- '누가/무엇이 어떠하다/어찌하다'
- '누가 무엇을 어찌하다'
- '누가/무엇이 되다'
- '누가 누구에게/무엇에게 무엇을 어찌하다'

'누가/무엇이 무엇이다' 유형의 예는 다음과 같다.

[그림 2] '누가/무엇이 무엇이다' 유형(이경화 외, 재미있는 문장 놀이, 2018)

‘누가/무엇이 무엇이다’ 유형의 문장 독해 연습이 충분히 이루어진 후에는, ‘누가/무엇이 어떠하다/어찌하다’ 유형에서 ‘누가 누구에게/무엇에게 무엇을 어찌하다’ 유형까지 단계적으로 지도한다. 문장의 짜임에 따라 문형을 학습할 때에는 주어, 목적어, 보어, 서술어와 같은 주요 성분에 차이가 있는 그림을 제시함으로써, 동일한 문장 유형 내에서도 문장 성분의 차이에 따라 의미가 달라질 수 있음에 주목하도록 유도한다.

다. 문장 간 연결 분석하기

문장 독해는 한 문장의 뜻을 이해하는 데서 출발하지만, 문장과 문장이 어떻게 이어지는지를 살펴보는 것도 중요하다. 문장들이 어떤 순서와 이유로 이어지는지를 알면 전체 내용을 더 잘 이해할 수 있다. 이때 ‘그래서’, ‘그런데’, ‘그리고’, ‘하지만’ 같은 접속 표현은 문장의 흐름을 알려주는 단서가 된다.

ㄱ. 비가 많이 왔다. <u>그래서</u> 운동회가 취소되었다.

ㄴ. 비가 왔다. <u>그런데</u> 운동회는 진행되었다.

ㄱ은 ‘그래서’라는 접속 표현을 통해 앞 문장이 이유가 되고, 뒤따르는 문장이 결과임을 알 수 있다. ㄴ은 ‘그런데’가 앞뒤 문장이 서로 반대 내용, 즉 역접의 관계에 있음을 보여준다. 이처럼 문장 사이의 관계를 생각하면서 읽으면 글 전체가 말하고자 하는 바를 더 정확하게 파악할 수 있다. 수업에서는 접속 표현 사용에 따른 문장 간의 관계를 말해보게 하거나, 접속어 없이 주어진 문장을 이어보는 활동을 시도해도 좋다.

6장

문장 쓰기 지도

1. 문장 쓰기의 개념

문장이란 자신의 생각이나 감정을 하나의 완결된 내용으로 표현하는 최소 단위의 언어 형식을 의미한다. 문장은 말이나 글에서 의미가 통하는 최소 단위로, 의사소통의 기본 단위이기도 하다. 따라서 문장을 제대로 이해하고 만들 수 있는 능력은 언어 사용에서 매우 중요한 역할을 한다. 문장 쓰기 학습은 이러한 문장을 구성하는 서술어의 자릿수에 따라 문장을 만들어 보는 활동 등을 포함하며, 이를 통해 학생들은 자신의 생각을 체계적으로 표현하는 방법을 배운다.

문장 쓰기는 매우 중요한 활동이다. 글의 종류나 내용, 목적 등과 관계없이 모든 글은 문장을 기본 단위로 이루어진다. 벽돌이 쌓여 건축물이 되듯이 문장이 모여서 한 편의 글이 된다. 건물을 지을 때 벽돌 한 장 한 장을 제대로 쌓아야 나중에 완성된 건물에 문제가 생기지 않는다. 벽돌 쌓는 것을 소홀히 하게 되면 나중에 건물의 안정성에 문제가 생길 수 있다. 한 편의 글을 쓸 때도 그러하다. 문장 하나하나를 함부로 쓰게 되면 전체 글의 체계가 흔들리고 전하고자 하는 바가 제대로 전달되지 않게 된다.

문장 쓰기는 기초 문해의 핵심 과업이다. 문단이나 짧은 글 쓰기가 이루어지기 위해서는 우선적으로 문장 쓰기 학습이 이루어져야 한다. 문장 쓰기 학습이 충분히 이루지지 않으면 작문에서 부진이 발생하게 된다. 글쓰기는 필자가 대상이나 상황에 대해 인식한 내용을 문자 언어로 표현하는 활동이다. 이 과정에는 여러 기능이 관여하는데, 국어과 교육과정에서는 글쓰기와 관련된 기능을 내용 생성하기, 내용 조직하기, 표현하기, 그리고 고쳐쓰기 등으로 나누어 설명한다. 이 중 문장 쓰기는 '표현하기' 기능의 기초가 되는 부분으로, 생각이나 감정을 글로 정확하고 효과적으로 드러내기 위한 첫걸음이라 할 수 있다. 따라서 문장 쓰기 능력은 전반적인 글쓰기 능력을 키우는 데 매우 중요한 역할을 한다.

2. 문장 쓰기의 요소

문장 쓰기 교육내용을 다음과 같이 10개(낱말 선택, 문장 성분, 어순, 문장 호응, 문장 종류, 문장 부호, 문장 성분 대용, 문장 연결, 문장 분리, 문장 확장)로 정리할 수 있다(강동훈, 2021). 각 교육내용과 그에 대한 설명을 정리하면 다음과 같다.

표 1. 문장 쓰기 교육 내용(강동훈, 2021)

교육내용	문장 쓰기 교육내용에 대한 설명
낱말 선택	문맥에 맞는 적절한 낱말을 선택해서 활용할 수 있는가?
문장 성분	자신이 표현하고자 하는 내용에 해당하는 성분을 빠짐없이 쓸 수 있는가?
어순	우리말의 순서에 맞는 적절한 순서로 문장 성분들을 배열할 수 있는가?
문장 호응	시제, 높임법, 피동문과 사동문, 부정문, 주어-서술어 간, 부사어-서술어 간 등 문장 성분이 잘 호응하는가?
문장 종류	평서문, 의문문, 감탄문, 명령문, 청유문의 특징을 알고, 표현 효과를 살려 상황에 맞게 사용할 수 있는가?
문장 부호	문장 부호를 바르게 쓰고, 문장의 종류에 맞게 사용할 수 있으며, 각각의 표현 효과를 알고 있는가?

문장 성분 대용	대용어 '그, 그(것), 하다' 등을 활용하여 문장 성분의 일부를 대신할 수 있는가?
문장 연결	이어주는 말(접속 부사, 연결어미, 조사 등)을 활용하여 여러 개의 문장을 하나로 만들 수 있는가?
문장 분리	연결된 여러 개의 문장을 한 개 이상으로 분리할 수 있는가?
문장 확장	꾸며 주는 말이나 문장 성분을 추가하여 내용을 풍부하게 쓸 수 있는가?

가. 낱말 선택

문장 쓰기에서 낱말 선택은 글의 의미를 명확하고 효과적으로 전달하는 데 매우 중요한 과정이다. 문장 속에서 필자가 표현하려는 생각이나 감정을 정확하게 전하기 위해서는 의미에 대응하는 적절한 단어를 골라야 한다. 같은 뜻을 가진 낱말이라도 문장 내에서 쓰이는 위치나 주변 단어에 따라 어울림이 달라질 수 있기 때문에, 상황에 맞는 낱말을 선택하는 능력이 필요하다. 낱말 선택이 부적절하면 문장의 의미가 불분명해지거나 독자의 이해를 방해할 수 있으므로, 문장 쓰기에서 문맥과 의도에 맞는 정확한 낱말 선택이 필수적이다.

나. 문장 성분

문장 성분을 이해하는 것은 올바른 문장을 만드는 데 필수적인 요소이다. 각 성분의 기능과 종류를 정확히 알고 적절히 사용하는 것이 문장 형식의 완결성과 의미 전달의 명확성을 보장한다. 문장 성분에 대한 체계적인 학습은 학생들이 문법적으로 올바르고 논리적인 문장을 쓸 수 있도록 도와주며, 이를 통해 글쓰기의 기본기를 탄탄히 할 수 있다.

문장 성분은 문장 구성 역할에 따라 주성분, 부속성분, 독립성분으로 구분할 수 있다. 주성분은 주어, 목적어, 보어, 서술어이고, 부속성분은 관형어, 부사어이다. 독립성분은 독립어이다. 주성분은 문장을 구성할 때 반드시 필요한 문장 성분이다. 부속성분과 독립성분은 반드시 필요하지는 않지만 문장을 수식하는 등의 기능을 한다. 국어 문장의 기본 구조는 다음과 같다.

(1) 무엇이 어찌한다.
(2) 무엇이 어떠하다.
(3) 무엇이 무엇이다.

기본 구조는 주어와 서술어의 구조이다. (1), (2), (3)의 '무엇이(또는 누가)'가 주어에 해당한다. 주어는 체언이나 체언의 기능을 하는 말에 주격조사를 붙여서 성립한다. 명사, 대명사, 수사 등의 체언, 체언 역할을 하는 명사구나 명사절, 용언의 연결형, 인용된 말에 주격조사가 결합해 주어가 된다. (1), (2), (3)의 '어찌한다, 어떠하다, 무엇이다'는 서술어이다. 국어에서 서술어는 주어, 목적어, 보어 등과 함께 필수적인 주성분이고 주어를 비롯한 다른 성분의 등장과 문장의 성격을 결정한다. 서술어가 주어 하나만을 요구하면 한 자리 서술어, 주어와 함께 목적어나 보어 등 두 개를 요구하면 두 자리 서술어, 주어, 목적어, 보어를 모두 요구하면 세 자리 서술어로 구분할 수 있다.

다. 어순

국어는 주어-목적어(또는 보어)-서술어라는 기본 어순을 가지고 있다. 이 기본 어순을 바탕으로 문장 성분을 적절하게 배열해야 문장의 의미가 정확하게 전달된다. 어순이 바뀌면 문장의 의미가 혼동되거나 전달력이 떨어질 수 있기 때문에, 문장 구성 시 어순에 대한 이해가 매우 중요하다. 또한, 국어에서는 어순이 비교적 유연한 편이지만, 기본 어순을 지키는 것이 가장 자연스럽고 명확한 의사소통을 가능하게 한다. 따라서 문장 쓰기 교육에서는 기본 어순의 개념을 명확히 이해시키고, 이를 바탕으로 다양한 문장을 만들어 보는 연습이 필요하다.

라. 문장 호응

문장의 통사적 기능은 문장 성분 간의 유기적 관계가 맺어질 때 작용한다. 이러한 문장의 통사적 기능을 문장의 호응이라고도 한다. 문장 호응은 문장 안의 여러 성분들이 서로 조화를 이루어 자연스러운 문장을 만드는 것을 의미한다. 문장의 호응에는 '주어와 서술어', '목적어와 서술어' 등 문장 성분 간의 호응도 있고, 인물 간의 관계, 시간의 차이, 움직임의 주체 등에 따라 높임법, 시간 표현, 피·사동 표현, 부정 표현 등이 있다.

1) 영수는 기영이보다 키가 크고, 몸무게는 무겁다.
2) 영수는 밥을 먹는다. : 어머니께서는 진지를 드신다.
3) 나는 지금 밥을 먹는다. : 나는 어제 공원에 갔다.
4) 아기가 엄마를 안았다. : 아기가 엄마에게 안겼다.
5) 도현이가 공부를 한다. : 엄마가 도현이에게 공부를 시킨다.
6) 나는 축구를 한다. : 나는 축구를 안 한다.

문장 성분 간의 호응이 맞지 않으면 오류가 있는 문장이 되기 때문에 문장 쓰기를 할 때 유의하도록 지도할 필요가 있다. 시제는 문장의 시간적 배경을 명확하게 표현하는 중요한 요소로, 과거, 현재, 미래 시제를 적절히 사용해야 한다. 또한 높임법은 상대방이나 대상에 대한 존중을 표현하기 위해 필수적이며, 사동과 피동 표현은 행동의 주체와 대상 관계를 분명히 한다. 이러한 요소들이 서로 맞지 않으면 문장은 부자연스럽고 어색해질 수 있다. 따라서 문장 호응에 관한 이해와 적용은 자연스럽고 정확한 문장 작성을 위해 꼭 필요하다.

마. 문장 종류

문장은 그 기능과 형태에 따라 여러 종류로 나뉜다. 평서문은 사실이나 생각을 전달하는 기본 문장이고, 의문문은 질문을 나타내며, 명령문은 요청이나 명령을 전달한다. 청유문은 함께 어떤 행동을 하자는 제안을, 감탄문은 감정을 표현하는 데 쓰인다. 각 문장은 고유한 종결 어미와 마침표, 어감 등을 갖고 있어 이를 정확히 이해하는 것이 중요하다. 문장 종류에 따른 표현 방법을 익히면 상황에 맞는 적절한 문장을 구사할 수 있으며, 의사소통의 효과도 높아진다.

표 2. 문장의 종류

문장의 종류	기능	예시
평서문	필자(화자)가 내용을 객관적, 일반적으로 진술하는 문장 유형.	책을 읽는다.
의문문	필자(화자)가 독자(청자)에게 질문을 하여 답을 요구하는 문장 유형.	책을 읽었니?
명령문	필자(화자)가 독자(청자)에게 명령을 하는 내용을 진술하는 문장 유형.	책을 읽어라.
청유문	필자(화자)가 독자(청자)에게 같이 행동할 것을 요구하는 문장 유형.	책을 읽자!
감탄문	필자(화자)가 독자(청자)를 의식하지 않고 자기의 느낌을 표현하는 문장 유형.	책이 재미있구나!

바. 문장 부호

문장 부호는 글의 의미를 명확하게 하고, 읽는 이가 내용을 쉽게 이해하도록 돕는 중요한 도구이다. 마침표, 물음표, 느낌표, 쉼표 등 다양한 부호가 있으며, 각각의 부호는 글에서 특정한 역할과 효과를 가진다. 예를 들어, 마침표는 문장의 끝을 알리고, 쉼표는 문장 내에서 잠시 멈춤이나 의미의 구분을 나타낸다. 문장 종류에 따라 적절한 부호를 사용하지 않으면 의미 전달이 혼란스러워질 수 있기 때문에, 올바른 문장 부호 사용법을 익히는 것은 글쓰기의 기본이다.

사. 문장 성분 대용

문장 성분 대용은 글을 쓸 때 같은 말을 반복하지 않고 간결하고 자연스럽게 표현하기 위해 대명사나 대용어를 사용하는 방법이다. 예를 들어, '이', '그', '저' 같은 지시 대명사를 통해 앞서 나온 명사나 문장 성분을 대신할 수 있다. 이렇게 하면 글의 흐름이 부드러워지고 중복 표현을 줄여 독자의 이해를 돕는다. 문장 성분 대용은 글의 간결성과 명료성을 높이는 효과적인 수단이므로, 작문 능력을 키우는 데 반드시 포함되어야 한다.

아. 문장 연결

문장 연결은 여러 문장을 하나의 글이나 단락으로 자연스럽게 이어주는 역할을 한다. 접속 조사, 접속 부사, 연결 어미 등을 활용해 문장과 문장 사이를 대등하거나 종속적인 관계로 연결함으로써 글의 흐름을 매끄럽게 만든다. 적절한 연결어 사용은 논리적인 전개와 내용을 체계적으로 전달하는 데 매우 중요하다. 반대로 연결이 어색하거나 부족하면 글이 단절되어 독자가 이해하기 어려워질 수 있다.

자. 문장 분리

문장 분리는 복잡한 문장을 두 개 이상의 간단한 문장으로 나누어 각 내용이나 사태를 명확히 표현하는 방법이다. 특히 접속 조사나 부사, 연결 어미로 연결된 긴 문장은 독자가 읽기에 부담이 될 수 있으므로 적절히 분리하여 가독성을 높이는 것이 좋다. 문장 분리를 통해 글의 의미가 명확해지고 독자의 이해를 돕기 때문에, 글쓰기 과정에서 중요한 편집 기술 중 하나로 여겨진다.

차. 문장 확장(확대)

문장 확장은 기본 문장에 수식어를 덧붙이거나 안긴 문장, 대등 및 종속 연결 어미를 사용해 문장의 내용을 더 자세하고 구체적으로 만드는 과정이다. 이를 통해 표현하고자 하는 생각이나 감정을 풍부하게 전달할 수 있으며, 글의 설득력과 완성도를 높이는 데 크게 기여한다. 문장 확장은 독자의 이해를 돕고, 글의 분위기와 색깔을 살리는 데 필수적인 기능이므로, 작문 교육에서 적극적으로 다뤄져야 한다.

3. 문장 쓰기의 오류 유형

초등학교에서 학습에 어려움을 보이는 아동들은 문장을 구성하는 과정에서 주로 나타나는 몇 가지 오류 유형을 보인다.

(1) 'ㄹ' 첨가

어간 끝에 'ㄹ'이 없는데도 'ㄹ'로 시작하는 어미가 따를 경우, 어간에 'ㄹ'이 첨가되는 오류가 나타난다. '갈려고', '쓸라고', '먹을라고' 등이 그 예이다.

- 학교에 갈려고 나오니 날씨가 맑았다. 나는 그냥 쓸라고 했지만
- 도저히 그 지우개를 쓸 수 없었다. 나는 그 떡을 먹을라고 했다.

(2) 연철과 잘못된 축약

'발바서(밟아서)', '야골리고(약올리고)' 등은 분철이 되어야 할 말을 연철한 사례이며, 빠르게 말하는 과정에서 '조금한(조그마한)', '친다고(치운다고)' 등으로 축약하여 잘못된 말을 쓰기도 한다.

- 남자들이 야골리고 있다.

(3) 문장에서 단어의 오용

'길다'의 대립어로 '짧다' 대신 '적다'를 쓰기도 하고, 분량을 나타낼 말에 크기를 써서 논리적 모순을 드러내기도 한다.

- 지금은 낮이 길고 밤이 적어서 약간 피곤하다
- 교장선생님 말씀을 듣고 난 큰 것을 깨달았다.

(4) 문장 성분의 생략 또는 잘못된 배열

문장 성분이 생략됨에 따라 문장의 의미가 모호해지거나 비문법적인 문장이 된다. 또한 성분의 배열이 잘못되어 모호한 문장이 되거나 복문에서 안은 문장의 주어와 안긴 문장의 주어가 바뀌는 경우가 있다.

• 누구나 사람들은 건강해야 한다.

문단이나 짧은 글 쓰기가 이루어지기 위해서는 우선적으로 문장 작문 학습이 이루어져야 한다. 문장 쓰기 학습이 충분히 이루지지 않으면 작문에서 부진이 발생하게 된다.

4. 문장 쓰기 지도 방법

문장 쓰기 지도를 위해서는 빈칸 메우기, 문장 성분 순서 바로잡기, 문장 성분 간 호응을 고려하여 연결하기 등 다양한 방법을 활용할 수 있다. 이러한 지도 방법은 교육내용의 특성을 고려하여 교육효과를 가장 높일 수 있는 방식으로 선택된다. 이때 하나의 방법을 활용해 하나의 교육내용을 집중적으로 지도할 수도 있고, 하나의 방법으로 두세 개의 교육내용을 통합적으로 지도할 수도 있다.

가. 낱말 선택 지도

'낱말 선택' 지도 시에는 혼동하기 쉬운 낱말들을 정확히 이해하도록 돕는 것이 매우 중요하다. 예를 들어, '걸음'과 '거름', '늘이다'와 '느리다'처럼 발음이나 형태가 비슷하지만 의미가 전혀 다른 단어들을 사전적 정의와 함께 제시한다. 이를 통해 학습자들이 각 단어가 지닌 본래 의미를 명확히 구분할 수 있도록 한다. 또한, 이러한 낱말들을 실제 문장 속 빈칸에 넣어 보는 활동을 병행함으로써 단순한 암기가 아니라 문맥에 맞는 단어 선택 능력을 키우도록 한다. 이러한 과정은 학생들이 글을 쓸 때 적절한 낱말을 고르는 기초를 다지게 하여, 글의 의미 전달을 더욱 명확하고 풍부하게 만든다.

> · 걸음: 두 발을 번갈아 옮겨 놓는 동작
> · 거름: 식물이 잘 자라도록 땅을 기름지게 하기 위하여 주는 물질
>
> 다음 문장에 알맞은 낱말을 써 보시오.
> ○ 예성이는 식물이 잘 자라도록 (   )을 주었다.
> ○ 서영이는 학교까지 빠른 (   )으로 걸었다.

[그림 1] 혼동하기 쉬운 낱말의 사전적 의미를 보고, 빈칸에 적절한 낱말 채우기

학습자들은-제시된 낱말이 사용된 문장의 맥락을 주의 깊게 살펴보고, 그 뜻을 스스로 추론해 보는 활동을 진행할 수 있다. 예를 들어 '늘이다'와 '느리다'가 포함된 문장을 읽고, 두 단어가 어떤 의미로 쓰였는지 짐작해 본 후, 각 단어의 정확한 뜻과 연결해 보는 것이다. 이 과정은 낱말의 뜻을 단순히 외우는 데 그치지 않고, 문장 내에서 의미를 파악하는 능력을 기르도록 돕는다. 더불어, 비슷한 발음이나 모양의 낱말 사이에서 미묘한 차이를 인지하는 데 중요한 역할을 하여, 글쓰기에서 적절한 낱말 선택을 가능하게 한다.

> 다음 문장에서 사용된 낱말의 뜻을 짐작해 보고 알맞은 낱말과 연결해 봅시다.
> ○ 선분 ㄱㄴ을 **늘이면** 다른 선분과 만나게 된다.
> ○ 더위에 지친 사람들은 모두 **느리게** 움직이고 있었다.
>
> 느리다 ·   · 본디보다 더 길어지게 하다.
> 늘이다 ·   · 빠르지 못하고 더디다

[그림 2] 낱말이 사용된 맥락을 보며 그 뜻을 짐작한 후 그 의미를 지닌 낱말과 연결하기

다양한 낱말이 담긴 보기에서 적절한 단어를 골라 빈칸에 넣는 활동을 실시할 수도 있다. 예를 들어 '춤', '딸기', '노래', '피아노'와 같은 낱말 중에서 문장의 의미와 문맥에 가장 어울리는 단어를 선택해 문장을 완성하는 것이다. 이와 같은 연습은

낱말의 기본적인 의미뿐만 아니라 문장에서의 품사 역할과 어울림을 함께 고려하게 하여, 학습자가 문맥에 맞는 적절한 낱말을 선택하는 감각을 키울 수 있도록 한다. 결과적으로 이러한 낱말 선택 훈련은 문장력 향상에 필수적인 바탕을 제공하며, 글쓰기에 대한 자신감과 표현력을 높이는 데 기여한다.

보기에서 알맞은 낱말을 골라 다음 문장의 빈칸을 완성해 봅시다.

<보기>
춤 딸기 노래 피아노

○ 서영이가 (   )을/를 춥니다.
○ 동훈이가 (   )을/를 먹습니다.
○ 예성이는 (   )을/를 잘 칩니다.
○ 혜정이는 (   )을/를 잘 부릅니다.

[그림 3] 낱말의 의미를 생각하며, 빈칸에 알맞은 낱말 선택하기

나. 문장 성분 지도

문장 성분 지도의 기본은 문장을 구성하는 핵심 요소인 주어, 목적어(또는 대상어), 보어, 서술어 등을 명확히 구분하고 이해하는 데 있다. 이를 위해 '누가', '어디에서', '무엇을', '한다'와 같은 의문 구조를 바탕으로 문장 성분을 나누어 보고, 각 성분이 문장에서 어떤 역할을 하는지 익히도록 한다. 예를 들어, 보기에서 제시된 단어를 활용하여 빈칸에 적절한 낱말을 채워 문장을 완성하게 함으로써 주어는 '누가', 목적어는 '무엇을', 부사어는 '어디에서', 서술어는 '한다'에 해당한다는 구조적 개념을 자연스럽게 이해하게 된다. 이러한 연습은 학생들이 문장을 보다 체계적으로 바라보고, 정확한 문장을 구성하는 능력을 기르는 데 도움을 준다.

보기에서 알맞은 낱말을 골라 다음 문장의 빈칸을 완성해 봅시다.

<보기>
그립니다   급식실에서   책을   아이들이

○ (   )이 운동장에서 줄넘기를 합니다.
○ 서영이가 (   )에서 밥을 먹습니다.
○ 예성이는 거실에서 (   ) 읽습니다.
○ 혜정이는 교실에서 그림을 (   ).

[그림 4] 문장 성분을 구분하여 해당하는 문장 성분 쓰기

다. 어순 지도

어순 지도의 목적은 문장 성분이 적절한 순서로 배열되어야 자연스럽고 의미가 명확한 문장을 만들 수 있다는 점을 학습하는 것이다. 국어의 기본 어순인 '주어-목적어-서술어'(또는 '주어-부사어-목적어-서술어')에 따라 낱말을 올바르게 배열하는 연습을 통해 학습자는 문장 구성의 흐름을 익힐 수 있다. 예를 들어, 제시된 낱말이 무작위로 섞여 있는 문장을 읽고, 이를 올바른 순서로 재배열하여 완성된 문장으로 만드는 활동을 한다. 이러한 훈련은 문장의 의미를 명확히 전달하고, 독자가 혼동 없이 이해할 수 있도록 하는 문장력 향상에 큰 도움이 된다.

<보기>처럼 자연스러운 문장이 되도록, 아래 있는 낱말의 순서를 바르게 나타내어 문장을 완성해 봅시다.

<보기>
밥을   서영이가   급식실에서   먹습니다
→ 서영이가 급식실에서 밥을 먹습니다

○ 합니다   줄넘기를   운동장에서   예성이가
→ ________________________________

[그림 5] 뒤섞인 문장 성분 바르게 재배열하기

라. 문장 호응 지도

　문장 호응 지도에서는 먼저 시제, 높임법, 피동·사동 표현, 부정 표현 등 문장 성분들 간의 어울림이 문장의 자연스러움과 정확성에 얼마나 중요한지 설명하는 것이 필요하다. 이후 학습자들에게 높임법이 잘못 사용된 문장이나 시제, 부정 표현이 어색한 문장 등의 예문을 제시하고, 밑줄 친 부분을 올바른 표현으로 고쳐보는 활동을 진행한다. 예를 들어, '먹었어요' 대신 '드셨어요'를 사용하도록 수정하는 연습을 통해 적절한 높임법 사용을 익히게 한다. 더불어 주어와 서술어의 시제나 격식이 일치하도록 문장을 바꾸어 보는 과정을 포함시켜, 문장 호응에 오류가 없을 때 의미 전달이 정확해진다는 점을 인식시키도록 한다.

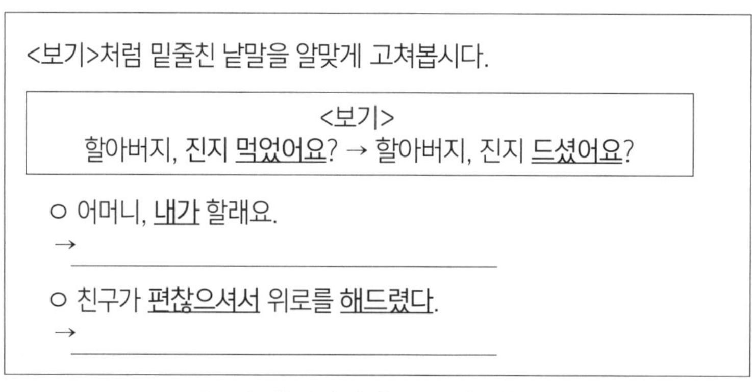

[그림 6] 문장 호응 오류 수정하기

마. 문장 종류 지도

　문장 종류 지도를 효과적으로 하기 위해서는 먼저 평서문, 의문문, 명령문, 감탄문, 청유문 등 다양한 문장 유형의 특징을 명확하게 설명하고 예시를 제시하는 것이 중요하다. 이후 학습자들에게 하나의 기본 문장을 주고, 이를 각 문장 유형에 맞게 바꾸어 표현해보도록 활동을 진행한다. 예를 들어, "아침 일찍 일어납니다"라는 평서문을 의문문, 명령문, 감탄문, 청유문 등으로 바꾸어 보게 하면서 문장의 목적에 따라 표현 방식이 어떻게 달라지는지를 스스로 체험하게 한다. 또한, 변형한 문장을 친구들과 비교하는 과정을 통해 서로의 표현 차이를 이해하고 적절한 문장 형태 선택의 중요성을 인식하도록 도울 수 있다.

<보기>에 있는 문장을 여러 종류의 문장으로 바꾸어 봅시다.

<보기>
풀이하는 문장: 아침 일찍 일어납니다.

○ 묻는 문장: ____________________________

○ 시키는 문장: ____________________________

○ 감탄을 나타내는 문장: ____________________________

○ 권유하는 문장: ____________________________

[그림 7] 문장의 종류 전환하기

바. 문장 부호 지도

문장 부호 지도는 글의 내용을 보다 명확하고 생생하게 전달하기 위해 각 문장 부호를 정확하게 사용하는 방법을 익히는 데 중점을 둔다. 이 지도에서는 온점(마침표), 반점(쉼표), 느낌표, 물음표 등 기본적인 문장 부호를 문장의 종류와 상황에 맞게 활용하는 법을 배우게 한다. 예를 들어, 평서문에는 온점을, 감탄문에는 느낌표를, 의문문에는 물음표를 사용하는 식으로 문장 부호를 적절히 구분하는 것이 중요하다. 그림책 등을 활용하면 다양한 문장과 문장 부호가 자연스럽게 등장하여 학습자들이 문맥 속에서 문장 부호의 쓰임을 직관적으로 이해하는 데 도움이 된다. 그림과 함께 읽고, 문장 부호를 찾아 표시하거나 문장 부호가 바뀔 때 문장의 의미나 느낌이 어떻게 달라지는지 토론하는 활동을 통해 더욱 효과적인 문장 부호 지도가 가능하다.

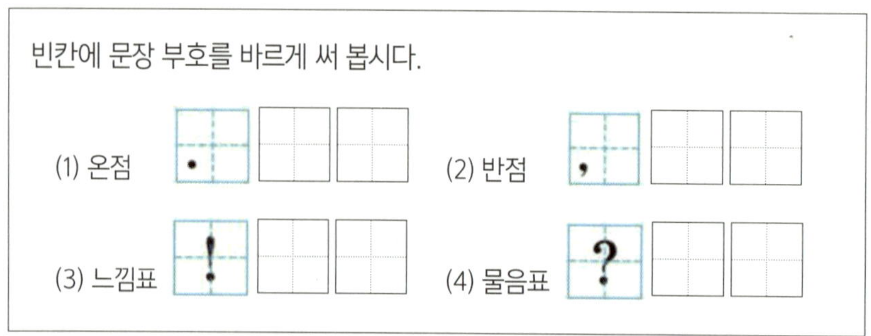

[그림 8] 문장 부호 바르게 쓰기

문장의 종류와 문장 부호의 기능을 연계하여 지도하는 것은 학습자들이 문장의 목적에 따라 알맞은 문장 부호를 올바르게 사용하는 능력을 기를 수 있도록 돕는 효과적인 방법이다. 지도 시에는 먼저 문장의 종류 –평서문, 의문문, 명령문, 청유문, 감탄문– 에 대해 충분히 이해하도록 한 뒤, 각 문장에 어떤 문장 부호가 쓰이는지를 함께 익히도록 한다. 예를 들어, 정보를 전달하는 평서문에는 온점(마침표), 질문을 나타내는 의문문에는 물음표, 감정을 표현하는 감탄문에는 느낌표가 사용된다. "내 동생은 다섯 살입니다."와 같은 문장은 평서문으로 온점을, "어제 무엇을 했니?"는 의문문으로 물음표를, "해돋이가 정말 멋지다!"는 감탄문으로 느낌표를 붙이는 식이다. 학습자들에게는 다양한 문장을 제시하고, 문장의 목적에 따라 알맞은 문장 부호를 직접 선택해 써보게 하는 활동이 효과적이다.

[그림 9] 문장의 종류와 관련지어 문장부호의 기능과 활용 지도

사. 문장 성분 대용 지도

반복되는 낱말이나 문장 성분을 지시어나 대명사 등으로 바꾸어 문장을 보다 간결하고 자연스럽게 표현하도록 가르치는 활동이다. 이를 지도할 때는 먼저 반복되는 표현이 포함된 예시 문장을 제시한 후, 어떤 부분을 대체할 수 있는지 학습자와 함께 살펴보는 것이 효과적이다. 예를 들어, "100번 버스는 우리 집에서 학교까지 운행한다. 100번 버스는 아침마다 붐빈다."라는 문장을 제시한 뒤, 두번 째 문장에서 반복되는 '100번 버스는'이라는 표현을 "그 버스는"으로 바꾸도록 유도하면 자연스럽게 대용 표현의 필요성과 쓰임을 이해할 수 있다. 이와 같은 활동을 통해 학생들은 같은 단어를 반복하지 않고 문장을 매끄럽게 이어가는 방법을 익히게 되며, 나아가 글 전체의 흐름을 논리적이고 세련되게 다듬는 능력도 함께 기를 수 있다. 대용 표현을 직접 찾아 바꾸어 보는 연습은 글쓰기 능력 향상에 실질적인 도움이 된다.

<보기>에 있는 문장을 참고하여 아래 빈칸에 알맞은 말을 써 봅시다.

<보기>
평서문의 끝에 쓰는 문장 부호는 마침표이다. 마침표는 온점이라고도 한다.
→ 평서문의 끝에 쓰는 문장 부호는 마침표이다. 이를 온점이라고도 한다.

ㅇ 100번 버스는 우리 집에서 학교까지 운행한다. 100번 버스는 우리 집에서
   ○○백화점까지도 간다.
→ 100번 버스는 우리 집에서 학교까지 운행한다. (   ) 버스는 우리 집에서
   ○○백화점까지도 간다.

[그림 10] 적절한 대용 표현 쓰기

아. 문장 연결 지도

이어주는 말의 쓰임을 익히는 활동은 문장과 문장 사이의 의미 관계를 파악하고 글의 흐름을 자연스럽게 연결하는 데 중요한 역할을 한다. '그러나', '그리고', '그래서', '그런데'와 같은 접속어는 문장 간의 대조, 순접, 인과, 전환 등 다양한 의미 관

계를 표현하며, 문맥에 따라 적절히 사용되어야 한다. 예를 들어, "영호는 달리기를 하다가 넘어졌습니다. 그래서 엉엉 울었습니다"는 두 문장이 원인과 결과의 관계를 가지므로, 이를 "영호는 달리기를 하다가 넘어졌습니다. 그래서 엉엉 울었습니다"로 자연스럽게 연결할 수 있다. 이어주는 말을 지도할 때는 먼저 앞뒤 문장의 관계를 파악하게 한 뒤, 그에 맞는 접속어를 직접 선택해보도록 하는 활동이 효과적이다. 또한, 같은 문장을 다양한 접속어로 바꿔 보게 하거나, 친구들과 접속어를 선택한 이유에 대해 이유에 대해 토의하게 하면 접속어의 의미와 쓰임에 대한 이해를 더욱 깊이 있게 도울 수 있다. 이러한 활동을 통해 학습자는 글을 더 논리적이고 매끄럽게 구성하는 능력을 기를 수 있다.

<보기>에 있는 이어주는 말을 활용하여 빈칸에 알맞은 말을 써 봅시다.

<보기> 그러나   그리고   그래서   그런데

○ 영호는 달리기를 하다가 넘어졌습니다. (   ) 영호는 울지 않았습니다.
○ 영호는 달리기를 하다가 넘어졌습니다. (   ) 영호는 엉엉 울었습니다.
○ 어제는 하루 종일 비가 왔습니다. (   ) 오늘은 하늘이 활짝 개었습니다.
○ 나는 오늘 친구 집에서 책을 읽을 예정입니다. (   ) 함께 떡볶이도 먹으려고 합니다.

[그림 11] 이어주는 말의 쓰임을 알고 알맞게 활용하기

연결어미를 활용하여 여러 개의 문장을 하나로 만드는 활동은 문장의 흐름을 자연스럽게 만들고, 글의 간결성과 표현력을 높이는 데 효과적이다. 이때 '-아서/어서', '-지만', '-는데', '-(으)며' 등의 연결어미를 사용하면 앞뒤 문장의 의미 관계에 따라 내용을 매끄럽게 이어줄 수 있다. 예를 들어, "영호는 달리기를 하다가 넘어졌습니다. 그래서 엉엉 울었습니다"는 인과 관계가 드러나는 문장이므로 "영호는 달리기를 하다가 넘어져서 엉엉 울었습니다"로 자연스럽게 하나로 묶을 수 있다. 이처럼 문장을 하나로 합칠 때는 두 문장 사이의 의미 관계-예컨대 원인과 결과, 대조, 시간의 흐름, 동시적 행위 등을 고려해 적절한 연결어미를 선택해야 한다. 학생들에게는 문장 간의 의미 관계를 먼저 파악하게 한 뒤, 그에 맞는 연결어미를 스스로 고르게 하는 연습을 반복적으로 제공하는 것이 효과적이다. 다양한 예문을 제시하고 연결어미의 쓰임을 비교해 보도록 지도하면 어미 선택에 대한 이해가 더욱 깊어진다.

<보기>처럼 이어주는 말을 알맞게 활용하여 여러 개의 문장을 한 문장으로 나타내어 봅시다.

> 영호는 달리기를 하다가 넘어졌습니다. 그러나 영호는 울지 않았습니다.
> → 영호는 달리기를 하다가 **넘어졌으나**, 울지 않았습니다.

ㅇ 영호는 달리기를 하다가 넘어졌습니다. 그래서 영호는 엉엉 울었습니다.
→ 영호는 달리기를 하다가 (　　　) 엉엉 울었습니다.

ㅇ 어제는 하루 종일 비가 왔습니다. 그런데 오늘은 하늘이 활짝 개었습니다.
→ 어제는 하루 종일 비가 (　　　) 오늘은 하늘이 활짝 개었습니다.

ㅇ 나는 오늘 친구 집에서 책을 읽을 예정입니다. 그리고 함께 떡볶이도 먹으려고 합니다.
→ 나는 오늘 친구 집에서 책을 읽을 (　　　), 함께 떡볶이도 먹으려고 합니다.

[그림 12] 연결어미를 활용해 여러 개의 문장을 한 문장으로 만들기

자. 문장 분리 지도

문장 분리 지도는 하나의 복합문을 여러 개의 단문으로 나누는 연습을 통해, 학습자가 문장의 구조를 더 잘 이해하고 의미를 분명하게 전달하는 능력을 기르도록 돕는 활동이다. 예를 들어, "영호는 달리기를 하다가 넘어져서 엉엉 울었습니다"라는 문장을 "영호는 달리기를 하다가 넘어졌습니다. 그래서 영호는 엉엉 울었습니다"처럼 나누면, 원인과 결과의 관계가 더 뚜렷해지고 문장의 흐름도 자연스러워진다. 이러한 분리 활동은 긴 문장에서 정보가 한꺼번에 제시되어 혼란스러울 수 있는 경우, 내용을 명확하게 정리하고 독자의 이해를 돕는 데 유용하다. 또한, 학생들은 문장을 분리하면서 각 문장이 담고 있는 의미를 스스로 파악하게 되어 사고력과 표현력을 함께 키울 수 있다.

<보기>처럼 이어주는 말을 적절하게 활용하여 여러 개의 문장을 한 문장으로 나타내어 봅시다.

> 영호는 달리기를 하다가 <u>넘어졌으나</u>, 울지 않았습니다.
>
> → 영호는 달리기를 하다가 넘어졌습니다. (<u>그러나</u>) 영호는 울지
>   않았습니다.

○ 영호는 달리기를 하다가 넘어져서 엉엉 울었습니다.
→ 영호는 달리기를 하다가 넘어졌습니다. (   ) 영호는 엉엉 울었습니다.
○ 어제는 하루 종일 비가 왔는데, 오늘은 하늘이 활짝 개었습니다.
→ 어제는 하루 종일 비가 왔습니다. (   ) 오늘은 하늘이 활짝 개었습니다.
○ 나는 오늘 친구 집에서 책을 읽을 읽고, 함께 떡볶이도 먹으려고 합니다.
→ 나는 오늘 친구 집에서 책을 읽을 예정입니다. (   ) 함께 떡볶이도 먹으려
   고 합니다.

[그림 13] 이어주는 말을 활용하여 한 문장을 여러 개로 구분하기

차. 문장 확장 지도

　문장 확장 지도는 기본 문장에 꾸며 주는 말을 더해 문장의 의미를 더욱 풍부하고 생생하게 표현하는 방법을 익히는 데 목적이 있다. 예를 들어, "강"이라는 낱말 앞에 '넓은', '푸른' 같은 수식어를 붙여 "넓은 강", "푸른 강"이라고 표현하면, 문장의 이미지가 훨씬 선명해지고 독자의 상상력을 자극할 수 있다. 학습자들은 다양한 꾸며 주는 말을 직접 사용해 보면서 문장을 확장하는 연습을 통해 자신의 생각을 더 구체적이고 풍부하게 표현할 수 있게 된다.

<보기>처럼 밑줄 그은 곳에 꾸며 주는 말을 넣어 봅시다.

> <보기> 옷 → <u>예쁜</u> 옷 / 자동차 → <u>빠른</u> 자동차

○ 강 →　　　강　/　○ 딸기 →　　　딸기
○ 산 →　　　산　/　○ 토끼 →　　　토끼

[그림 14] 꾸며 주는 말을 활용해 내용 풍부하게 하기

문장 확장은 기본 문장에 꾸며 주는 말을 더하여 문장의 내용을 더욱 풍부하고 생생하게 표현하는 것과도 관련이 있다. 예를 들어, "강"이라는 낱말 앞에 '넓은', '푸른' 같은 수식어를 붙여 "넓은 강", "푸른 강"으로 표현하면 문장의 이미지가 더 분명해진다. 마찬가지로 "산"이라는 단어도 "높은 산" 또는 "눈 덮인 산"과 같이 꾸며 주면 독자가 상황을 구체적으로 상상할 수 있다. 단순한 사실 전달을 넘어서, 독자의 감각과 감정을 자극하는 글을 쓰기 위해서는 이러한 문장 확장 활동이 필요하다. 학생들이 다양한 형용사와 부사를 사용해 자신만의 문장을 구성해 보는 연습도 효과적인 지도 방법이 될 수 있다.

<보기>처럼 밑줄 그은 곳에 흉내 내는 말을 문장의 내용을 더욱 구체화 해 봅시다.

<보기> 참새가 노래합니다. → 참새가 (짹짹) 노래합니다.

○ 곰이 굴러갑니다. → 곰이 (   ) 굴러갑니다.

○ 아기가 걷습니다. → 아기가 (   ) 걷습니다.

○ 아기가 방울을 흔듭니다. → 아기가 방울을 (   ) 흔듭니다.

[그림 15] 문장 성분을 추가하여 내용 구체화하기

7장

짧은 글 읽기와 쓰기 지도

1. 짧은 글 읽기 지도

짧은 글 읽기에서는 세부 내용 파악하기와 중심 생각 찾기가 중요하다. 세부 내용은 글의 중심 화제와 중심 내용을 뒷받침하고 구체화한다. 세부 내용 파악하기는 글의 내용을 사실적으로 이해하기 위한 기초적인 능력이다. 그리고 글의 중심 생각은 글을 통해 필자가 말하고자 하는 핵심적인 내용이다. 중심 생각 찾기는 글이 무엇을 말하는지 파악하도록 해 주고, 세부 내용 파악하기는 글을 어떻게, 왜 그렇게 말하는지 이해하도록 해 준다.

가. 세부 내용 파악하기

(1) 세부 내용의 개념과 세부 내용 파악의 중요성

세부 내용 파악하기는 단순히 글의 정보를 확인하는 데서 나아가, 중심 의미를 구체적으로 이해하고 문장 간 관계를 논리적으로 연결하는 사고 과정이다. 세부 내용 가운데서도 중심 내용을 직접적으로 뒷받침하는 정보는 주요 세부 내용이며, 그 외의 정보는 중요도가 상대적으로 낮은 부가 세부 내용이다. 일반적으로 세부 내용은 주요 세부 내용을 중심으로 파악한다.

세부 내용을 파악할 때는 글의 구조와 표현 단서에 주목하면서 문장 간 관계를 논리적으로 연결해야 한다. 설명하는 글에서는 중심 내용을 뒷받침하는 사실, 예시, 근거, 설명 등을 정확하게 확인하는 게 중요하다. 이야기글에서는 인물의 이름, 사건 전개, 인물의 생각, 행동, 감정 등 구체적 요소를 정확하게 파악하고 기억해야 한다. 보다 긴 글에서는 중심 내용-주요 세부 내용-부가 세부 내용의 구조가 여러 차례 반복될 수 있으므로, 독자는 각 내용의 위계를 의식하며 중심 의미가 어떻게 확장되는지 확인해야 한다.

읽기에서 세부 내용 파악하기가 중요한 이유는 다음과 같다. 첫째, 글 전체 이해의 기반이 된다. 중심 내용을 정확히 이해하려면 이를 뒷받침하는 근거를 확인해야 하며, 세부내용에 대한 이해가 부족하면 중심 내용을 파악하기 어렵다.

둘째, 글 구조 파악을 가능하게 한다. 원인-결과, 문제-해결, 비교-대조 등의 구조는 대부분 세부 내용 간의 관계를 통해 드러난다.

셋째, 추론적 읽기, 비판적 읽기로 나아가기 위한 전제 조건이다. 세부 내용을 정확히 이해해야만 글쓴이의 주장에 대한 타당성 평가, 정보 간 비교, 추론 등의 고차적 읽기가 가능해진다.

넷째, 교과 학습을 위한 필수 능력이다. 교과서의 글은 사실, 개념, 절차, 설명 등 다양한 세부 정보로 구성되므로 세부 내용을 파악하는 능력은 학습 이해도와 성취도에 직접적으로 영향을 미친다.

(2) 세부 내용 파악하기 지도 방법

세부 내용은 대부분 글 속에 직접 제시된다. 이를 찾아 정리하는 활동은 사실적 이해를 가능하게 한다. 사실적 이해란 글에 명시된 정보(사실, 예시, 인물, 사건, 배경 등)를 글 그대로 파악하는 수준을 말한다. 세부 내용 파악하기를 지도하는 방법은 다음과 같다.

① 텍스트에 명시된 정보 찾기

세부 내용은 흔히 육하원칙(누가, 언제, 어디서, 무엇을, 어떻게, 왜)의 틀 속에서 제시되므로, 해당 구조에 따라 정보를 확인하게 한다. 또한 표, 그림, 제목, 소제목 등 텍스트의 외형적 요소에서 단서를 찾도록 지도하고, 문장 속 핵심어(명사, 수량 정보, 특정 지시 대상 등)에 밑줄을 긋거나 색을 칠하는 등의 활동으로 세부 내용을 파악하도록 돕는다.

② 세부 내용의 범주화하기

내용 간 공통성이 있는 세부 내용끼리 묶어 범주화하도록 한다. 예를 들어 문제 상황-원인-해결 방법과 같이 구조화해 보게 하거나, 중심 문장을 뒷받침하는 근거 세부 내용을 찾도록 지도한다. 중심 문장과 근거 문장을 연결하는 활동은 글에서 세부 내용의 기능을 자연스럽게 이해하게 한다.

③ 도해 조직자 활용하기

개념도, 이야기 지도(Story Map), T-도표, 원인-결과 도식과 같은 도해 조직자(Graphic Organizers)를 활용하면 세부 내용 간 관계를 시각적으로 구조화할 수 있다. 이는 세부 내용을 응집성 있는 묶음으로 파악하도록 해 초등학생의 인지 부담을 줄이고, 글의 구조를 시각적으로 이해하게 한다.

④ 주요 세부 내용과 부가 세부 내용 구별하기

세부 내용 가운데 중심 생각과 직접적으로 관련된 내용이 주요 세부 내용이다. 내용이 흥미롭더라도 주제와 관련이 없다면 중요도가 낮다. 예를 들면 "책을 읽으면 새로운 지식을 얻고 사고력이 넓어진다. 책 표지 중에는 예쁜 것도 있다."라는 글에서 책 표지와 관련한 내용은 재미있는 정보일 수 있으나 중심 내용과 무관하므로 부가 세부 내용이다. 내용의 중요도를 평정하는 활동은 학생이 정보의 위계를 파악하는 데 도움이 된다.

⑤ 질문 생성 전략 활용하기

학생 스스로 세부 정보를 확인하기 위한 질문을 만들어 보도록 한다. 예를 들어 "이 인물이 이렇게 행동한 이유는 무엇인가?", "이 사건이 일어난 장소는 어디인가?" 와 같은 질문을 생성하게 한다. 처음에는 교사가 제공하는 질문 틀(스캐폴딩)을 활용 하고, 점차 학생이 스스로 질문을 구성하는 자기 질문 생성 단계로 나아간다.

나. 중심 생각 찾기

(1) 중심 생각의 개념과 중심 생각 찾기의 중요성

글의 중심 내용은 필자가 글을 통해 독자에게 전달하려는 핵심적인 생각, 즉 '중심 생각(main idea)'이다. 중심 생각은 글의 주제와 직결되는데, 글 전체를 관통하는 필 자의 메시지를 파악하는 과정에서 드러난다. 이러한 중심 생각을 파악하면 글에서 중요한 정보를 가려내고 주요 내용을 간추릴 수 있다. 또한 중심 생각 찾기는 글 내 용을 비판적으로 읽는 토대가 된다.

중심 생각은 다음과 같은 특성을 갖는다. 첫째, 글 전체를 대표하는 요지이다. 둘 째, 글의 여러 세부 내용을 통합하면 하나의 의미로 귀결된다. 셋째, 세부 내용을 단 순히 나열하는 것으로는 드러나지 않으며, 글 전체를 통합적으로 이해해야 파악할 수 있다.

중심 생각 찾기가 중요한 이유는 다음과 같다.

첫째, 중심 생각 찾기는 정보의 중요도를 판단하고 정보 간 위계를 설정하는 데 기 여한다. 세부 내용 파악이 텍스트에 제시된 정보를 폭넓게 수집하는 활동이라면, 중 심 생각 찾기는 그중에서 글 전체를 이해하는 데 결정적인 정보가 무엇인지를 선별 하는 활동이다. 이를 통해 학생은 정보 간의 관계를 정리하고 우선순위를 설정함으 로써 글의 의미를 보다 체계적으로 조직할 수 있다.

둘째, 중심 생각 찾기는 글쓴이의 목적과 의도를 파악하는 수준으로 읽기를 확장 한다. 세부 사항에만 주목해서는 필자의 의도를 온전히 이해하기 어렵다. 중심 생각 을 찾는 과정에서는 글의 핵심 메시지와 전개 방향을 종합적으로 파악할 수 있다. 따라서 중심 생각 찾기는 글쓴이의 목적과 의도를 이해하는 데 주요한 읽기 전략이라 할 수 있다.

셋째, 중심 생각을 파악하는 능력은 교과 학습 맥락에서 필수적이다. 교과 학습에서 접하는 설명문이나 논설문과 같은 텍스트는 특정 개념, 원리, 또는 주장을 중심으로 구성되기 때문에, 중심 생각에 대한 이해는 교과 내용을 정확히 이해하고 학습 성취를 높이는 데 직접적인 영향을 미친다.

넷째, 중심 생각을 파악해야만 글을 비판적으로 읽어내는 수준으로 나아갈 수 있다. 학습자는 글의 내용을 요약하는 과정에서 중요한 정보를 선별하고 조직하며 중심 생각을 점차 분명히 하게 되고, 이러한 중심 생각에 대한 이해를 바탕으로 글쓴이의 주장이나 관점의 타당성을 판단하는 비판적 읽기를 수행할 수 있다.

(2) 중심 생각 찾기 지도 방법

중심 생각 찾기는 글쓴이가 글을 통해 말하고자 하는 가장 핵심적인 의미나 주장, 혹은 전체 내용을 관통하는 관점을 파악하는 읽기 활동이다. 중심 생각 찾기를 효과적으로 지도하기 위해 다음과 같은 방법을 적용할 수 있다.

① 글의 제목과 중심 생각 연결해 보기

글의 제목은 중심 생각을 드러내거나 암시하는 중요한 단서로, 글의 핵심 내용을 축약하여 제시한다. 필자는 제목을 통해 자신의 의도나 관점을 명시적 혹은 함축적으로 표현한다. 학생에게 글을 읽기 전에 제목을 보고 내용을 예상해 보게 하거나, 제 목이 없는 글을 읽은 뒤 스스로 제목을 붙여 보게 하면 중심 생각을 탐색하는 데 도 움이 된다. 또한 글을 읽는 동안 예측이 맞았는지 확인하게 하여 능동적으로 읽기에 참여하도록 한다. 읽기 후에는 제목을 통해 예상한 내용과 실제 중심 생각을 비교하 며 글의 핵심 메시지를 확인하도록 지도한다.

② 핵심어 찾기

글에서 반복되거나 강조되어 나타나는 단어나 구절은 필자가 중요하게 여기는 내용을 드러내며 중심 생각을 파악하는 단서가 된다. 학생에게 핵심어를 표시하도록 하면, 글 전체를 관통하는 의미를 스스로 탐색하게 할 수 있다. 핵심어의 반복과 사용 양상을 살펴보는 활동은 학생이 글의 관심사와 주제를 자연스럽게 파악하도록 돕는다.

③ 글의 구조 활용하기

글 구조는 중심 생각을 드러내는 방식에 중요한 역할을 한다. 문제-해결 구조에서는 이 문제를 해결하는 것이 지닌 의미와 해결 과정에서 강조되어야 할 관점이 주요하게 다뤄진다. 원인-결과 구조에서는 결과를 통해 드러나는 메시지가 중심에 놓인다. 비교-대조 구조의 글에서는 두 대상의 공통점과 차이점, 특히 대비되는 특징을 통해 중심 생각을 파악할 수 있다. 이러한 글 구조를 도해조직자의 형태로 시각화하면 정보 간의 관계가 분명해져 중심 생각을 보다 체계적으로 조직하는 데 도움이 된다.

④ 질문 전략 활용하기

질문을 활용하면 학생이 중심 생각에 도달하도록 자연스럽게 안내할 수 있다. 예를 들어, "글쓴이는 왜 이 글을 썼을까?", "글 전체에서 가장 중요한 말은 무엇일까?"와 같은 질문은 중심 생각을 유추하도록 이끄는 질문이다. 처음에는 교사가 질문 틀을 제공하고, 점차 학생이 스스로 질문을 만들어 중심 생각을 구성하도록 확장한다.

⑤ 문단의 중심 생각 찾기

각 문단에서 중심 문장을 찾으면 문단의 구조와 의미를 파악할 수 있다. 중심 문장은 보통 문단 첫 부분(두괄식)에 제시되지만, 반드시 처음에만 나타나는 것은 아니다. 반복되거나 강조되는 문장이 중심 문장 역할을 하기도 한다. 학생에게 중심 문장에 밑줄을 긋게 하거나 문장을 나누어 중요도를 판단하게 하는 활동은 문단의 중심 생각을 파악하는 데 도움을 준다.

2. 짧은 글 쓰기 지도

짧은 글 쓰기 지도에서는 문단 쓰기와 생활문 쓰기를 다룰 것이다. 문단 쓰기는 하나의 중심 내용(중심 문장)을 기준으로 관련된 세부 내용을 조직하여 완결된 의미 단위를 구성하는 쓰기 활동이다. 또한 자신의 생각과 경험을 글로 표현하는 생활문 글쓰기는 이후 다양한 장르의 글쓰기로 확장되는 기초가 된다. 따라서 짧은 글 쓰기 지도에서는 문단 쓰기와 생활문 쓰기를 지도할 필요가 있다.

가. 문단 쓰기

(1) 문단 쓰기의 개념과 중요성

문단은 글 전체를 이루는 기본적인 의미 단위로, 하나의 중심 내용을 바탕으로 관련된 문장들이 조직되어 완결된 의미를 이룬다. 문단은 중심 문장과 이를 설명하거나 구체화하는 뒷받침 문장으로 구성된다. 중심 문장은 문단에서 중요한 내용을 제시하고 뒷받침 문장은 예시나 설명을 통해 그 의미를 확장한다. 일반적으로 하나의 문단에는 3~4개의 뒷받침 문장이 적절하다.

이러한 문단의 구조를 바탕으로 이루어지는 문단 쓰기는 필자가 중심 생각을 드러내기 위해 문장을 논리적으로 배열하고, 문장 간의 관계를 조정하여 하나의 의미 단위를 완성하는 쓰기 활동이다. 이를 위해서는 중심 문장, 뒷받침 문장 등 각 문장의 기능을 이해하고, 목적에 맞게 문단을 구성하는 능력이 필요하다.

문단 쓰기는 쓰기의 기초로서 다음과 같은 이유에서 중요하다. 첫째, 문단은 글 구조의 기본 단위이므로 문단을 제대로 구성할 수 있어야 전체 글이 논리적으로 전개된다. 문단 조직 능력이 약하면 글의 흐름이 불분명해지고 중심 내용도 드러나기 어렵다. 문단 쓰기는 모든 글쓰기의 출발점이라 할 수 있다.

둘째, 문단 쓰기는 중심 내용과 세부 내용의 관계를 이해하게 한다. 중심 문장을 기준으로 어떤 세부 내용을 포함하고 무엇을 제외해야 하는지를 판단하게 되면서 정보의 중요도를 판단하고 조직하는 능력을 기를 수 있다.

셋째, 문단 구성 과정은 논리적 사고와 표현력을 향상시킨다. 문장 간의 인과, 비교, 예시 등 의미 관계를 고려하는 과정에서 사고를 정련하고, 글을 더 조리 있게 쓸 수 있게 된다.

넷째, 문단 쓰기는 다양한 글쓰기 장르의 기본 토대가 된다. 설명문, 논설문, 이야기글 등 어떤 장르에서도 문단을 구성하는 능력이 뒤따라야 한다. 문단 중심 구조를 익힌 학생은 글의 형식적 요구에 맞게 내용을 체계적으로 구성할 수 있다.

(2) 문단 쓰기 지도 방법

문단 쓰기는 문장을 조직해 하나의 완결된 중심 내용을 만들어가는 쓰기 활동이다. 문단 쓰기를 효과적으로 지도하기 위해 다음과 같은 방법을 적용할 수 있다.

① 뒷받침 문장에 어울리는 중심 문장 찾기

주어진 문단에서 중심 문장을 찾고 그 이유를 설명하게 한다. 또는 중심 문장이 없는 경우 세부 내용을 바탕으로 직접 중심 문장을 만들어 보게 한다. 이를 통해 중심 문장과 뒷받침 문장의 기능을 명확히 구분하도록 지도한다. 아울러 교사가 문단을 구성하는 과정을 시범적으로 보여주는 것도 중요하다. 학생들은 단순히 "문단을 써 보라"는 지시만으로는 어떻게 시작해야 할지 어려움을 느낄 수 있으므로, 교사가 중심 문장을 정하고 이를 뒷받침할 문장을 떠올리는 과정을 사고 구술과 함께 시범 보이면 이해를 도울 수 있다.

컴퓨터는 우리 생활에 많은 도움을 주고 있습니다. ＿＿＿＿＿＿＿＿
＿＿＿＿＿＿＿＿＿＿＿＿＿＿＿＿＿＿＿＿＿＿＿＿＿＿＿＿＿＿
＿＿＿＿＿＿＿＿＿＿＿＿＿＿＿＿＿＿＿＿＿＿＿＿＿＿＿＿＿＿
＿＿＿＿＿＿＿＿＿＿＿＿＿＿＿＿＿＿＿＿＿＿＿＿＿＿＿＿＿＿

[그림 1] 중심 문장에 어울리는 뒷받침 문장 만들기

[그림 2] 중심 문장에 어울리는 뒷받침 문장 만들기

② 중심 생각에 어울리는 뒷받침 문장 쓰기

중심 문장에 대해 "왜 그렇다고 할 수 있을까?", "무엇을 통해 알 수 있을까?"와 같이 근거를 묻는 질문을 던짐으로써, 예증, 인과, 비교 등의 논리적 사고를 촉진한다. 또한 주요 세부 내용과 부가 세부 내용을 구별하는 활동, 중심 문장과 뒷받침 문장을 구분하는 연습을 통해 문단 구성의 정확성을 높일 수 있다. 뒷받침 문장을 빈칸으로 제시해 어떤 문장이 더 필요할지 생각해 보게 하는 것도 효과적인 지도 방법이다.

____________________________________. 얼음이 녹아 시냇물이 졸졸졸 흘러갑니다. 개구리도 긴 겨울잠에서 깨어납니다. 새싹은 파릇파릇 피어나고, 아지랑이도 길 위에서 모락모락 올라옵니다. 따뜻한 봄바람도 살랑살랑 불어와 우리들의 얼굴을 간지럽히곤 합니다.

[그림 3] 문단의 뒷받침 문장을 읽고 문단의 중심 문장 쓰기

[그림 4] 뒷받침 문장에 어울리는 중심 문장 만들기

③ 문장 간 연결 관계 살펴보기

문단을 구성할 때 문장을 단순히 나열하지 않도록 인과, 시간 순서, 비교 등 문장 간의 논리적 관계를 파악하게 한다. 문단에서 접속어(그래서, 그러나, 또한 등)가 어떤 역할을 하는지 분석하게 하고, 문장 배열을 바꿔 보면서 가장 자연스러운 순서를 찾는 활동을 통해 문단의 흐름을 이해시키는 것이 좋다.

④ 문단 구조 도식 활용하기

중심 문장-뒷받침 문장의 구조를 시각적으로 도식화하여 제시하고, 중심 문장 칸과 세부 내용 칸으로 구성된 문단 틀(예: 중심 문장 1칸 + 세부 내용 3칸)을 활용해 학생이 구조적으로 문단을 조직하도록 돕는다. 문단 쓰기를 어려워하는 학생에게는 문단의 일부 요소만 채우는 활동부터 시작해 단계적으로 부담을 줄여주는 것이 효과적이다. 예를 들어, 완성된 문단에서 뒷받침 문장 하나를 추가하게 하거나, 여러 뒷받침 문장을 제시하고 가장 알맞은 중심 문장을 고르게 하는 방식으로 접근할 수 있다. 익숙해지면 중심 문장에 맞는 뒷받침 문장을 스스로 구성하며 점차 완성된 문단 쓰기로 확장한다.

⑤ 문단 쓰기의 틀 활용하기

문단 쓰기의 대표적인 전략으로 TREE 전략과 OREO 전략이 있다. 두 전략은 영어 첫머리 글자를 활용해 절차를 기억하기 쉽게 만든 방식으로, 구조가 단순하고 명확하여 초등학생이 쉽게 적용할 수 있고, 한 문단뿐 아니라 여러 문단으로 구성된 논설문 작성에도 활용할 수 있다.

<TREE 전략>

TREE 전략은 학생이 주장을 분명히 제시하고 이를 이유와 근거로 논리적으로 뒷받침하도록 돕는 글쓰기 전략이다. 주장-이유-근거-마무리의 구조를 통해 주장과 이유, 이를 뒷받침하는 근거를 구분하여 사고하고 이에 따라 생각의 흐름을 정리하도록 돕는다.

- T(Topic sentence): 주장문으로 글의 중심 내용
- R(Reasons): 주장을 뒷받침하는 이유
- E(Examples): 이유를 뒷 받침하는 근거와 사례
- E(Ending): 주장을 다시 강조하거나 독자에게 행동을 촉구

<OREO 전략>

OREO 전략은 의견을 제시하고 이를 이유와 근거로 뒷받침한 뒤 다시 의견을 강조하도록 구성된 글쓰기 전략이다. 의견을 처음과 끝에서 반복함으로써 중심 주장을 분명히 드러내고, 이유와 근거를 구분해 제시하여 설득력과 논리적 사고를 함께 기를 수 있다.

- O(Opinion): 의견
- R(Reason): 이유
- E(Evidence/Example): 근거 제시
- O(Opinion restated): 의견 강조

나. 생활문 쓰기

(1) 생활문 쓰기의 개념과 중요성

생활문 쓰기는 자신의 경험과 감정을 바탕으로 생활 속 이야기를 자연스럽게 표현하는 글쓰기이다. 일기나 감상문 등의 생활문은 학생의 일상, 경험, 느낌을 솔직하게 글로 표현하는 활동이며 형식보다 경험의 의미와 감정 표현을 중시한다. 생활문 쓰기의 중요성은 다음과 같다.

첫째, 학생의 실제 경험을 바탕으로 글쓰기의 기초를 다지는 데 도움이 된다. 생활문은 학생이 가장 쉽게 접근할 수 있는 글쓰기 형태로, 자신의 경험을 떠올리고 이를 자연스러운 말로 표현하는 과정에서 글쓰기 부담이 줄어든다. 또한 사건 배열, 인물·장소 제시, 느낌 표현 등 기본 구성 능력을 자연스럽게 익히게 한다.

둘째, 자기 이해와 정서 표현을 돕는다. 생활문 쓰기는 학생이 경험한 일과 그 과정에서 느낀 감정을 솔직하게 표현하게 하여 자기 성찰 능력과 감정 조절 능력을 기르는 데 효과적이다. 또한 자신의 감정을 언어로 풀어내는 과정은 정서적 안정과 심리적 치유에도 도움이 된다.

셋째, 언어 표현력과 관찰력을 길러준다. 경험을 글로 표현하기 위해서는 자신의 생각, 감정, 행동을 세밀하게 관찰하고, 이를 적절한 언어로 구체화해야 한다. 생활문은 대상을 관찰하고 이를 표현하는 기능을 발달시키는 데 효과적인 글쓰기 활동이다.

넷째, 삶과 글쓰기의 연결성을 강화한다. 생활문은 글쓰기를 단순한 수업 과제가 아니라 자신의 삶을 이해하고 기록하는 의미 있는 활동으로 느끼게 한다. 이를 통해 학생은 글쓰기를 삶과 연결된 도구로 인식하며 쓰기에 대한 긍정적인 태도를 지니게 된다.

다섯째, 다양한 쓰기 활동으로 확장할 수 있는 기반이 된다. 생활문은 이야기 구성, 설명하기, 감상 표현 등 다른 글쓰기 장르로 이어지는 기초가 되며, 경험을 구조화하고 서술하는 과정은 이후 설명문·논설문·이야기글 등 복잡한 글쓰기로 발전하는 데 중요한 밑거름이 된다.

(2) 생활문 쓰기 지도 방법

① 일기 쓰기 지도

- **하루의 경험을 떠올리고 선택하기**

  일기는 하루를 모두 기록하는 글이 아니라 가장 기억에 남는 한 가지 경험을 중심으로 쓰는 글임을 지도한다. "오늘 가장 재미있었던 일은?", "기억에 남는 순간은?", "나를 기쁘게/화나게/놀라게 한 일은?"과 같은 질문을 활용해 글감을 구체화하도록 돕는다. 이러한 질문은 학생이 하루를 되돌아보며 자연스럽게 소재를 찾게 하는 효과가 있다.

- **시간의 흐름에 따라 자신의 경험 정리하기**

  일기는 사건을 중심으로 쓴다. 그렇기에 사건의 발생과 전개, 결과가 자연스럽게 드러나도록 써야 한다. 학생에게 경험을 3~4개의 장면으로 나누어 말해보게 한 뒤, 이를 글로 구성하게 하면 일련의 사건들을 수월하게 구조화할 수 있다. 말하기로 먼저 경험을 정리하는 사고 구술 활동은 글로 옮기는 부담을 줄이고 흐름을 잡는 데 효과적이다.

- **느낌과 생각을 구체적으로 표현하기**

  일기의 핵심은 사건 그 자체보다 그 사건을 통해 느낀 감정과 생각이다. "그때 어떤 기분이 들었는가?", "왜 그렇게 느꼈는가?", "앞으로 어떻게 하고 싶은가?"와 같은 질문을 활용해 감정을 단순한 '좋았다, 싫었다' 수준에서 확장하게 한다. 이는 일기를 자신의 경험에 대한 해석의 도구로 발전시키는 중요한 과정이다.

- **말하듯 자연스럽게 표현하기**

  일기에는 수사적 표현보다 일상적이고 진솔한 말투가 적합하다. 글로 쓰기 전에 자신의 생각을 자연스러운 말로 표현해 보게 하면, 글에서도 부드럽고 현실감 있는 문장이 나온다. 말하듯 쓰는 연습은 일기 쓰기를 보다 편안하고 친근한 글쓰기 활동으로 느끼게 한다.

② 감상문 쓰기 지도

- **대상(책, 영상, 공연 등)을 명료하게 이해하기**

감상문은 단순한 줄거리 요약이 아니라 작품에 대한 느낌과 생각을 중심으로 쓰는 글이다. 이를 위해 먼저 작품을 정확히 이해하도록 지도해야 한다. 중요한 장면이나 인상 깊은 문장을 표시하게 하거나, 등장인물의 행동, 생각을 비교해 보게 하고, 작품의 주제나 메시지를 말해보는 활동이 효과적이다. 이러한 사전 활동은 감상의 기반이 되는 이해를 탄탄하게 해 준다.

- 경험과 연결하며 감상을 구체화하기

  감상은 자신의 경험과 연결될 때 더욱 깊어진다. "이 장면이 자신의 어떤 경험과 닮았는가?", "이 인물의 행동을 보며 어떤 생각이 들었는가?", "이 작품이 나에게 주는 메시지는 무엇인가?"와 같은 질문을 활용해 학생이 개인적 경험에서 작품의 의미로, 그리고 자기 생각의 차원으로 감상을 확장하도록 돕는다. 이는 감상문의 역할을 단순히 작품을 요약하는 데서 그치지 않고, 자신의 관점과 해석을 표현하는 글쓰기로 인식하게 한다.

- 감정과 생각을 구체적으로 쓰기

  감상문을 쓸 때는 감정과 생각을 나열하기보다, 작품 속에서 근거를 들어 구체적으로 느낌을 기술해야 한다. 예를 들어 "슬펐다."에서 그치지 않고 "인물이 마지막에 친구에게 사과하지 못한 장면 때문이었다."와 같이 작품의 특정 요소를 근거로 제시하도록 한다. 이 과정에서 학생은 작품을 더 깊게 감상할 수 있고, 설득력을 갖추어 감상문을 쓸 수 있다.

- 감상문 구조 이해하기

  감상문의 기본 구조는 작품 소개, 인상 깊은 내용이나 장면, 그 장면에 대한 느낌과 이유, 작품이 주는 메시지, 자신의 생각 변화나 배운 점의 흐름으로 구성된다. 이 구조를 도식화해 제시하면 학생이 감상문의 전체 틀을 쉽게 파악하고 체계적으로 글을 구성할 수 있다.

8장

맞춤법 지도

1. 맞춤법 지도를 위한 관련 규정

맞춤법 지도는 용어에서도 알 수 있듯이 '맞춤법'이라는 언어 규칙에 대한 지도를 의미한다. 맞춤법 지도는 기초 문해 학습에서 다양한 의의를 갖는다.

첫째, 원활하고 명확한 의사소통을 위해서 필요하다. 정확한 맞춤법 사용은 글의 의미를 명확하게 전달하여 독자로 하여금 내용을 이해하는 데 혼란을 줄일 수 있고 가독성을 높인다.

둘째, 학습 능력을 높이고, 언어 규범의 이해와 계승을 하게 한다. 맞춤법 학습은 읽기 및 쓰기 능력과 밀접한 관련이 있으며 전반적인 언어 능력 향상에 기여한다. 또한 표준어를 소리대로 적되 어법에 맞도록 한다는 기본 원리를 이해하고 언어 규칙을 내재화할 수 있게 한다.

셋째, 필자의 신뢰도를 향상하게 한다. 정확한 맞춤법 사용은 필자의 수준을 가늠하는 지표가 되기도 하고, 독자로 하여금 신뢰감을 주기도 한다.

맞춤법 지도를 위해서는 두 가지 언어 규칙을 이해할 필요가 있다. 하나는 '한글 맞춤법'이고 다른 하나는 '표준어 규정'이다.

가. <한글 맞춤법>

한글 맞춤법은 표준화된 표기 규칙이다. 한글 맞춤법은 1933년 조선어학회가 마련한 '한글 맞춤법 통일안'에 기초를 두고 있다. 이후 1988년 문교부에서 '한글 맞춤법'을 수정·고시하였고, 1997년에 국립국어원에서 '한글 맞춤법'을 수정·고시하였다. 현재 우리가 사용하고 있는 '한글 맞춤법'은 6개의 장과 1개의 부록으로 나뉘어져 있다.[8]

한글 맞춤법의 원리는 제1장, 제1항을 통해 확인할 수 있다. 제1장은 한글 맞춤법의 대원칙(제1항), 띄어쓰기 원칙(제2항), 외래어 표기 원칙(제3항)을 담고 있는데, 그 중 제1항[9]은 첫째, 한글 맞춤법은 표준어에 대한 규정이라는 점, 둘째, 한글의 표기는 소리 나는 대로 적는 것을 원칙으로 한다는 점, 셋째, 어법에 맞게 적는다는 의미를 담고 있어, 한글 맞춤법의 기본 원리를 제시하고 있다.

---

8) 한글 맞춤법의 구성

제1장 총칙

제2장 자모

제3장 소리에 관한 것

| 제1절 된소리 | 제2절 구개음화 | 제3절 'ㄷ'소리 받침 |
| 제4절 모음 | 제5절 두음법칙 | 제6절 겹쳐 나는 소리 |

제4항 형태에 관한 것

| 제1절 체언과 조사 | 제2절 어간과 어미 | 제3절 접미사가 붙어서 된 말 |
| 제4절 합성어 및 접두사가 붙는 말 | | 제5절 준말 |

제5항 띄어쓰기

| 제1절 조사 | 제2절 의존명사, 단위를 나타내는 명사 및 열거하는 말 등 |
| 제3절 보조용언 | 제4절 고유명사 및 전문 용어 | 제6장 그 밖의 것 |

부록 문장 부호

9) 한글 맞춤법 제1장 1항: '한글 맞춤법은 표준어를 소리대로 적되, 어법에 맞도록 함을 원칙으로 한다.'

이를 좀더 상세하게 살펴보면 첫째, 한글의 표기 규칙은 '표준어'를 적는 규칙이다. 방언이나 속어, 은어, 신조어 등은 '맞춤법'에서 규정하지 않는다. 물론 이들의 말을 맞춤법 규정을 적용하여 표기할 수도 있으나 비표준어들의 정확한 표기를 고민하기 보다 표준어를 사용하도록 지도해야 할 것이다.

둘째, 한글은 표음 문자임을 나타내고 있다. 표준어를 소리대로 적는다는 것은 표준어의 발음 형태대로 적는다는 뜻이다. 맞춤법이란 주로 음소 문자에 의한 표기 방식을 이른다. 한글은 표음 문자이며 음소 문자이다. 따라서 자음과 모음의 결합 형식에 의하여 표준어를 소리대로 표기하는 것을 근본 원칙으로 한다(문교부, 1988).

셋째, 의사소통 주체들의 혼란을 방지하고 있다. 어법이란 언어 조직의 법칙, 언어 운용의 법칙이다. 그러므로 '어법에 맞도록 적는다.'는 것은 각 형태소의 본 모양을 밝혀 적는다는 말이다. '소리대로 적기'와 상충될 수도 있는 이러한 규정을 제시한 까닭은 모든 표기를 소리대로 적을 경우 언어 사용의 혼란을 가져올 수 있기 때문에 의사소통의 주체들이 뜻을 쉽게 파악할 수 있게 하기 위하여 정한 것이다.

나. <표준어 규정>

표준어 규정은 크게 '표준어 사정 원칙'과 '표준 발음법'으로 구성되어 있다. 이중 맞춤법과 관련된 내용은 제1부 표준어 사정 원칙이다. 표준어 사정 원칙은 다시 세 개의 장으로 이루어져 있는데 그 중 제1장 총칙, 제1항이 표준어에 대한 대원칙[10]이다.

제1항은 크게 4가지 요소를 담고 있다. 이는 각각 언어 사용 주체(교양 있는 사람들), 언어 사용의 범위(두루 쓰는), 시대(현대), 지역(서울말)을 뜻한다. 하지만 언어라는 것이 수학과 달리 단칼에 개념을 나눌 수 없다보니 제1항의 의미는 여러 모로 모호한 부분이 있다. 즉, '교양 있는 사람들'이 어느 정도의 교육을 갖춘 사람들인지, '두루 쓰는' 것이 몇 명 정도 사용하는 것인지, '현대'가 언제부터인지, '서울'이 '서울 지역'인지 등에 대한 불분명함은 존재한다. 그렇다고 하더라도 표준어는 이러한 대

---

10) 표준어는 교양 있는 사람들이 두루 쓰는 현대 서울말로 정함을 원칙으로 한다.

전제 속에서 결정을 하고 있다.

그리고 2장과 3장에서 표준어를 정할 때의 원칙을 구체적으로 다루고 있다. 2장은 발음 변화에 따른 표준어 규정을, 3장은 어휘 선택의 변화에 따른 표준어 규정을 다루고 있다. 각 장의 세부 항들은 어떤 것을 표준어로 삼을지를 규정하고 있는 것이기 때문에 구체적으로 살펴볼 필요가 있다.

또한 표준어는 언중들의 언어 사용에 따라 바뀌기도 한다. 비표준어라고 하더라도 많은 사람들이 사용하게 되면 표준어로 지정되기도 한다. 이처럼 표준어는 많은 사람들이 사용을 하는 언어를 여러 가지 변인들을 고려해서 선정하는 것이기 때문에 최근 들어서는 국립국어원에서 '국어사전 정보 수정'을 통해 수시로 표준어 범위를 조정하고 있다.

이러한 내용을 종합하면 맞춤법 지도는 표준어를 바르게 적기 위해 가르치는 행위로 정의할 수 있을 것이다.

2. 맞춤법 지도 내용

<한글 맞춤법>과 <표준어 규정>은 한국어 사용의 전반적인 내용을 다루고 있기 때문에 그 분량이 방대하다. 맞춤법 규정을 바탕으로 지도 내용을 선정할 때는 맞춤법의 원리를 고려하여 지도 내용을 구분할 수 있을 것이다. 즉, 맞춤법의 대전제인 '소리대로 적힌' 낱말과 '어법에 맞게' 적힌 낱말을 구분하는 것이다. 이 중 소리와 표기의 관계에 따른 지도 내용을 정리하면 다음과 같다.

맞춤법을 소리와 표기의 관계로 접근한다면 지도 내용을 다르게도 설정할 수 있다. 즉, 1항의 내용을 반영하되 소리와 표기의 관계를 중심으로 지도 내용을 정하는 것이다.

표 1. 소리와 표기의 관계에 따른 지도 내용

수준	내용	예
1수준	소리와 표기가 같은 낱말 익히기	나무, 구름, 하늘 등
2수준	소리와 표기가 다른 낱말 익히기 1 - 음운 변동이 없는 낱말 익히기(연음)	국어, 음악, 동물원 등
3수준	소리와 표기가 다른 낱말 익히기 2 - 음운 변동이 있는 낱말 익히기(교체)	늑대/국물/맏이/신라 등
4수준	소리와 표기가 다른 낱말 익히기 3 - 음운 변동이 있는 낱말 익히기(축약)	낳다, 잡히다. 등
5수준	소리와 표기가 다른 낱말 익히기 3 - 음운 변동이 있는 낱말 익히기(탈락)	값, 읽기 등
6수준	소리와 표기가 다른 낱말 익히기 4 - 음운 변동이 있는 낱말 익히기(첨가)	꽃잎, 베갯잇 등

3. 맞춤법 지도 방법

가. 실제를 중심으로 한 맞춤법 지도

맞춤법 지도는 언어 사용의 맥락 속에서 이루어져야 한다. 이는 문법과 언어 사용은 서로 유기적인 관계이기 때문이다. 듣고, 말하고, 읽고, 쓰는 과정에서 문법이 관여를 하고, 언어가 사용되는 맥락 속에서 문법이 존재하는 것이므로 초등학교의 맞춤법 지도는 언어 사용들이 실제 사용하는 어휘를 중심으로 이루어져야 한다.

학습자들이 사용하는 실제적인 낱말을 바탕으로 해야 한다는 것은 학습자들의 발달과 환경을 동시에 고려해야 한다는 것이다. 예를 들어 '맏이'라는 낱말은 일상생활에 많이 쓰이는 낱말로 구개음화 현상이 일어나는 소리와 표기가 다른 낱말이다. 한글 맞춤법 규정에서도 예시 자료로 들고 있을 정도로 일반적으로 사용되는 낱말이나, 최근에 한 가정에 한 아이만 있는 가구들이 늘어나면서 '맏이'라는 말을 만나게 되는 경우가 줄어들게 되어 문법적으로 기초적인 낱말이지만 학습자에 따라서 인지적으로는 어려움을 느끼는 낱말이 될 수도 있다는 것이다.

　실제를 중심으로 한 맞춤법 지도는 실제 학습자들의 맞춤법 오류 현상으로 나타나는 낱말을 중심으로 이루어진다. 활동 순서는 먼저 학생들의 실태를 바탕으로 계열화된 낱말을 선정하고, 학습할 내용에 대해 안내를 실시한다. 그런 다음 낱말을 익힐 수 있도록 연습 활동을 하고, 맞춤법 지식을 생성하는 순서로 이루어진다. 이러한 학습 방법은 학습자들이 겪는 대부분의 경우에 사용할 수 있다. 초등학생들의 맞춤법 오류는 낱말의 형태를 정확하게 알지 못하는데서 비롯되므로 여러 활동을 통해 글자의 형태를 익히는데 중점을 둘 필요가 있다. 'ㅐ, ㅔ'의 학습을 간단히 예로 들면 <표 2>과 같다.

　실제를 중심으로 한 맞춤법 지도의 가장 큰 장점은 동기 유발이 자연스럽게 이루어질 수 있다는 것이다. 내재적 동기가 없는 교육은 결과의 확실성을 담보하기 어려우나 자신이 어려움을 겪고 있는 낱말을 실제 경험할 수 있는 대상을 바탕으로 안내를 하고 연습을 함으로써 자연스럽게 학습 장면으로 이끌 수 있다.

표 2. 'ㅐ'와 'ㅔ'의 학습

1. 'ㅐ'와 'ㅔ'가 사용된 낱말로, 학생들이 생활 속에서 주로 사용하는 낱말을 계열화 한다.

	ㅐ	ㅔ
명사	개, 해 대문, 개미, 새 , 새우, 노래, 매미, 새벽, 배탈, 등	게, 세수, 제비, 제기, 배게, 레몬, 세로, 메밀 등
조사		~한테, 에서, 에게 등
어미		~는데 등
의존 명사	대로 등	데 등

＊ 초등학생의 경우 문법 용어는 학습하지 않음.

2. 명사의 경우 그림 카드를 제시하거나 음절을 연상할 수 있는 놀이를 하여 낱말의 형태를 연습하게 한다.
3. 조사나 어미, 의존 명사의 경우 각각의 말이 사용된 문장을 제시하여 연습하게 한다.
4. 'ㅐ'와 'ㅔ'가 사용된 낱말을 통해 'ㅐ'와 'ㅔ'는 다른 표기임을 알게 하고, 지식을 갖게 한다.
5. 학습 활동을 정리하고, 주변에서 'ㅐ'와 'ㅔ'를 포함하는 다른 말을 찾아보게 한다.

나. 원리를 강조한 맞춤법 지도

한글 맞춤법은 체계화된 원리를 바탕으로 구성된 개념이다. 원리를 중심으로 맞춤법 교육을 할 경우 상대적으로 파급 효과를 가져올 수 있다. 학습자의 인지 발달 수준을 고려하여 원리 교육을 실시하고, 단순히 연역적인 접근이 아닌 귀납적인 접근도 가능하므로 원리 학습을 통해 학생들의 사고력을 내면화시킬 수 있다.

원리를 강조한 맞춤법 지도는 교사의 안내 속에서 이루어져야 한다. 실제를 강조한 맞춤법 지도가 정확성 보다 유창성에 좀 더 비중을 둔 것이라면 원리를 강조한 맞춤법 지도는 보다 정확성에 비중을 둔 것이기 때문에 정확한 개념을 갖도록 하는 것이 중요하다. 초등학생의 경우 학습 장면에서 새로운 지식을 스스로 탐구하기 보다는 교사의 시범과 안내에 의해서 의도된 학습이 필요하다.

원리를 강조한 맞춤법 지도는 문법 원리를 설명하고, 연습을 한 다음, 학습자가 원리를 익히는 단계로 진행할 수 있다. 이는 직접 교수법에서 '시범보이기'가 생략된 형태 또는 'PPP학습'[11]과 유사한 형태로 볼 수 있다.

이러한 방법은 오류 유형 중 '소리 나는 대로' 글자를 쓴 경우 원리를 설명할 때 적용할 수 있다. 예를 들면 한글 맞춤법 제1조 1항에 해당하는 원리를 알려 주기 위해 학생들이 자주 오류를 범하는 현상에 대해 조사를 한 다음 학생들이 자주 사용하는 낱말을 중심으로 변화하는 모습을 제시하고, 올바른 표기와 잘못된 표기를 제시하여 학생들에게 한글 맞춤법 제1조 1항의 개념을 가질 수 있게 하는 것이다. 그리고 난 후 개념 이해 확인을 관련 질문을 하고, 학습 활동에 대한 점검을 실시한다.

예를 들어, 한글 맞춤법의 제1조 1항의 경우 맞춤법 전체에 대한 원리이기 때문에 저학년의 경우 개념을 갖기가 힘들다. 저학년 학습의 경우는 간단한 원리를 카드 형태로 제시하여, 각각의 원리를 학습하는 방법도 가능하다. 예를 들어, '소리와 표기가 다름을 안다.'를 지도하기 위해 <표 3>과 같은 방법을 사용할 수도 있다. 이와 같은

---

11) PPP 학습은 'Presentation(제시)-Practice(연습)-Production(생성)'의 과정으로 새로운 지식을 학습하는 언어 교수법임.

방식으로 교사가 지도 내용을 도식화하여 제공함으로써 학생이 맞춤법에 대해 기초적인 개념을 가질 수 있게 된다.

표 3. 겹받침 글자의 학습

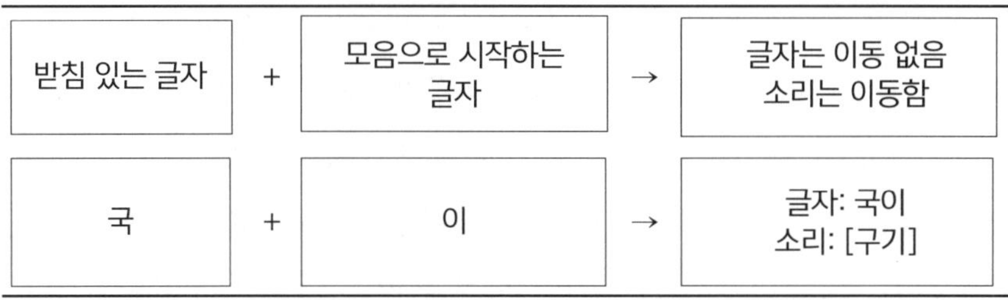

원리를 중심으로 한 맞춤법 지도는 탐구학습의 기초적인 활동으로 접근할 수 있다는 장점이 있다. 초등학교 교육의 목표가 학습에 대한 기초를 길러 준다고 했을 때, 맞춤법 지식에 대해 원리를 고민하고, 해결해 나가는 과정을 통해 앞으로 만나게 될 다양한 문법 현상 탐구에 기초 능력으로 작용할 것이다.

다. 언어 인식(language awareness)를 중심으로 한 지도

언어 인식은 국어에 대한 태도 및 사고력과 관련이 있다. 최근 문법 교육에서 언어 인식 또는 국어 의식에 대한 논의가 많이 이루어졌다. 최근 교육과정에서도 '언어의 본질을 이해하고 이에 대한 이해를 바탕으로 구체적인 실천 행위를 하는 태도' 등으로 설명하고 있다. 이는 태도를 가지고 구체적으로 언어의 본질을 이해하고, 실천하므로 언어에 대한 사고력 향상을 가져오게 된다.

언어 인식을 중심으로 하는 맞춤법 지도는 학습자 자신이 사용한 언어를 인식한 다음, 이를 점검하고 보완하여 다시 다음 사용 상황에서 적용할 수 있어야 한다는 것이다. 실제와 원리를 강조한 맞춤법 지도를 통해 학습한 내용을 자신의 언어 사용 상황에서 발견하고, 이를 다시 보완하는 활동을 의미한다. 이러한 활동이 반복될 경우 학습자는 맞춤법을 자동화하여 오류를 줄일 수 있게 된다.

언어 인식을 강조한 맞춤법 지도는 현상 속에서 맞춤법 지식을 찾아내고, 이를 자신의 지식에 비추어 분석한 다음, 적절성을 파악한다. 그리고 자신이 가진 지식을 내면화하여 성찰적으로 사용하는 단계로 진행할 수 있다. 이러한 과정은 학습 상황에서는 선조적으로 일어나는 것처럼 보이지만 실제로는 순환적으로 일어난다. 언어 인식과 사용이 일회적인 것이 아니라 일상생활 속에서 전진 순환의 형태로 나타난다.

이 방법의 학습 과정은 먼저 오류 현상이 들어 있는 글을 주어 자료를 확인하게 한다. 그리고 정확하게 표기된 자료를 제시하여 정오 관계를 확인하게 하고, 오류 현상의 일관성을 찾게 한다. 자신의 찾은 오류 현상에 대해 맞춤법 지식을 비추어 보고, 자신이 갖고 있는 지식을 점검하고 성찰 수 있게 한다. 그리고 자신의 언어 사용에서는 이러한 오류가 일어나지 않도록 언어 사용을 하는 활동으로 이루어진다. 그리고 학습이 끝난 후에는 자신의 글을 바탕으로 다시 순환 활동을 하게 되는 것이다. 초등학생들이 자주 오류를 범하는 겹받침 글자의 학습을 예로 들어 설명하면 <표 4>와 같다.

표 4. 겹받침 글자의 학습

1. 'ㄶ'이 사용된 자료 제시하기
   (많다–않다–친구들많 등 정오 표기가 같이 들어 있는 글)
2. 'ㄶ'이 들어간 추가 자료 제시하기 (오류가 없는 문장)
3. 오류가 보이는 단어 찾기
4. 맞춤법 지식에 비추어 바르게 수정하기
5. 'ㄶ'이 들어간 단어를 사용하여 글쓰기
6. 자신의 글을 보고 분석하고, 점검하기
7. 신문, 일기 등 다른 글에서 'ㄶ'이 들어간 글 찾아보고 확인하기 등

언어 인식을 중심으로 한 맞춤법 지도는 지식을 내면화하고, 생활화하는데 장점이 있다. 즉, 아는 것을 하는 것으로 바꾸지 못하는 학습자들에게 살아있는 지식을 갖게 할 수 있다는 것이다. 맞춤법에 대한 의식 없이 자연스럽게 언어를 사용하였음에도 불구하고, 맞춤법 규정에 어긋남이 없이 언어를 사용하는 것이 맞춤법 교육의 가장 궁극적인 목표라고 볼 때 이를 도달하기 위해서는 지식을 내면화하고 자동화하는 언어 인식을 중심으로 한 맞춤법 지도 방법이 반드시 필요하다.

4. 맞춤법 평가 도구의 활용

맞춤법은 헷갈리는 표기를 확인하는 형태로 평가 도구를 활용하는 경우가 많다. 온라인에서 간단하게 활용 할 수 있는 형태로 평가 도구를 제공하는 것이다. 하지만 전문적인 평가를 위해서는 앞서 다룬 수준별 지도 내용을 참고하여 검사 도구를 개발하고 활용할 필요가 있다.

(1) 형태 중심 맞춤법 평가 도구

형태 중심 맞춤법 평가 도구는 형태소를 중심으로 소리와 표기의 관계를 이해하고 적용할 수 있는가를 평가하는 문항으로 주로 제시된다. 다음은 반정록(2007)에서 제시한 형태 중심 맞춤법 평가 도구의 에시이다.

♣ 다음 밑줄 친 부분을 바르게 고쳐 써 봅시다.

1. 어머니께서 **꽃바테** 물을 주고 계셨다.
( )

2. 자전거 **갑시** 너무 비싸서 살 수가 없었다.
( )

3. 고양이 보다는 강아지가 **조타**.
( )

4. 나는 너무 아파서 엉엉 **우렀다**.
( )

5 나에겐 형이 **이쓰니** 언제나 든든하다.
( )

6. 이번 시험은 정말 **쉬었다**.
( )

7. 연필 **기리가** 많이 짧아졌다.
( )

8 시원한 **어름을** 넣은 물이 마시고 싶다.
( )

9. 친구들과 **가치** 놀고 싶다.
( )

10. 앞마당에 **암닭** 한 마리가 보였다.
( )

11. 어제는 동생이랑 **바께** 나가서 놀았다.
( )

12. 산 아래를 내려다보니 눈 **아피** 아질했다.
( )

13. **어금이가** 아파서 잘 씹을 수 없다.
( )

14. 강아지가 나에게 말을 하는 것 **가탔다**.
( )

15. 나가서 놀아도 **댄다고** 하셨다.
( )

16. 청소를 **않 해서** 야단을 맞았다.
( )

17. 동생도 비둘기에게 **머기를** 주었다.
( )

18. 점심 식사를 하고 나니 **조름이** 밀려왔다.
( )

19. 선생님께서 사탕을 **마니** 주셨다.
( )

20. 물 위에 **꼰닢이** 떨어졌다.
( )

[그림 1] 형태 중심 맞춤법 평가 도구(반정록, 2007)

표 5. 형태 중심 맞춤법 평가 요소

평가 요소	문항 번호
체언과 조사	1, 2, 11, 12
어간과 어미	3, 4, 5, 6, 14
파생어	7, 8, 9, 10, 17, 18, 19
합성어	13, 20
준말	15, 16

(2) 한국어 능력 시험(어법) 활용

맞춤법 능력 평가만을 위한 전문적인 평가 도구는 아니지만 한국어 능력 시험(KBS) 중 어법 부분의 문항을 활용하여 맞춤법 평가를 할 수도 있다. 어법 부분은 15문제 정도(31번~45번) 제시되는데 그중 표기와 관련된 문항을 활용하여 맞춤법 평가를 실시할 수 있다.

[어법] (31번~45번)

31. 단어의 표기가 올바르지 <u>않은</u> 것은?
   ① 곧장   ② 얻셉   ③ 섣달   ④ 사흗날   ⑤ 반짇고리

32. 사이시옷의 표기가 올바른 것은?
   ① 댓가   ② 뒷집   ③ 윗층   ④ 햇님   ⑤ 뒷풀이

33. 밑줄 친 부분의 표기가 옳지 <u>않은</u> 것은?
   ① 모두 목을 <u>기다랗게</u> 빼고 형을 기다렸다.
   ② <u>높다란</u> 나무 꼭대기에 보름달이 걸려 있다.
   ③ 산 위에는 <u>짧다란</u> 나무들이 자라고 있었다.
   ④ 불합격 소식에 모두 <u>깊다란</u> 침묵에 잠겨 버렸다
   ⑤ 동생은 웃을 때마다 눈가에 <u>잗다랗게</u> 주름이 잡힌다.

[그림 2] 한국어 능력 시험 중 일부(68회, KBS)

9장

읽기 동기 지도

1. 읽기 동기의 개념

읽기 교육의 핵심 목표 중 하나는 학습자가 평생 독서를 지속할 수 있는 독자로 성장하도록 돕는 것이다. 이를 위해서는 읽기 능력뿐 아니라, 책을 자발적으로 선택하고 끝까지 읽게 하는 '읽기 동기'에 대한 이해가 필수적이다. 특히 자극적인 디지털 콘텐츠가 범람하는 오늘날의 문식 환경에서는 독자가 책을 선택할 이유를 느끼게 만드는 동기의 역할이 더욱 중요해진다. 읽기 동기는 읽기를 시작하고 지속하게 하는 힘이다.

읽기 동기는 '주어진 상황에서 특정 텍스트를 읽으려는 의도(Schiefele, 1999)' 또는 '읽기를 촉발하는 계기(motive)', '보상 또는 유인가(trigger)', '흥미(interest)' 등으로 정의한다. 더 넓게는 '독자가 실제로 읽기에 관여하고 행동으로 옮기게 만드는 내적 태도이자 인식 방식으로, 읽기를 촉발하고 유지하게 하는 심리적 동력'의 의미를 지닌다(전제응, 2004; Afflerbach & Harrison, 2017). 충분한 읽기 동기를 갖춘 독자는 글을 읽는 인지적 과정과 언어 사용을 조절하면서 읽기 활동에 몰입하고 적극적으로 관여한다.

읽기 동기는 영역 일반성 및 영역 특수성, 다면성, 가변성, 개인적 성향의 특수성을 지닌다(박영민, 2008). 읽기 동기는 '동기(motivation)'가 지닌 일반적인 속성을 공유하지만, 읽을 텍스트나 독서 환경적인 요인을 추가로 고려하였을 때 영역 특수적인 속성을 띤다. 그리고 읽기 동기가 발현되는 이유 즉, 요인은 다면적이다.

읽기 동기는 가변적이다. 변화 가능성이 있어 교육의 대상이 될 수 있다. 국민독서 실태조사에서는 초등학생의 독서율이 가장 높고, 학교급이 높아질수록 독서율이 하락한다는 결과를 지속적으로 보고하고 있다. 독서율은 독서 동기의 문제로만 설명할 수 없는 복합적인 결과다. 그러나 비독자의 경우 '책 이외의 매체를 이용'한다거나, '책 읽기가 재미없다'는 이유를 독서의 장애요인으로 응답하였다는 점에서, 독서율 감소의 주된 요인으로 독서 동기에 주목해야 할 필요성을 확인할 수 있다.

읽기 동기는 일종의 개인적 성향이다. 개별 독자들은 서로 다른 독서 환경에서 상이한 독서 경험을 한다. 독서 경험의 양과 질이 다르기 때문에 이후 독서 상황을 대하는 태도와 효능감, 시작과 지속 의지 등에서 차이가 난다. 읽기 동기는 개인의 성향이기 때문에, 읽기 교육에서 학습자 개인의 읽기 동기 수준을 파악하고 이에 대한 개별화된 접근이 요구된다.

2. 읽기 동기의 요인

읽기 동기는 독자 내부에서 출발하지만, 외부 세계와의 상호작용 속에서 구체화되고 강화된다. 단순히 독자 개인의 성향이나 텍스트 자체의 특성만으로 형성되는 것이 아니라, 이를 둘러싼 교사와 교실 환경, 가정 배경, 더 나아가 사회문화적 맥락까지 다양한 요인의 영향을 받아 형성되기 때문이다. 학자에 따라 읽기 동기가 여러 차원과 요소로 구성된다고 하였는데, 대체로 '텍스트 요인', '독자 내적 요인', '환경적 요인'으로 구분하고 있다(이순영, 2006; 전제응, 2004; Wigfield & Guthrie, 1997). 이하에서는 읽기 동기의 요인을 세 차원으로 구분하여 살펴보겠다.

가. 텍스트 요인

독자가 읽기에 몰두하게 되는 데에는 텍스트 자체가 지닌 다양한 특성이 중요한 역할을 한다. 읽기 몰입과 동기를 촉진하는 텍스트의 주요 요인에는 '이야기의 구성 요소와 독자와의 관련성', '텍스트의 난이도', '텍스트의 흥미도'가 있다.

첫째, 이야기의 구성 요소인 인물, 사건, 배경이 독자 자신의 경험, 관심, 정체성과 밀접하게 관련될수록 독자는 이야기 세계에 쉽게 몰입한다. 특히 갈등 구조가 뚜렷한 서사에서, 독자는 주인공의 신념이나 목적에 공감하거나 주인공과 반대편에 선 인물에 감정을 이입하며 서사의 전개에 호기심을 가지게 된다. 이 과정에서 독자는 인물에 자신을 투영하거나 특정 입장을 비판하며 이야기의 흐름에 적극적으로 반응하게 된다.

둘째, 텍스트의 난이도는 읽기 동기와 몰입에 결정적인 요소다. 자신의 독해 능력보다 지나치게 어려운 텍스트는 실패 경험을 유발하고, 이는 읽기에 대한 부정적 감정과 효능감 저하로 이어질 수 있다. 반대로, 독자의 수준에 적절한 텍스트는 읽기의 성공 경험을 통해 독서 효능감을 높이고, 후속 독서에 긍정적인 기대를 형성하게 만든다. 학습자는 적절한 난이도의 텍스트를 완독할 때, 그 성공 경험을 인식함으로써 지속적인 읽기 동기의 기반을 마련한다(백희정, 2021). 이는 Vygotsky의 근접 발달 영역(ZPD) 이론과도 연결되며, '약간 도전적인' 과제가 학습 몰입을 촉진한다는 점을 보여준다.

셋째, 흥미를 유발하는 텍스트가 읽기 동기를 높인다. 복합양식 텍스트(multi-modal text)의 시각적·매체적 흥미 요소는 읽기 동기를 유발한다. 최근 문식 환경의 변화에 따라 다양한 매체 언어가 결합한 복합양식 텍스트가 주된 읽기 대상으로 여겨진다. 복합양식 텍스트는 글뿐 아니라 이미지, 음성, 영상 등을 통해 의미를 구성하며, 특히 그림책은 저학년 학생들의 시각적 관심을 효과적으로 끌어낸다. 이는 그림이 장식이 아닌 의미 구성의 한 축으로 기능할 때, 읽기 참여가 더욱 적극적으로 이루어진다는 점을 시사한다.

나. 독자 내적 요인

읽기 동기를 유발하는 독자 내적 요인으로는 읽기 효능감, 읽기에 대한 가치 인식이 있다.

첫째, 읽기 효능감은 독자가 책 읽기에 대해 가지는 자신감과 신념으로, 읽기 활동을 주도적으로 이끌어가는 데 중요한 역할을 한다. 이는 '나는 이 책을 끝까지 이해할 수 있어'라는 내적 확신과 같이, 자신이 독서를 성공적으로 수행할 수 있다는 기대와 믿음에서 비롯한다. 읽기 효능감이 높은 독자는 읽기 도중 어려움을 겪더라도 포기하지 않고 끝까지 의미를 파악하려는 태도를 보이며, 읽기 과제에 더 적극적으로 몰입하고 지속적으로 도전하려는 경향이 있다.

Bandura(1982)는 이러한 효능감이 네 가지 주요 원천에 의해 형성된다고 보았다. 성취 경험은 독서 성공 여부가 효능감에 미치는 직접적인 영향이다. 학생이 책을 처음부터 끝까지 읽거나 내용을 깊이 이해한 경험은 효능감을 높이지만, 반복적인 실패는 자신감을 떨어뜨릴 수 있다. 대리 경험은 유능한 또래, 교사, 부모가 책 읽는 모습을 관찰하면서 '나도 할 수 있다'라는 신념을 형성하는 과정을 가리킨다. 사회적 설득은 교사나 주변 인물로부터 받는 격려나 칭찬, 혹은 비판과 같은 피드백을 통해 독서에 대한 자기 인식을 조정하게 되는 경험이다. 정서적 상태는 독서 중에 느끼는 신체적·심리적 안정감과 관련된다. 충분한 독서 시간 확보, 조용한 환경, 스트레스 없는 상태는 독서 효능감을 안정적으로 유지하는 데 기여한다.

둘째, 읽기에 대한 가치 인식은 독자의 읽기 태도와 동기 형성에 영향을 미친다. 독자가 책 읽기를 얼마나 의미 있고 가치 있는 활동으로 인식하느냐에 따라 자발적인 독서 행동이 나타날 수 있다. 책 읽기를 즐기는 성인 독자들은 독서에 높은 가치를 부여하며, 새로운 정보를 얻는 실용성뿐 아니라 읽는 과정에서의 즐거움까지 독서 목적에 포함하는 경향이 있다(김해인, 2020). 반면 비독자들은 독서를 주로 학업이나 과업 수행의 일환에서 인식하며, 그 자체의 즐거움보다는 외적 요구에 따른 활동으로 여긴다. 이러한 차이는 독서 동기의 지속성과 자율성에 큰 영향을 미친다. 예를 들어 독자에 따라서 독서의 가치를 '이 책을 읽으면 수업에 도움이 될 거야'라는 도구성에 두기도 하고, '내용을 완벽히 이해하고 싶다' 또는 '친구보다 글 내용을 더 잘 요약하고 싶다'라는 수행 목표를 설정하기도 한다. 그러나 이런 목표 지향이 독자의 내면적 만족이나 의미 추구와 연결되면 독서 동기는 더 자율적이고 지속적으로 유지될 수 있다. 이는 독서 행위를 개인적인 즐거움과 성취의 원천으로 인식할 때 가능해진다.

다. 환경적 요인

읽기 동기는 타인과의 상호작용을 통해 형성되기도 한다. 예를 들어 친구가 추천한 책을 읽거나, 교사와 책 내용을 이야기하는 활동, 가족이나 친구와 함께 독후 감상을 나누는 경험 등은 독자가 책에 관심을 기울이고 읽기에 참여하도록 유도한다. 특히 학교에서는 교사의 역할과 교실의 물리적 환경 등이 학습자의 읽기 동기 형성에 미치는 영향이 크다. 단순히 책을 제공하는 역할 이상으로, 교사는 독서 경험의 설계자이자 조력자가 되어야 한다. 그리고 교실은 학습자의 자율성과 사회적 독서를 구현하는 살아 있는 문식 환경이 되어야 한다. 여기에서는 교사의 역할을 중심으로 환경적 요인을 살펴보자.

첫째, 교사가 학습자의 독서 과정을 세심하게 관찰하고, 애정 어린 관심을 기반으로 피드백을 제공할 때 학습자는 자신이 읽는 행위가 의미 있는 것으로 받아들인다. 특히 학습자의 독해력 수준을 적절히 고려하여 약간 도전적인 과제를 제시하면 성취감을 느끼며 몰입하게 된다. 이는 Vygotsky의 근접발달영역 이론이나 CORI 모형(Guthrie 외, 2004)에서 강조하는 '도전적 과제 제공을 통한 몰입 유도'와도 일치한다. 또한 과제가 학습자 개인 혹은 학급의 관심사와 연계되어 있을 때, 독서 활동은 유의미한 탐구의 과정으로 전환된다.

둘째, 학습자가 자신의 흥미와 선호에 따라 텍스트를 선택하거나 과제의 성격과 수행 단계를 조율할 수 있도록 허용하면, 읽는 활동에 대한 자발성이 높아진다. 자기결정성 이론(Deci & Ryan, 1985)에 따르면, 인간은 기본적으로 자율성을 추구하는 존재다. 그래서 선택권이 주어질 때 독자 내적 동기가 강화된다. 예를 들어 독서 목록 중 자신이 읽고 싶은 책을 고르게 하거나, 과제의 형식을 자유롭게 구성하게 하면 자신의 학습을 통제하고 있다는 느낌을 갖게 되어 몰입도가 높아진다.

셋째, 독서 활동이 또래 및 교사와의 대화, 토의, 토론으로 확장될 때 학습자는 자기 생각을 표현하고 타인의 관점을 수용하는 기회를 갖게 된다. 이러한 상호작용은 학습자가 독서로 지식을 습득하는 데서 그치지 않고, 보다 타당한 의미를 구성하고 사회적 관계 속에서 자아를 인식하게 한다. 협력적인 독서 환경에서 학습자는 독서 과정에 인지, 정서적으로 몰두할 수 있다. 독서에 대한 피드백이 단지 '정답'을 요구하기보다 다양한 해석을 존중하고 서로의 의견을 자유롭게 나누는 방식일 때, 학생들은 읽기에 대한 심리적 안정감과 도전 의식을 동시에 경험할 수 있다.

넷째, 교사 자신이 모범적인 독자가 되어야 한다. 학습자는 주변의 읽기 행동을 관찰하며 사회적 모델링 과정을 경험한다. 교사나 부모가 책을 즐겨 읽는 모습을 가까이서 본 학습자는 '나도 책을 읽어야겠다'라는 내적 동기를 자연스럽게 갖게 된다. 이는 단순한 권유보다 더 큰 영향력을 가지는데, 기초 문해 발달 단계의 학습자나 또래 관계에 민감한 청소년기 학습자들에게 효과적인 동기 자극 요인이 된다.

3. 읽기 동기 증진 방법

읽기 동기는 개인의 경험, 흥미, 성격, 읽기 수준 등에 따라 다양하게 나타난다. 따라서 교사는 개별 학습자의 읽기 동기를 이해하고 맞춤형으로 지도해야 한다. 읽기 동기의 주요 요인들을 고려한 교육적 접근은 다음과 같은 방향에서 실천될 수 있다.

가. 관심과 흥미 기반의 텍스트 제공

학습자의 흥미를 자극하는 텍스트는 읽기를 자발적으로 시작하게 한다. 이야기의 주제, 등장인물, 배경 등이 학생의 관심사와 맞닿아 있을수록, 학습자는 더 적극적으로 독서에 참여한다. 교사는 학급이나 개별 학습자의 관심 분야나 좋아하는 장르 등을 평소 관찰하거나 간단한 설문 등을 통해 파악하고, 이를 바탕으로 적절한 도서를 추천해야 한다. 또한 학습자가 스스로 책을 선택할 수 있도록 자율성을 부여하면,

독서를 과제가 아닌 '내가 선택한 일'로 인식할 수 있다.

초등학생이 활용할 수 있는 대표적인 책 선택 전략으로는 BOOKMATCH 전략, 다섯 손가락 규칙, I-PICK 기법이 있다. 여기서는 초등학생 저학년과 고학년 모두에게 적용할 수 있는 I-PICK 기법을 알아보자. I-PICK은 학생의 자율성과 흥미를 중심으로 한 책 선택 전략으로, 다음의 다섯 가지 기준을 포함한다.

표 1. I-PICK 기법(Boushey, G., & Moser, 2006)

I	스스로(I)	스스로 책을 골라 안팎으로 살펴보세요.
P	목적(Purpose)	내가 이 책을 읽고 싶은 이유가 무엇인가요?
I	관심과 흥미(Interest)	나는 이 책에 관심과 흥미가 있나요?
C	이해(Comprehension)	내가 읽고 있는 내용을 잘 이해하고 있나요?
K	알기(Know)	대부분의 단어가 무슨 뜻인지 알고 있나요?

나. 긍정적인 피드백 제공

학습자가 읽은 책에 대해 자신의 배움이나 느낀 점을 이야기할 때, 교사는 진심 어린 경청과 공감을 통해 긍정적인 피드백을 제공해야 한다. 이와 같은 정서적 지지는 학습자의 독서 효능감을 더욱 안정적으로 형성하는 데 도움이 된다.

교사의 피드백은 학습자의 성취뿐 아니라 책 선택의 과정에서도 주요하게 작용한다. 앞서 살펴보았듯이 학습자가 자신의 독해력보다 약간 높은 수준의 책을 읽고 이를 완독했을 때 느끼는 성취감은 독서 효능감을 높인다. 이는 '이 책을 끝까지 읽어냈다'라는 자신감으로 이어지고, 이후에도 유사한 도전을 스스로 선택하게 만드는 내적 동기의 기반이 된다. 학습자가 책을 고르는 과정에서 교사는 고른 책에 대해 긍정적으로 반응하되, 학습자가 너무 쉬운 책만 고르거나 지나치게 어려운 책을 억지로 읽지 않도록 균형적인 피드백을 제공해야 한다.

다. 독서 후 타인과의 소통 기회 제공

읽은 내용을 다른 사람과 나누는 경험은 독서 동기를 강화하는 또 하나의 방법이다. 사회적 상호작용은 읽기를 단순한 개인 활동이 아닌, 공유와 협력의 행위로 확장시킨다. 학습자는 자신이 읽은 책에 대해 친구나 교사, 가족에게 소개하고, 감상이나 질문을 나누는 과정에서 독서의 의미를 재구성하게 된다. 이러한 과정은 사회적 동기를 자극하며, 때로는 누군가에게 내가 읽은 내용을 이야기하고 싶은 욕구가 책을 읽는 동기를 유발하기도 한다. 교사는 짧은 발표, 독서 대화, 독서 토의 등 다양한 방식으로 학생들이 자신의 독서 경험을 표현할 수 있도록 수업을 구성할 필요가 있다.

라. 몰입 가능한 물리적·심리적 환경 조성

읽기 동기가 실제 읽기 행동으로 이어지기 위해서는 몰입할 수 있는 시간과 공간이 필요하다. 교실에서는 아침 시간, 점심 시간, 수업 전후 등의 자투리 시간을 활용하여 정기적인 독서 시간을 확보하고, 방해받지 않고 읽을 수 있는 조용한 환경을 조성해야 한다. 학급 문고, 학교 도서관, 전자책 플랫폼 등 접근 가능한 책 환경을 마련하는 것도 중요하다. 교사는 개별 학습자가 심리적으로 안정되고 편안함을 느끼는 공간에서 책을 읽을 수 있도록 세심하게 배려해야 한다. 편안한 자세와 조용한 분위기는 독서 몰입을 촉진하고, 읽기를 즐거운 경험으로 받아들이게 한다.

마. 외적 동기에서 내적 동기로의 전환 유도

초등학교 저학년의 경우, 스티커, 칭찬, 인정과 같은 외적 보상이 유발하는 외적 동기가 읽기를 유도하는 출발점이 될 수 있다. 외적 동기는 읽기를 통해 얻을 수 있는 보상, 인정, 성취와 같은 외적 결과에 대한 기대에서 비롯된다. 예를 들어 "책을 다 읽으면 스티커를 받는다", "독서 기록장을 잘 쓰면 칭찬을 받는다", "독서량이 많으면 상을 준다"와 같은 조건은 모두 외적 동기를 자극하는 방식이다. 학습자는 이러한 외부의 유인에 따라 책을 선택하거나 읽기 활동에 참여하게 된다. 특히 읽기에 대한 흥

미가 낮은 초기 단계에서는 외적 동기가 읽기 행동을 유도하는 데 긍정적인 역할을
할 수 있다.

그러나 장기적인 독서 습관 형성을 위해서는 이러한 외적 동기가 점차 내적 동기
로 전환될 수 있도록 해야 한다. 책 읽기 그 자체의 즐거움, 지식을 얻는 만족감, 자신
이 성장하고 있다는 느낌이 내면화될 때 비로소 독서가 지속 가능한 활동으로 자리
잡을 수 있다. 교사는 초기에는 외적 유인책을 적절히 활용하되, 학년이 올라갈수록
학습자 스스로 독서의 의미를 찾고 동기를 느낄 수 있도록 수업과 과제를 설계해야
한다. 독서 동기의 내면화는 학습자를 평생 독자로 성장시킨다.

4. 읽기 동기 검사 도구의 활용

학습자의 읽기 동기를 높이기 위해서는 먼저 현재 어떤 동기 상태에 있는지를 잘
파악하는 것이 중요하다. 이를 위해 사용할 수 있는 방법으로 자기 보고식 척도가 있
다. 자기 보고식 척도는 학습자가 자신의 읽기에 대한 생각과 감정을 답하는 방식으
로, 쉽고 빠르게 동기 상태를 점검할 수 있다는 장점이 있다.

대표적인 읽기 동기 진단 도구로 Wigfield 외(1996)가 개발한 MRQ(The Motivation
for Reading Questionnair)가 있다. 이 설문지는 읽기 효능감, 도전감, 호기심, 중요
성, 사회적 상호작용 등 11가지의 읽기 동기 차원을 측정하는 53개의 항목으로 구성
되어 있다. 각 문항은 4점 리커트 척도로 학습자의 동기 수준을 평가하는데, 1점인
'나와 매우 다름(very different for me)'에서 4점인 '나와 매우 비슷함(a lot like me)'
까지의 척도로 구성된다. 이 중에서 '순응' 범주의 일부 문항(24, 25번)과 '과제 회피'
범주의 전체 문항은 부정적 읽기 동기를 측정하는 하위 척도이므로, 역채점해야 함
에 유의해야 한다. MRQ의 문항은 다음과 같다.

표 2. 읽기 동기 검사 도구(MRQ)(Wigfield, Guthrie, & McGough, 1996)

범주	문항
읽기 효능감	1. 나는 내년에 읽기를 잘하게 될 것이라고 생각한다. 2. 나는 책을 잘 읽는다. 3. 나는 대부분의 반 친구들보다 읽기를 통해 더 많이 배운다. 4. 다른 과목들과 비교했을 때, 나는 읽기를 가장 잘한다.
도전감	5. 나는 어렵고 도전적인 책을 좋아한다. 6. 과제가 흥미롭다면, 나는 어려운 자료도 읽을 수 있다. 7. 책 속의 질문들이 나를 생각하게 만들 때가 좋다. 8. 나는 보통 읽기를 통해 어려운 것들을 배운다. 9. 책이 흥미롭다면, 읽기가 얼마나 어렵든 상관하지 않는다.
호기심	10. 누군가가 흥미로운 내용을 이야기하면, 나는 그것에 대해 더 읽을 수도 있다. 11. 흥미로운 주제에 대해 읽고 있을 때, 가끔 시간 가는 줄 모르는 때가 있다. 12. 나는 관심 있는 주제에 대해 새로운 정보를 배우기 위해 읽는다. 13. 나는 내 취미에 대해 더 알기 위해 그것과 관련된 글을 읽는다. 14. 나는 새로운 것들에 대해 읽는 것을 좋아한다. 15. 나는 다른 나라 사람들에 관한 책을 읽는 것을 즐긴다.
미적 즐거움	16. 나는 상상이나 가상 세계에 관한 이야기를 읽는다. 17. 나는 추리 소설을 좋아한다. 18. 나는 읽을 때 머릿속으로 장면을 그린다. 19. 나는 좋은 책 속 인물들과 친구가 된 것 같은 느낌이 든다. 20. 나는 모험 이야기를 많이 읽는다. 21. 나는 길고 몰입할 수 있는 이야기나 소설을 즐긴다.
중요성	22. 좋은 독자가 되는 것은 나에게 매우 중요하다. 23. 내가 하는 다른 활동들과 비교했을 때, 좋은 독자가 되는 것은 나에게 매우 중요하다.
순응	24. 나는 읽기에서 가능한 한 최소한의 학교 과제만 한다.* 25. 나는 내키지 않지만 과제이기 때문에 읽는다.* 26. 나는 선생님이 원하는 방식 그대로 읽기 과제를 수행한다. 27. 모든 읽기 과제를 끝내는 것은 나에게 매우 중요하다. 28. 나는 항상 읽기 과제를 제시간에 끝내려고 노력한다.

인정	29. 선생님이 내가 읽기를 잘한다고 말해 주는 것이 좋다.
	30. 친구들이 가끔 내가 읽기를 잘한다고 말해 준다.
	31. 나는 읽기에 대해 칭찬받는 것을 좋아한다.
	32. 누군가 내 읽기를 알아봐 줄 때 기쁘다.
	33. 부모님은 종종 내가 읽기를 잘하고 있다고 말해 주신다.
성적	34. 성적은 내가 읽기를 얼마나 잘하고 있는지를 보여 주는 좋은 방법이다.
	35. 나는 내 읽기 성적을 확인하는 것을 기대한다.
	36. 나는 성적을 향상시키기 위해 읽는다.
	37. 부모님은 내 읽기 성적에 대해 물어보신다.
사회적 상호작용	38. 나는 가족과 함께 도서관에 자주 간다.
	39. 나는 종종 형제자매에게 책을 읽어 준다.
	40. 친구들과 나는 서로 읽을거리를 바꿔 본다.
	41. 나는 가끔 부모님께 책을 읽어 드린다.
	42. 나는 친구들과 내가 읽고 있는 것에 대해 이야기한다.
	43. 나는 친구들의 읽기 학습을 도와주는 것을 좋아한다.
	44. 나는 가족에게 내가 읽고 있는 것에 대해 이야기하는 것을 좋아한다.
경쟁	45. 나는 친구들보다 더 많은 정답을 맞히려고 한다.
	46. 나는 읽기에서 최고가 되는 것을 좋아한다.
	47. 나는 친구들보다 먼저 읽기 과제를 끝내는 것을 좋아한다.
	48. 우리가 읽은 내용에서 어떤 질문의 답을 나만 알고 있는 것이 좋다.
	49. 우수한 독자로 내 이름이 올라가는 것이 나에게 중요하다.
	50. 나는 친구들보다 더 잘 읽기 위해 기꺼이 열심히 노력한다.
과제 회피	51. 나는 어휘 문제를 좋아하지 않는다.*
	52. 복잡한 이야기는 읽는 재미가 없다.*
	53. 단어가 너무 어려우면 읽는 것이 싫다.*
	54. 이야기 속에 등장인물이 너무 많으면 싫다.*

읽기 동기 검사 도구는 학습자의 읽기 행동을 이해하고, 적절한 지도 방향을 설정하기 위한 기초 자료로 활용될 수 있다. 교사는 학기 초에 읽기 동기 검사 도구를 실시하여 학습자 개별의 읽기 동기 수준과 특징을 파악하고, 이를 바탕으로 동기가 높은 학습자와 상대적으로 낮은 학습자를 구분할 수 있다. 이러한 진단 결과는 읽기 효

능감, 읽기 몰입, 사회적 상호작용 등 어떤 동기 요인이 학습자의 읽기 참여를 촉진하거나 저해하는지를 파악하는 데 도움을 준다. 이는 읽기 행동의 배경에 놓인 정의적 요인을 이해하게 한다는 점에서 교육적 의미를 지닌다.

또한 학기 말에는 초기 검사 결과와 비교하여 학습자의 읽기 동기 변화 양상을 분석할 수 있다. 이 과정을 통해 교사는 자신이 설계·실행한 읽기 지도 활동이 학습자의 읽기 동기에 어떤 영향을 미쳤는지를 점검할 수 있으며, 특정 활동이나 환경 요인이 동기 향상에 효과적이었는지를 성찰하게 된다. 이러한 분석은 이후 읽기 수업의 내용과 방식, 텍스트 선정, 피드백 전략 등을 조정하는 근거 자료로 활용될 수 있다. 즉, 읽기 동기 검사는 교수·학습 활동의 효과를 점검하고 개선 방향을 모색하는 평가 도구로 기능한다.

나아가 읽기 동기 검사 결과는 학습자 개별 특성에 기반한 맞춤형 읽기 지도를 가능하게 한다. 학습자가 어떤 동기 요인에 의해 읽기에 참여하는지, 혹은 어떤 요인에서 어려움을 겪고 있는지를 사전에 파악함으로써 교사는 수업 도입 단계에서 보다 적절한 동기 유발 전략을 선택할 수 있다. 예를 들어, 읽기 효능감이 낮은 학습자에게는 성공 경험을 제공하는 과제를, 읽기 몰입 요인이 부족한 학습자에게는 관심 분야의 텍스트를 제시하는 등 차별화된 접근이 가능하다. 이러한 진단 기반 지도는 학습자의 읽기 동기를 안정적으로 형성하고, 읽기를 지속 가능한 학습 활동으로 이끄는 데 기여한다.

10장

쓰기 동기 지도

1. 쓰기 동기의 개념

쓰기 동기는 학습자가 목적을 가지고 쓰기 활동을 시작하고, 그 과정을 지속하여 완성하게 하는 심리적 요인이다. 즉, '무엇을 쓰고 싶은 마음' 자체이자, 쓰기 행동을 유도하고 유지하게 만드는 내적 힘이라 할 수 있다(전제응, 2005). 쓰기는 계획하기, 작성하기, 조정하기, 재고하기 등 복잡한 인지적 과정을 요구하는 활동이다(Flower, 1994). 이러한 과정은 학습자에게 부담이나 스트레스를 유발하며, 그로 인해 쓰기를 회피하거나 부정적으로 인식하게 되는 경우도 많다. 그럼에도 학습자들이 글쓰기를 포기하지 않고 끝까지 이어갈 수 있는 이유는 바로 쓰기에 대한 정의적 동인, 즉 '쓰기 동기' 때문이다.

쓰기 동기는 단순히 '열심히 하려는 태도' 이상으로, 쓰기를 어떻게 인식하는지, 쓰기 경험을 어떻게 평가하는지, 그리고 쓰기를 통해 어떤 성취감을 얻는지와 밀접하게 관련되어 있다. Bruning과 Horn(2000)은 쓰기 동기를 "학생들이 쓰기를 통해 얻는 이로움이 쓰기에 들이는 노력보다 더 가치 있다고 인식할 때 형성된다"라고 설명한다. 그리고 이러한 인식은 학습자의 쓰기 지속성과 텍스트의 질에 긍정적인 영향을 준다고 보았다.

2. 쓰기 동기의 요인

쓰기 동기를 구성하는 요인은 필자 내적 요인과 쓰기 동기를 구성하는 요인은 필자 내적 요인과 외적 요인으로 나누어 볼 수 있다(한경숙, 2016). 내적 요인은 개인의 인식, 감정, 신념과 관련이 있고, 외적 요인은 학교 환경이나 가정 환경처럼 학습자를 둘러싼 주변 조건에 해당한다.

가. 필자 내적 요인

쓰기 동기의 주요 필자 내적 요인으로는 쓰기 동기의 주요 필자 내적 요인으로는 '쓰기 효능감', '쓰기 흥미', '쓰기의 가치에 대한 인식'이 있다(Troia et al., 2012).

첫째, 쓰기 효능감은 자신이 글을 잘 쓸 수 있다는 개인적 신념을 말한다. 이는 단순한 자신감이 아니라, 특정한 쓰기 과제를 성공적으로 수행할 수 있다는 자기 인식에 기반한다. 학습자가 자신의 쓰기 능력을 긍정적으로 평가할수록 쓰기 활동에 기꺼이 참여하고, 어려운 과제에도 도전하려는 태도를 보이게 된다. 이러한 믿음은 학습자의 과제 선택, 노력의 강도, 실패에 대한 인내심 등에 지속적으로 영향을 미친다(Pajares & Johnson, 1994).

국내 연구에서도 이러한 경향은 뚜렷하게 확인된다. 박영민과 최숙기(2009)에 따르면, 쓰기 효능감이 높은 학생일수록 글쓰기 과제에 적극적으로 참여하며, 결과적으로 글의 완성도도 높게 나타났다. 특히 학년이 올라갈수록 쓰기 효능감은 점차 감소하는 경향이 있었는데, 이는 학습자들이 긍정적인 쓰기 경험을 충분히 누리지 못하고 평가 중심의 쓰기 활동에 반복적으로 노출되어 왔기 때문이라고 해석할 수 있다. 결국 쓰기 효능감은 학습자의 정의적 태도와 쓰기 수행 간의 가교 역할을 하며, 지속적인 쓰기 참여와 질적 향상을 가능하게 하는 핵심 요인이라 할 수 있다.

둘째, 쓰기 흥미는 학습자가 쓰기 활동에 대해 자연스럽게 끌리거나 즐거움을 느끼는 심리적 경향을 말한다. 이는 단순한 선호 이상으로, 쓰기 과제를 자발적으로 수행하려는 동기와 직접적으로 연결된다. Lipstein과 Renninger(2006)에 따르면, 쓰기에 흥미를 느끼는 학습자는 글쓰기를 자기 생각과 감정을 표현할 수 있는 기회로 인식하며, 글을 통해 의미 있는 경험을 하려는 경향을 보였다.

반면, 흥미가 낮은 학생들은 쓰기를 시험이나 주어진 과제로 받아들이고 가능한 한 빨리 끝내려는 태도를 보였다. 이러한 차이는 단지 태도의 차원에 그치지 않고, 실제 쓰기 수행의 질과 지속성에도 영향을 미친다. 흥미가 높은 학습자는 내용 구상에 더 많은 시간을 투자하고 글의 구조나 표현에 대해 자발적으로 조정하려는 노력을 보이는 반면, 흥미가 낮은 학습자는 최소한의 노력으로 과제를 끝내려는 경향이 강하다.

셋째, 쓰기의 가치에 대한 인식은 학습자가 쓰기를 왜 해야 하는지, 그것이 자신에게 어떤 의미와 목적을 지니는지를 이해하는 수준을 말한다. 다시 말해, 학습자가 쓰기를 통해 무엇을 얻을 수 있는지, 그것이 자신의 삶이나 학습에 어떤 도움을 주는지에 대한 인식이다. 이러한 인식은 쓰기를 지속하게 만드는 내면적 동기를 강화하는 중요한 요인이 된다. Bruning과 Horn(2000)은 학생들이 쓰기에 대해 긍정적인 감정을 경험하고, 그것이 자신의 삶과 연결된 유용한 활동이라고 인식할 때 쓰기 동기가 촉진된다고 보았다. 특히 친구들과 쓰기 결과를 공유하는 과정이나 교사로부터의 격려와 같은 교실에서의 정서적 교류는 쓰기를 개인적인 표현과 사회적 상호작용의 수단으로 경험하게 만든다. 이로써 학습자는 쓰기의 의미를 체감한다.

학습자는 쓰기를 단지 '시험을 위한 과업'이 아니라 '자기 생각을 세상과 연결하고 표현하는 수단'으로 인식할 수 있어야 한다. 그럴 때라야 쓰기 경험은 자발성과 지속성을 갖춘 동기로 이어질 수 있다. 결국 쓰기의 유용성과 가치에 대한 인식은 학습자가 쓰기에 참여할 이유를 부여하고 쓰기에 들일 노력과 인내를 정당화하는 기반이 된다.

나. 외적 요인

학습자의 쓰기 동기를 구성하는 주요 외적 요인으로는 '학교 환경 요인'과 '가정 환경 요인'을 들 수 있다.

첫째, 교사의 수업 설계, 과제 유형, 피드백 방식 등의 학교 환경 요인은 학습자의 쓰기 동기에 직접적인 자극을 주는 외적 요인은 아니지만 쓰기를 긍정적으로 경험하게 만든다. 특히 교사가 학습자를 중심으로 쓰기 환경을 구성하면 학생은 자신이 존중받고 있다는 느낌을 받을 수 있고, 그 경험은 쓰기에 대한 자발성과 지속성을 높인다. 예를 들어, 학습자가 흥미를 느끼는 주제를 자율적으로 선택할 수 있게 하거나 수업에서 다양한 독자를 고려한 실제적인 쓰기 과제를 제시하면, 학습자는 쓰기를 일상적이고 의미 있는 행위로 받아들이게 된다. 이는 쓰기를 평가가 아닌 표현의 기회로 인식하게 만들며 동기의 질을 전환시키는 데 효과적이다(한경숙, 2016).

또한 교실 분위기 역시 중요하다. 학습자가 생각이나 감정을 자유롭게 표현할 수 있는 허용적이고 안전한 환경은, 실패에 대한 불안이나 부정적 평가의 두려움을 낮추고 쓰기에 대한 자신감을 회복시킨다. 또한 교사의 따뜻한 피드백과 인정은 학습자에게 '쓸 수 있다'라는 믿음을 강화한다. 이는 다시 쓰기 효능감과 흥미로 연결되어서 궁극적으로 쓰기 동기를 안정적으로 유지하는 데 기여한다.

둘째, 가정 환경 요인은 학습자의 쓰기 동기에 간접적으로 작용하는 요인이다. 문식 환경이란, 가정 내에서 글과 관련된 자극이 얼마나 풍부하게 제공되는지를 의미한다. 예를 들어, 책이나 쓰기 도구와 같은 물리적 자원뿐 아니라, 가족 간의 대화, 일기나 편지 쓰기, 부모의 쓰기 행위 관찰 등 다양한 언어적 상호작용이 이에 해당한다. 가족의 문식 활동과 정서적 교류는 초등학생의 문식 태도에 긍정적인 영향을 미칠 수 있다(손원숙 외, 2015).

특히 초등학교 시기와 같이 학습자가 정서적으로 부모와의 관계에 많은 영향을 받는 시기에는 부모가 글을 쓰는 모습을 보여주거나 글쓰기를 격려하는 방식만으로도 자녀의 쓰기 흥미와 자신감을 높일 수 있다. 쓰기를 둘러싼 환경적 메시지가 일상에서 긍정적으로 축적되면서 학습자는 쓰기를 자연스럽고 의미 있는 행위로 받아들이게 된다. 가정은 학교 밖의 시간에서 가장 오랜 시간을 보내는 장소인 만큼, 학습자의 쓰기 습관과 태도를 형성하는 데 있어 매우 중요한 역할을 한다.

3. 쓰기 동기 증진 방법

쓰기는 인지적 부담이 큰 과업이다. 그래서 쓰기 동기가 낮은 학습자는 글쓰기 자체를 회피하는 경향을 보이며, 평소 쓰기 동기가 높다고 해도 글을 쓰는 과정에서 이를 유지하기란 쉬운 일이 아니다. 쓰기 동기를 높이려면 단순한 격려나 보상 이상의 전략적 지도가 필요하다. 교실 수업에서 적용할 수 있는 동기 증진 방법은 다음과 같다.

가. 관심과 흥미 기반의 쓰기 과제 제공

학습자가 흥미를 느낄만한 주제나 일상 경험과 밀접한 주제를 쓰기 과제로 제시하여 자연스럽게 글쓰기를 유도할 수 있다. 학습자의 수준에 적합하면서도 친숙하고, 가치롭게 느끼는 주제는 학습자가 글쓰기에 몰입할 수 있는 과제 환경을 조성하는 데 중요한 역할을 한다. 교사는 학급에서 일어난 주요한 사건이나 화제가 되는 주제들을 선별하여 공동의 글쓰기 과제로 제시하거나, 쓰기 동기가 낮은 개별 학습자의 관심 분야를 평소 관찰해 두었다가 적절한 주제를 제안할 수도 있다. 또한 학습자 스스로 글쓰기 주제를 선택하도록 자율성을 부여하면 쓰기 태도와 효능감을 높여주는 데 효과적이다(김성엽, 2023). 학습자에게 '이 주제에 대해 반드시 이렇게 써야 한다'고 단정하듯 쓰기 과제를 제시하면 학습자의 쓰기 태도를 위축시킬 수 있어 주의가 필요하다.

나. 쓰기 과정에서의 긍정적인 피드백 제공

글쓰기는 학습자에게 매순간 도전적인 문제를 해결해 가는 과정으로 느껴질 수 있다. 글쓰기를 계획하고 내용을 생성해 조직하며 글을 쓰고 고치는 과정에서 필자라면 누구나 머뭇대는 쓰기 멈춤의 순간을 경험한다. 쓰기 멈춤은 "신체적·정신적으로 장애가 없는 필자가 글을 쓰려고 시도하지만, 여러 변인(필자, 독자, 텍스트, 맥락)의 복합적인 작용으로 인해 일시적으로 멈추거나 머뭇거리는 현상"(강동훈, 2016: 32)을 의미한다. 이 연구에 따르면, 평가에 대한 두려움이나 쓰기 불안 등으로 인해 상 수준 필자는 멈춤의 시간과 비율이 높게 나타났다. 반면 하 수준 필자의 경우 멈추는 비율이 상대적으로 낮았는데, 이는 글을 잘 쓰려고 노력하기보다 결과와 상관없이 빨리 과업을 마치는 데만 관심을 두는 회피 동기와 관련이 있었다.

쓰기 멈춤은 이처럼 필자의 인지적 어려움이 드러나는 장면이기도 하지만, 때로는 잠시 멈추어 신중하게 다음 글쓰기를 계획하고 수정·보완하는 긍정적인 신호일 수도 있다. 그러나 쓰기 경험이 적은 학습자들은 이를 실패로 인식하고 좌절감을 느낄 수 있다. 작은 실패의 인식도 쓰기의 효능감을 낮추는 요인으로 작용할 수 있기 때문에 이에 대한 지도가 필요하다. 교사는 학습자가 글쓰기 과정에서 낙담하지 않도록 현재의 수행에 대해 지속적으로 긍정적인 반응을 보여주어야 한다. 또한 개별 학습자가 글을 쓰는 과정에서 멈추는 지점을 포착해 어떤 어려움을 겪고 있는지를 살피고, 쓰기의 각 단계에서 활용할 수 있는 전략을 지도할 필요가 있다.

다. 쓰기 결과의 공유

학습자가 자신의 글을 의미 있다고 느끼는 순간, 글쓰기는 단순한 과제를 넘어선다. 전문 작가라면 누구나 자신의 작품을 다른 사람과 나누는 경험에서 큰 자부심과 영감을 얻는다고 말한다. 학습자도 마찬가지다. 오랜 시간 정성을 들여 쓴 글을 누군가가 읽어주고 반응해줄 때, 그 글은 가치를 지니게 되고 쓰기에 대한 동기 역시 깊어질 수 있다.

구체적으로는 초고 수준에서 글을 쓰게 한 후 글쓰기 결과를 짝 또는 모둠 친구들과 바꾸어 읽어보게 할 수 있다. 서로의 글을 공유해 봄으로써 학습자는 자신의 글에 책임감과 가치를 느낄 수 있고, 초보적인 수준이라 해도 피드백을 주고 받는 과정에서 자신의 글이 나아지는 결과를 확인하며 쓰기에 자신감을 얻는다. 글쓰기 과정에서 학습자의 쓰기 불안을 직접적으로 줄여주는 것도 쓰기 효능감을 높이는 데 효과적이다. 그리고 그에 못지 않게 개별 학습자의 글쓰기 결과를 하나의 작품으로서 인정해 주는 분위기를 조성해 주는 것 또한 학급 전체 학습자들이 쓰기에 몰입하는 데 긍정적인 영향을 미칠 수 있다.

4. 쓰기 동기 검사 도구의 활용

쓰기 동기는 학습자의 쓰기 행동에 직접적인 영향을 미치는 정의적 요인이므로, 학습자의 쓰기 동기 상태를 파악하고 이에 맞는 지도 전략을 구성하는 것이 중요하다. 쓰기 동기를 측정하는 척도로는 박영민(2006)의 쓰기 동기 영향 요인의 검사 문항을 참고할 수 있다. [12]

요인	문항 번호	문항
협력적 상호작용	01	나는 내가 쓴 글을 다른 사람에게 보여주는 것을 좋아한다.
	05	내가 쓴 글을 다른 사람이 읽어 주기를 바란다.
	09	나는 내가 쓴 글을 다른 사람에게 평가 받기를 좋아한다.
	12	나는 친구와 서로가 쓴 글을 돌려 읽는다.
	15	나는 내가 쓰는 글의 내용에 대해 다른 사람과 자주 이야기한다.
쓰기 효능감	02	나는 내가 글을 잘 쓴다고 생각한다.
	06	나는 글 표현력이 우수하다고 생각한다.
	10	가끔은 다른 사람들이 내가 글을 잘 쓴다고 한다.

---

12) 이외의 쓰기 동기 검사 도구로 WMQ(Writing Motivation Questionnaire, Pajares & Valiante, 2001)도 추가로 고려할 수 있다.

	13	나는 앞으로 글쓰기를 잘 할 수 있을 것이라고 생각한다.
쓰기 효능감	16	나에게는 글 쓰는 일이 부담스럽지 않고 자연스럽다.
	18	나는 말보다 글로써 다른 사람에게 내 생각을 더 잘 전달할 수 있다.
	03	나는 다른 사람들보다 글을 잘 쓰기 위해 더 노력할 것이다.
	07	나는 글을 잘 쓰는 것이 중요하다고 생각한다.
경쟁적 노력	11	나는 과제의 요구 조건에 따라 글을 쓰려고 노력한다.
	14	나는 다른 사람들(예, 친구)보다 글을 잘 쓰려고 노력한다.
	17	쓰기 숙제는 끝까지 다 하는 것이 중요하다고 생각한다.
	19	나는 글을 잘 쓰기 위한 방법을 계속적으로 시도해 본다.
도전심	04	나는 별로 쓰고 싶은 않은 주제라도 끝까지 글을 쓴다.
	08	나는 글쓰기를 하다가 어려울 때 잘 극복할 수 있는 방법을 찾아 낼 수 있다.

　쓰기 동기 검사 도구는 학습자의 쓰기 동기를 체계적으로 파악하고, 교수·학습 활동에 효과적으로 반영할 수 있는 교육적 도구로 활용된다. 교사는 학기 초에 쓰기 동기 검사 도구를 활용하여 학생들의 쓰기 동기 수준을 객관적으로 진단한다. 이를 통해 동기가 높은 학생과 낮은 학생을 구분하고, 각 학생의 동기에 영향을 주는 요인을 분석할 수 있다. 이러한 정보는 관찰만으로는 얻기 어려운 정량적·정성적 자료를 제공한다. 또한, 학기 말에는 초기 검사 결과와 비교하여 학생 개별의 쓰기 동기 변화 양상을 분석할 수 있다. 이를 통해 교사는 자신이 실시한 쓰기 교육 활동이 학생들의 동기에 어떤 영향을 미쳤는지를 파악할 수 있다. 분석 결과는 향후 쓰기 교육 프로그램의 효과성을 평가하고, 그에 따라 교육 내용을 보완하거나 개선하는 근거 자료로 활용된다. 학생들이 어떤 동기 요인에 영향을 받는지 사전에 파악함으로써, 교사는 수업 도입 단계에서 보다 효과적인 동기 유발 방안을 고려할 수 있다.

제3부

학습자의 다양한 요구에 맞춘 기초 문해 교육

1장

학생 맞춤형 기초 문해 지도

1. 학생 맞춤형 교육의 개념과 필요성

가. 맞춤형 교육의 개념

맞춤형 교육은 학습자가 자신의 잠재 능력을 최대한 발휘할 수 있도록 각자의 요구와 관심에 따라 서로 다른 학습목표, 학습경로 등을 설정하고, 개개인의 학습능력, 속도, 관심사 등의 학습자 특성에 따라 차별화된 학습 경험을 제공하는 교육을 의미한다(한정윤 외, 2023). 맞춤형 교육은 연구자에 따라 적응형 학습(Adaptive Learning), 적응형 교수(Adaptive Tutoring), 개별화 학습(Individualized Learning), 지능형 튜터링(Intelligent Tutoring) 등 다양한 용어로 불린다(임은선, 2023). 맞춤형 교육은 1990년대 구성주의 교육 철학과 심리학을 기반으로 하여, 단순히 학습자의 능력이나 학습 속도를 고려하는 것을 넘어서 학습자의 개인적인 흥미와 경험 같은 다양한 요소를 존중하고 이를 반영하기 위해 발전해 왔다. 맞춤형 교육은 새로운 정보를 해석하고 이해하는 과정에서 더 효과적으로 학습하도록 돕는다(최진, 2020).

이선혜·이수진(2024)는 모든 학생이 동일한 교육과정을 따르는 대신 각자의 독특한 학습 요구와 목표에 맞춰진 개별화된 학습 계획을 제공하여야 한다는 점에 주목하고, 해외 선진국에서는 일찍부터 맞춤형 교육에 대한 다양한 시도가 이루어져 왔다는 것을 제시하였다. 미국에서는 맞춤형 교육을 구현하는 과정에서 학습자의 개별적 특성을 고려한 차별화 학습의 중요성을 강조해 왔으며, 특히 학습 속도를 포함한 다양한 차원에서 학생들 간의 차이를 반영하는 노력을 기울여 왔다. 영국에서는 학습자의 속도, 관심사, 적성 등이 교육과정에 반영될 수 있도록 지원하는 제도적 구조를 마련하여 맞춤형 교육을 실현하고자 했다. 학습자가 자신의 속도와 방식으로 학습을 시도할 때 자율성이 보장되어 학습에 대한 자신감도 되찾을 수 있다는 것이다. 그렇다면 맞춤형 교육의 성패는 학습자 특성을 파악하여 어떻게 알맞은 학습 경험을 제공하는지에 달려있다고 볼 수 있다.

나. 맞춤형 기초 문해 지도의 필요성

맞춤형 교육은 기초학력 보장을 위한 교육 정책과 관련이 깊다. 2022년에 학습 결손과 교육격차 심화에 대한 대응으로 「기초학력보장법」이 제정되었는데 여기에는 학생들의 문해력 저하가 심각하다는 우려도 영향을 끼쳤다. 현재 기초학력보장 시스템에서는 기초학력 보장을 위한 3단계 안전망을 제시하고 있다. 정규 수업 시간에 발생하는 학습결손을 예방하고자 맞춤형 지도를 포함하는 수업 내 지원을 1단계에서 실시하고, 이후 2단계에서는 학교 내 지원으로 단위학교 내 다중지원팀이 학생에게 맞춤형 프로그램을 지원한다. 3단계는 학교 밖 지원으로 학습종합클리닉센터와 연계하여 ADHD, 난독증, 우울 등 비학습적인 요인으로 학습의 어려움을 겪고 있는 학생들을 지원한다. 기초 문해력이 부족한 학생들에 대한 지원 역시 마찬가지이다.

모든 교과 학습의 기반이 되는 문해력을 효과적으로 형성하는 일은 학력 격차를 해소하고 교육 불평등을 완화하는 데 핵심적인 과제이다. 특히 기초 문해력 형성의 중심에 있는 한글 교육은 학습자의 기초 학습 역량을 결정짓는 중요한 변인이다. 교육 현장에서는 초등학교 입학 시기 학습자들의 한글 해득 수준의 격차로 인하여 어려움을 호소하고 있으며, 교사들의 기초 문해력 교육 전문성 신장의 필요성은 학계 전반에서 지속적으로 제기되어 왔다.

기초 문해력 교육이나 교사의 전문성 신장에 시간을 많이 투자하기 힘든 교육 현실은 다양한 특성의 학습자들이 한데 모여 있는 교실에서 기초 문해력 교육이 획일적으로 이루어지기 쉽게 만든다. 학습자의 수준과 요구에 맞추어 개별화하기 힘든 상황은 일부 학습자들의 학습 흥미 저하와 학습 부진으로 이어지고, 결과적으로 공교육 책임제가 약화되며 교육 수요자들은 사교육에 의존하게 된다.

문해력은 학습자가 자신의 삶과 세계를 이해하고 구성하며 사회와 소통하는 핵심 역량이다. 특히 기초 문해력 형성의 골든 타임이며 교육의 출발점이 되는 초등학교 저학년 시기에 문해력 수준의 차이를 고려한 교수적 지원이 체계적으로 설계될 필요가 있다. 수준, 흥미, 학습 속도 등 다양한 수준과 특성을 지닌 학생들에게 맞춤형 교수 설계를 통해 모든 학습자가 자기 수준에서 의미 있는 문해 경험을 할 수 있도록 하는 것이 중요하다.

맞춤형 기초 문해 지도는 한글 교육뿐 아니라 기초적인 읽기와 쓰기를 포함하여, 학습자 간 문해력 수준의 차이를 고려해 의미 있는 문해 교육이 이루어지도록 교수 학습을 설계하는 것을 말한다. 기초 문해의 범위가 넓고 학습자들이 어려움을 겪는 부분도 다양한 만큼 맞춤형 기초 문해 지도를 교실에 어떻게 적용할지 가능성을 탐색하는 것도 중요하다. 방과후, 풀아웃 방식 등을 적용한 맞춤형 교수 설계가 필요한 한편으로 교실에서 전체 아동을 대상으로 하면서도 개인의 특성을 고려하는 교수 설계도 필요할 것이다. 이렇게 학습자의 문해력 격차를 해소할 수 있는 구체적이고 실행 가능한 맞춤형 문해 지도 방안 마련이 절실히 필요하다.

2. 학생 맞춤형 기초 문해 지도 원리

가. 학습자의 요구와 수준을 반영한 개별화 지도

학생 맞춤형 문해력 지도를 위해서는 개별 학습자의 문해력 수준과 학습자에게 필요한 것이 무엇인지 파악하여 이를 반영하려는 노력이 필요하다. 박화문(2002)과 김은삼(2021)의 연구에서는 학습 장애나 발달 장애로 인하여 맞춤형 지도가 필요한 학생을 위한 교육의 전제 세 가지를 다음과 같이 제시하였다. 첫째, 맞춤형 교육은 학습자의 발달을 지원하는 것으로 학습자가 지닌 가능성을 최대한 계발해야 한다. 교육 목표를 설정하고 실제적인 지도를 하는 과정에서 학생의 발달 단계를 고려하여 발달 가능성을 충분히 신장시킬 수 있도록 하여야 한다. 둘째, 학습자의 자기 결정을 존중해야 한다. 학생들이 자신의 일을 계획하고 결정하여 추진해 나갈 수 있도록 장기적인 안목을 가지고 자기결정(self-determination)능력을 향상시켜야 한다. 학습 상황에서 학생이 직접 선택하고 자신의 의사를 표현할 수 있는 기회를 제공하는 것이 좋다. 셋째, 학습자가 지니고 있는 강점을 더욱 적극적으로 개발해야 한다. 따라서 학생의 교육목표, 교육내용, 방법을 결정할 때 학생이 할 수 없는 것보다 할 수 있는 것을 주의 깊게 살피는 것이 필요하다

이는 일반 학생들을 대상으로 한 문해력 교육에서도 동일하게 적용되는 전제로, 개별 학습자의 요구와 수준을 반영한 개별화 교육이 필요하다. 개별화 교육(individualized instruction)이란 개개 학생들에게 수업의 초점을 두고 가능한 모든 학생들이 의도한 교육목표에 도달하도록 각 개인의 적성, 능력, 동기 등 심리적 특성을 고려하여 적절한 교수학습방법, 교수자료의 선택 및 평가 등의 측면에서 교수자가 지원을 제공하는 처방적인 개별화 학습 방법이다(박성익, 2008). 학생의 독특한 요구와 특성이 개인차를 의미하는 것이라면, 개별화 교육은 학생의 개인차를 최대한 고려하여 교수하는 방법이라 할 수 있다(김은삼, 2021).

문해력 신장을 위한 개별화 교육도 마찬가지로 가능한 모든 학생들이 기초 문해력을 갖추도록 각 개인의 요구와 특성을 고려하여 유연하게 지원을 제공해 주는 프로그램이 필요하다. 최근 문해력 교육 연구에서도 학습자의 인지적, 정의적 특성을 고려하여 다차원적으로 접근할 것을 강조하는 경향이 있다. 추상적 사고가 어려운 학습자에게는 신체적 활동이나 조작 활동을 통한 학습을 제공한다거나, 읽기 효능감이 낮은 학습자에게는 배경지식 강화와 반복 읽기를 통해 성공적인 읽기를 경험시키는 식이다.

나. 학습자의 장점에 기반한 수업 설계

학습자의 문해력 발달을 보는 관점에는 결핍 모델(deficit model)과 차이 모델(difference model)이 있다(Shearer, Carr, & Vogt, 2019). 결핍 모델은 읽기 문제가 발생하는 것을 학생의 읽기 능력 중 무언가가 부족하기 때문으로 인식한다. 교사의 역할은 학생이 부족한 것이 무엇인지를 발견하고 그것을 가르치는 것이다. 차이 모델은 읽기 문제가 발생하는 것은 결핍이 아닌 차이 때문이라고 보는 관점이다. 학생이 필요로 하는 것과 수업 방법이나 교수·학습 자료, 지원 수준 등 수업 맥락 사이에 불일치가 존재한다고 본다. 따라서 교사는 학생의 필요와 수업 맥락의 불일치를 찾아서 교수·학습 자료와 수업을 조정하여 보다 긴밀하게 일치시켜야 한다. 학생 상황을 점검하고 학생의 필요에 맞게 맞춤형 수업을 제공하는 것이 교사의 역할이다.

학생 맞춤형 문해 지도는 차이 모델에 기반해야 하며 이는 학습자의 결점이 아닌 장점에 기반한 수업 설계가 필요함을 의미한다. 학습자의 장점에 기반하여 학생의 필요를 충족시키는 학습자 맞춤형 수업을 '장점 기반 맞춤형 수업'(Greenstein, 2017)이라고 한다. 문해 지도에서 학습자 장점은 다양한 영역에서 찾을 수 있다. 예를 들어 해독 영역에서는 '단어를 모두 정확히 읽는다.', 유창성 영역에서는 '부드럽게 표현력을 살려 읽는다', 독해 영역에서는 '이야기를 간추릴 수 있다.'의 장점을 기술하는 것이다. 학습자가 이야기를 읽고 내용을 간추리는 사실적 독해를 할 수 있다면, 이후에 필요한 추론적 독해나 비판적 독해를 위한 수업을 설계할 수 있다. 문해력 수준이 낮은 학습자도 읽기, 쓰기에 활용할 수 있는 자신만의 언어적 단서가 있어서, 문자와 음성의 대응, 의미 파악, 통사 구성 등 읽기, 쓰기 활동시에 단서를 활용할 수 있다. 초기 문해력 개별화 수업에서는 그 단서들을 찾아내고 아동의 발달영역에서 유의미하게 사용할 수 있도록 촉진하는 것이 필요하다.

Seravallo와 Goldberg(2007)는 학생 개개인의 강점에 초점을 둔 '강점 기반 읽기 지도'를 강조하였다. 강점 기반 읽기 지도는 학생의 읽기 행동과 과정 에 대한 관찰과 대화를 통해 학생의 읽기 강점을 발견하여 칭찬하고, 가르칠 내용과 방법을 결정한다. 예를 들면, "가방에 네가 이전에 읽던 시리즈가 아니라 새로운 시리즈가 있네. ○○책을 여러 권을 고른 게 훌륭해. 새 시리즈에 도전할 때에 같은 시리즈의 책을 여러 권 고른 게 현명한 선택이야.”와 같은 칭찬을 통해 학생의 도서 선정 능력을 칭찬한다. 교사는 학생들이 이미 할 수 있는 전략이나 이제 막 시도하는 전략과 같은 것을 학생의 강점으로 파악하고 이를 꾸준히 활용하도록 격려한다. 처음에는 새로운 전략을 가르치지 않고 이미 시도하고 있는 전략을 강화하고, 새로운 전략을 지도한다.

아래는 Seravallo와 Goldberg(2007)가 읽기 지도에서 학생의 강점과 이에 따른 지도 내용을 기록한 예이다.

표 1. 강점 기반 읽기 지도를 위한 기록 예시

이름	날짜	학생의 강점	가르칠 내용
○○○	10/6	· 주인공의 행동을 기록함 · 인물의 감정을 추론함	· 읽기 목적 세우기 · 인물 간의 관계 파악하기
□□□	10/22	· 글자와 소리를 일대일로 대응함 · 그림과 첫글자를 활용해 새로운 단어 읽기 시도함	· 자신에게 도전적인 책 선택하기 · 새로운 단어의 끝글자까지 살펴보기
△△△	11/14	· 제목을 활용하여 중심 내용을 파악함	· 텍스트의 특징(도표 등) 활용하기 · 새로운 어휘 파악하기

다. 자기주도성 강화를 위한 다양한 교수 학습 방식 활용

학습자마다 개인의 독특한 기술과 성향을 바탕으로 정보를 지각하여 처리하는데 이를 학습 스타일이라 한다. 학생의 다양한 학습 스타일을 고려하여 수업을 설계하고 운영하면 효율성을 높일 수 있다(임현서·윤주형·최성경, 2022). 학생마다 개인의 독특한 경험과 배경지식을 갖고 있어서 학습과제를 이해하는 방식과 자신이 이해한 것을 표현하는 방식이 다를 수 있다. 일반적으로 교사들은 학생들에게 학습한 내용을 표현할 때 글로 쓰거나 구술로 발표할 것을 요구하지만 학생의 자기주도성을 강화하기 위해서는 학습의 방식과 표현 방식에 대하여 다양한 선택권을 제공하여야 한다(조윤정·변영임, 2021).

개별 학습자의 특성에 맞는 맞춤형 지도를 위해서는 학습자가 어떤 방식의 교수·학습을 경험할 때 가장 적극적으로 참여할지를 고려해야 하며, 이는 학습자의 다양한 학습 스타일을 파악하는 것에서 시작된다. 예를 들어 학습 집단 측면에서 혼자 과제를 해결하는 개인 학습을 선호하는지 타인과 상호작용하는 협동 학습을 선호하는지에 따라 과제 부여가 달라질 수 있다. 개인 학습을 선호하는 학생에게는 혼자 책을 읽고 정리하고 글을 써 보는 기회를 더 많이 주는 것이 도움이 되겠지만, 협동 학습을 선호하는 학생에게는 혼자 읽고 쓰는 시간은 곤욕일 수 있다. 책을 읽더라도 선생님이나 친구들과 이야기를 나누며 읽는 것이 오히려 독서를 지속시키는 동기가 될 수 있다.

학습자가 정보 습득 시 어떤 감각을 많이 활용하는지에 따라서도 학습 스타일이 달라진다. 시각을 많이 활용하는 학습자의 경우 그림이나 사진과 같은 시각 자료로부터 정보 습득이 가장 용이하다. 따라서 글을 읽을 때 삽화나 도해 조직자와 같은 시각 자료를 같이 활용하는 것이 좋다. 신체 활동을 선호하는 학습자의 경우 신체적인 움직임을 통해 공부할 때 학습 효율성이 좋으므로, 읽기나 쓰기를 정적으로 하기보다는 놀이, 춤 등의 신체 활동과 통합적으로 하면 좋다. 촉각을 많이 활용하는 학습자의 경우 그리기, 만들기와 같이 직접 만지면서 활동을 할 때 정보 습득이 용이하므로 이런 활동들과 읽기, 쓰기 활동을 통합하는 것이 좋다.

읽기나 쓰기 활동에 집중하지 못하고 흥미나 자신감도 없는 학습자의 경우 쉽게 문해 경험을 할 수 있도록 미디어 자료나 디지털 콘텐츠를 활용하는 것이 좋다. 읽기나 쓰기를 반드시 문자를 통해서만 할 필요는 없으므로 영화, 애니메이션, 동영상 등의 다양한 미디어 자료와 병행하여 내용 이해를 돕거나 디지털 기술을 활용하여 표현하게 할 수 있다. 게임 기반으로 문해력 학습을 하도록 개발된 콘텐츠의 경우 동기가 저하되어 있고 집중하지 못하는 학습자에게 적절하게 활용하면 효과적이다.

라. 디지털 기술을 활용한 맞춤형 피드백 제공

디지털과 AI 기술을 학생 맞춤형 교육에 활용하는 것은 거스를 수 없는 시대의 흐름이다. 교육부는 디지털 기반 교육혁신 관련 정책들을 통해 맞춤형 학습 지원을 위한 보다 구체적인 방안들을 발표하였다. 첨단 기술을 적용하여 학생 한 명 한 명의 역량을 최대한 키워줌으로써 한 명도 놓치지 않는 모두를 위한 맞춤 교육을 실현하겠다는 것이다.

디지털과 AI 기술 기반의 맞춤형 교육은 학생의 자기주도성, 즉 학생 스스로 선택한 학습 속도에 따라 자발적으로 학습을 진행하는 특성이 두드러진다. 개별화 학습은 학생 스스로 자신의 학습속도에 따라 학습을 해 나가는 것을 의미하며 학습결과에 대한 보상이 다른 학습자들의 학업수행과 관계없이 독립적으로 주어진다(김은삼, 2021). 이는 장시간의 반복 학습을 요하는 학습 지원에서 훌륭한 교수자의 역할을 하며 학습 동기를 지속적으로 부여할 수 있다.

기초 문해 지도가 다루어야 할 요소가 많고 장기간의 지도를 요하는 만큼 교사 개인의 노력과 역량으로는 전부를 지원할 수 없다는 한계가 있다. 디지털과 AI 기술 기반의 맞춤형 교육은 학습자에게 필요한 만큼의 교육을 반복해서 제공할 수 있다는 강점이 있다. 디지털 콘텐츠는 문해력의 지도 요소와 학생의 수준에 따라 다양하게 개발되어 있다. 따라서 개별 학습자의 요구에 맞는 콘텐츠를 제공할 수 있도록 맞춤형 학습 경로를 마련할 필요가 있다.

디지털과 AI에 기반한 맞춤형 학습 경로가 제공된다면 문해력 학습 관련 피드백이 직접적으로 제공될 수 있다. 학습자가 현재 얼마나 콘텐츠를 이수하였고, 성취 수준이 어느 정도인지, 그에 따라 어떤 콘텐츠를 기반으로 어떻게 학습하는 것이 좋은지 자신의 학습에 대해 이해할 수 있는 구체적인 정보와 안내를 피드백으로 제공할 수 있다. 또한 학습자에게 필요한 문해력 학습 요소, 평가문제, 콘텐츠를 추천할 수 있다. 이렇게 디지털과 AI 기술을 통해 학습 데이터를 수집하고 이를 분석하여 개별 학생에게 필요한 맞춤형 피드백을 제공하는 것이 맞춤형 지도의 중요한 요소이다.

3. 학생 맞춤형 문해 지도 실행 방안

가. 맞춤형 문해 지도 설계 모형과 절차

맞춤형 문해 지도를 실행하기 위해서는 어떤 모형을 활용하고 어떤 절차로 수업을 설계할 것인지 연구할 필요가 있다. 김수진(2024)에서는 선행 연구를 기반으로 맞춤형 교육의 일반적인 과정을 관찰, 학습자 진단, 처치, 참여로 설정하였다. '관찰'은 맞춤형 교육을 위한 주요한 학습자 특성을 관찰하는 것이고 '학습자 진단'은 학습자 특성에 대한 종합적인 파악을 통해 하는 것이다. '처치'는 진단 결과를 바탕으로 개별 학습자의 수준, 특성 등에 맞는 교육적 처치, 즉 맞춤형 학습 경로를 제공하는 것이다. '참여'는 학생이 제공된 학습 활동에 참여하는 것이다. 이러한 과정은 순환적으로 이루어지며, 이 과정에서 지속적으로 학습 과정에 대한 평가와 피드백 제공이 진행된다.

전반적으로 이러한 과정을 따르며 학생 맞춤형 지도를 설계하는 데 활용할 만한 모형으로 보편적 학습설계(UDL, universal design for learning)와 중재반응모델(RTI, response-to-intervention model)을 참고할 수 있다. 보편적 학습설계는 다양한 수준의 학생들이 모여있는 교실에서 적용할 수 있는 모형이고, 중재반응모델은 학습자 개인의 필요에 의한 지원 모형이다. 최근에는 인지 중심인 중재반응모델의 한계를 인식하고 학습자에 대한 심리, 정서적 차원의 지원을 보완한 다층지원체계(MTSS, multi-tiered system of supports)를 많이 활용하는 경향이다.

앞에서 문해력 신장을 위한 개별화 교육은 모든 학생들이 기초 문해력을 갖추도록 각 개인의 요구와 특성을 고려하여 유연하게 지원을 제공해 줄 필요가 있음을 논의하였다. 보편적 학습설계는 이러한 특성이 잘 반영된 모형이다. 보편적 학습설계는 학습자들이 교실을 포함한 모든 환경을 인식하고 상호작용하는 방식에 있어서 개인 간에 엄청난 다양성이 존재한다는 전제 하에 학습자들이 학습 목표를 성취할 수 있도록 교수 자료와 활동을 다양하게 설계하는 것을 의미한다. 조윤정·변영임(2021: 326)은 보편적 학습설계를 '학습에 있어서 폭넓은 차이를 가지고 있는 학습자의 특성과 차이를 고려하여 학습자 개인이 학습 목표를 성취할 수 있도록 융통성 있게 학습경험을 제공하는 이론적 틀'이라고 정의하였다.

Hall 등(2003)은 UDL의 세 가지 원리와 개념, 검증된 전문성 개발 전략, 그리고 정서적인 교수 실제와 연결하여, 교실에서 ① 목표설정(set goals), ② 상황분석(analyze status), ③ UDL 적용(apply UDL), ④ UDL 수업(teach the UDL lesson)의 네 단계에 따라 UDL 수업을 설계할 것을 제안하였다. 이상의 단계는 다양한 배경의 모든 학생들에게 적용 가능한 수업 설계를 고려한 것이라는 점에서 PAL(Planning for All Learners)로 표현된다.

PAL의 구체적인 단계는 다음과 같다. 1단계는 목표 설정 단계로 국가가 제시한 교육과정의 목표에 기초해서 수업내용을 선정하고 다양한 특성이 있는 학생들의 수준에 적합한 목표를 설정한다. 교사들은 목표 달성을 위해서 수업의 맥락을 설정할 수 있으며, 맥락은 일반적으로 국가표준으로부터 도출된다. 2단계는 상황분석 단계로 수업을 위해 사용될 수업 방법, 평가, 그리고 수업자료 등에 관한 기초적 정보를 수집하여 검토하며 교육과정의 장애물을 파악하게 된다. 이와 같이 2단계는 교육과정과 학습의 현재 상황을 분석하는 단계로, 학습단원을 설계하면서 각 학생의 개인차를 이해하는 데 목적이 있다. 3단계는 UDL을 수업 내용 및 단원에 적용하여 학습지도안을 개발하고 수업계획을 수립하는 단계이다. UDL 수업을 지원하는 학습자료를 수집하고 조직하는 과정이 이 단계에서 이루어진다. 마지막 4단계에서는 UDL을 적용한 수업을 시행하게 된다. 실제 수업을 실행하면서 교사들은 수업의 방해요소를 최소화하고 개별 학생들의 학습에 대한 장점과 어려움을 이해해야 한다. 그뿐만 아니라 더 많은 학생을 수업에 참여시키고 각각의 학습자에게 적절한 도전을 제공함으로써 학생의 성장을 지원해야 한다(조윤정·변영임, 2021: 326)

한편 학습 장애 등 학습 부진을 유발하는 학생 개인의 내적 요인을 정확히 진단하여 지원하기 위해서는 중재반응모델을 활용할 수 있다. 김동일·김희은·이연재(2024: 252)는 선행연구를 분석하여 학습부진, 학습장애 학생들을 진단하는 데 중재반응모델(response-to-intervention model)이 효과적임을 논의하였다. 낮은 학업성취를 보이는 학생들을 지원하는 프로그램은 학습부진의 원인과 강약점을 정확히 파악하고 학생들이 나타내는 학습의 어려움에 따라 맞춤형 교수·학습과 진단평가를 할 수 있어야 한다. 또한 일반적인 학습부진과 달리 더욱 강도 높고 섬세한 지원이 필요한 학습장애를 조기에 판별할 수 있어야 할 것이다.

중재반응모델의 장점은 조기선별과 조기중재가 가능하다는 것이다. 1단계에서는 모든 학생을 대상으로 학기 초에 보편적 선별검사(universal screening)를 실시하기 때문에 기초학습에 어려움이 있는 학생을 조기에 예측할 수 있고 조기에 선별하여 지원할 수 있다(여승수·이광현, 2023). 또한 장기간 학생에게 집중적인 교육을 제공하고 진단 의뢰를 하기 때문에 타당하고 신뢰롭게 학습장애를 진단할 수 있다. 집중적인 교육이 적절하게 이루어지기 위해서는 효과적인 교수·학습과 타당한 평가법이 강조된다.

다층지원체계는 학생의 학업, 행동, 정서·사회성 발달을 통합적으로 지원하기 위해 고안된 학교 차원의 체계적 접근이다(US Department of Education, 2015). 중재반응모델이 학업 지원을 강조하는 데 비하여 다층지원체계는 심리적, 행동적, 정서적 지원을 통합한 모델로 모든 학생의 발달을 지원하는 포괄적 특성이 있다. 다층지원체계는 보편적 예방(Tier 1)-선별적 지원(Tier 2)-집중적 개입(Tier 3)이라는 세 단계로 구분된 다층적 지원 구조를 핵심으로 한다.

장민경(2025)에 의하면 1단계 보편적 지원은 모든 학생을 대상으로 제공되는 예방적·기본적 지원이다. 일반 학급에서 이루어지는 핵심 수업과 학교 차원의 공통 규칙 지도가 여기에 포함되며, 국가 교육과정을 기반으로 한 읽기·수학 지도, 사회정서학습 프로그램, 긍정적 행동 기대 지도가 대표적이다. 2단계 선별적 지원은 보편적 지원만으로 충분하지 않은 일부 학생(약 10-25%)을 대상으로 소규모 집단을 중심으로 제공된다. 학업 측면에서는 보충 수업, 전문 중재 프로그램(예: 읽기 유창성 훈련 등), 소그룹 튜터링이 활용되며, 행동 측면에서는 사회성 기술 훈련, 그룹 상담 등이 대표적이다. 3단계 집중적 지원은 전체 학생 중 극소수(약 5% 이내)의 고위험군을 대상으로 한 개별 맞춤형 지원이다. 학업 영역에서는 1:1 개별 지도나 특수교육 서비스, 전문가에 의한 중재가 제공되며, 행동 영역에서는 개별 행동지원계획(Behavioral Intervention Plan, BIP), 개인 상담·치료, 가정·지역사회 연계 지원 등이 이루어진다.

학생 맞춤형 기초 문해 지도에는 보편적 학습설계와 다층지원체계 둘 다 중요하다. 기초 문해력 지도가 학급의 모든 학생을 대상으로 이루어지는 경우가 많으므로 이를 염두에 둔 보편적 학습설계도 필요하고, 이 과정에서 추가적 학습 지원이 필요한 학생을 위한 다층지원체계도 중요하기 때문이다.

나. 학습자 프로파일에 기반한 맞춤형 수업 설계

학습자 개인차를 고려하여 맞춤형으로 문해 수업을 설계하기 위해서는 학생 특성에 가장 적절한 지원을 제공할 수 있어야 하며 이를 위해서는 정확한 진단이 선행되어야 한다. 기초문해력이 부족한 학생을 선별하여 지원하기 위해서는 자세하고 정확한 진단 도구가 필요하다. 최근 문해력 진단과 교육을 위한 다양한 도구와 자료들이 연구 개발되고 있다. 학생의 문해력 특성에 대하여 구체적인 정보를 얻을 수 있는 문해력 진단 도구로 비교적 교사가 쉽게 활용할 수 있으면서 비용의 부담이 없는 예시를 몇 가지 제시하면 아래와 같다(이수진, 2024).

표 2. 문해력 진단 도구 특성 분석

진단 도구 \ 영역	한글 해득 준비	해독	복잡한 글자 읽기	유창성	기초 쓰기	어휘력	독해력
<한글 또박또박>		○	○	△	△		
<웰리미>	○	○	○	○	△		
<KRI>				○			○
<어울림>						○	
<읽기 능력 진단 검사지>							○

<한글 또박또박>은 교육과정평가원에서 개발한 한글해득 진단 검사로 초등학교 현장에서 필수적으로 활용하도록 권장하고 있다. <웰리미>는 미래엔에서 개발한 한글 해득 진단 검사로 무료로 활용 가능하다. <KRI(Kice Reading Inventory)>는 교육과정평가원에서 개발한 읽기 유창성과 독해력 향상을 위한 읽기 검사지이다. <어울림>은 미래엔과 한국초등국어교육연구소에서 개발한 어휘력 진단 검사로 무료로

활용 가능하다. <읽기 능력 진단 검사지>는 한국초등국어교육연구소에서 개발한 검사지로 초등 1학년부터 6학년까지 학년별 진단 검사지이다. <표 2>는 각 진단 도구에서 진단할 수 있는 영역들을 분석한 것이다. ○는 해당 영역 진단, △는 해당 영역을 진단하지만 분량이 적음을 의미한다.

이들 다양한 기초문해력 진단도구를 적극적으로 활용하도록 장려한다면 교사 관찰을 바탕으로 학생에게 필요한 도구를 선택하여 진단에 활용할 수 있다. 한글 해독이 전혀 안 되는 것 같은 학생이라면 <한글 또박또박>이나 <웰리미>를 사용하는 것이 적절하다. 그에 비하여 해독은 되었으나 이후 과정에 문제가 있다고 생각되면 <KRI>나 <어울림>, <읽기 능력 진단 검사지>를 사용하는 편이 적절하다.

무엇보다 중요한 것은 수시로 이루어지는 기초문해력 진단이 한시적으로만 활용되지 않도록 일관된 성과 관리 시스템을 구축해야 한다. 현재는 해당 학년 초에 기초학력 진단검사를 통해 학습지원대상으로 선정된 학생들에게 보정 교육을 제공하고 학년 말에 재진단을 하는 식인데, 이들에게 어떤 보정 교육이 제공되었는지, 어떤 부분이 어느 정도 개선되었는지를 지속적으로 확인하기가 어렵다.

이런 한계를 극복하기 위해서는 학생의 문해력에 대한 구체적인 프로파일을 지속적으로 작성하여 학교, 가정에서 공유하는 것이 필요하다. 매해 기록을 누적한다면 그 해의 담임 교사가 관찰하고 지도한 정보를 다음 해에 확인하고 연계하여 지도할 수 있다. 동일한 학년 내에서도 담임 교사와 보조 교사, 또는 1대1로 학습지원을 해 주는 방과 후 강사가 학습자의 문해력 정보를 공유할 수 있다. 또한 가정에서도 학교에서 이루어지는 문해력 교육을 이해하고 연계할 수 있다.

맞춤형으로 문해 수업 설계를 위해서는 학습자의 문해력에 대한 진단 정보를 기술한 '학습자 프로파일(learner profile)' 작성이 중요하다. 학습자 프로파일이란 학습과 관련된 학생의 여러 가지 특성들을 기술한 것을 말한다. 학습자 특성에 대한 정보로는 학습자의 경험, 강점, 학습에서 겪는 어려움, 정서, 요구, 흥미, 속도 등을 고려한 개인화된 학습 경로 등이 있다. 학습자 프로파일은 수업이라는 항해에서 나침반의 역할을 하여, 학습자 개개인의 교수적 요구에 따라 개별화된 교수를 제공하고 학습자의 진전도를 확인하면서 지속적으로 교수적 수정을 할 수 있게 한다.

김정원(2023)은 '기초문해력 관련 학습자 프로파일'을 기초 문해 학습자의 학습, 심리적 특성에 대한 기록으로 정의하였다. 여기에는 읽고 쓰는 데 사용하는 전략과 기능, 학습자의 배경지식과 경험, 읽기·쓰기 태도, 관심사, 학습자의 문식 환경 등이 포함된다. 김정원(2023)에서는 학습자 프로파일 형식을 예로 들었는데, 이수진 (2024)은 이를 보완하여 '기초문해력 학습자 프로파일' 형식을 다음과 같이 제안하였다.

표 3. 기초문해력 학습자 프로파일 형식

	I. 학습자 문해력 특성	
인지적 요인		
정의적 요인		
환경적 요인		
	II. 문해력 진단 이력	
한글 해득		
기초 읽기		
기초 쓰기		
	III. 문해력 학습 지원 이력	
	시기	지원 프로그램 및 자료
1차 지원		
2차 지원		
3차 지원		

이수진(2024)의 기초문해력 학습자 프로파일은 학습자의 문해력 특성, 진단 이력, 학습 지원 이력의 세 영역으로 나눌 수 있다. 학습자 문해력 특성은 인지적 요인, 정의적 요인, 환경적 요인으로 나누고 기초문해력에 영향을 미치는 학습자의 지능, 배경지식, 인지전략, 태도, 환경, 다문화 배경 여부 등을 자세히 서술함으로써 학습자에 대한 이해를 돕는다. 진단 이력에서는 기초문해력을 구성하는 한글 해득, 기초 읽기, 기초 쓰기에 대한 진단 도구와 결과를 기록한다. 학습 지원 이력에서는 어느 시기에

어떤 종류의 지원이 이루어졌는지와 활용한 프로그램과 자료 등을 기록할 수 있다.

이경화·박혜림(2024)은 문해력을 초기 문해, 기초 문해, 기능 문해로 나누고 세부 단계를 각각 2단계, 4단계, 2단계로 제시하여 문해력 수준을 한눈에 파악할 수 있는 학습자 문해력 프로파일의 유형을 제시하였다. <표 4>와 같이 해독, 낱말 쓰기, 읽기 유창성, 어휘력, 맞춤법, 문장 학습, 독해, 작문 영역에 대한 수행 여부를 기술함으로써 학습자의 문해력 수준을 파악하고 맞춤형 수업을 설계하였다. 예를 들어 기초 문해 ①수준은 해독과 낱말 쓰기, 읽기 유창성을 갖춘 학습자이며 어휘력, 맞춤법, 문장 학습에 대한 지도가 필요하다.

표 4. 학습자 문해력 프로파일 유형

문해력	세부 단계	초기 문해		기초 문해				기능 문해	
		해독 (단어 읽기)	낱말 쓰기 (철자)	읽기 유창성	어휘력	맞춤법	문장 학습 (문장 독해, 문장 쓰기)	독해	작문
초기 문해 수준	①	○	x						
	②	○	○						
기초 문해 수준	①	○	○	○	x	x	x		
	②	○	○	○	○	x	x		
	③	○	○	○	○	○	x		
	④	○	○	○	○	○	○		
기능 문해 수준	❶	○	○	○	○	○	○	○	x
	❷	○	○	○	○	○	○	○	○

학습자 문해력 프로파일 유형에 따라 하나의 요소만 지도할 때가 있고, 다수의 요소를 지도할 때가 있다. 예를 들어, 독해까지 할 수 있으나 글쓰기가 안 되는 학습자(기능 문해 ❷수준)에게는 작문 요소만 지도하면 된다. 반면에 기초 문해 ①수준 학습자와 같이 해독, 낱말 쓰기, 읽기 유창성은 갖추었으나 다른 영역인 어휘력, 맞춤

법, 문장 학습 능력이 부족한 학습자에게는 여러 요소를 지도해야 한다.

문해력 맞춤형 설계 시에는 문해력 프로파일을 바탕으로 지도 요소와 지도 자료를 결정한다. 먼저, 지도 요소는 일반적으로 1개 이상인데, 이때 지도 요소가 여러 개인 경우에는 1회에 한 요소만 지도할 수도 있고, 1회에 여러 요소를 지도할 수도 있다. 다음으로, 지도 자료는 활동 자료(교재), 도서(그림책 포함), 교재와 도서 병행의 세 가지 중에서 선정할 수 있다.

<표 5>는 지도 요소가 여러 개이고 1회에 한 요소씩 지도하며, 지도 자료는 활동 자료(교재)를 선정한 예시이다.

표 5. 문해력 수업 설계 과정

학습 요소 / 자료 유형	단일 요소	여러 요소	
		1회에 한 요소	1회에 여러 요소
• 활동 자료(교재)		✓	
• 도서(그림책 등)			
• 도서(그림책 등) + 활동 자료(교재)			

이렇게 학습자 개인의 문해력 발달에 대한 기록의 연속성이 전제되어야 학습자의 문해력 진단에 기반한 맞춤형 수업 설계가 가능할 것이다. 기초문해력 프로파일은 기록과 보관의 편의를 위해 디지털화할 필요가 있다. 기록 방식도 필요한 내용 요소나 서술 예시를 다양하게 제시하여 기록자가 적절한 것을 선택하고 필요한 경우 이를 수정하는 방식이 효율적일 것이다. 기록의 주체는 교사이지만 가정에서 이를 확인하고 피드백할 수 있도록 공유할 필요가 있다.

4. 맞춤형 문해 지도 사례: 초등 3학년[13]

학습지원 대상자의 문해력 차이를 고려할 때 맞춤형 중재가 무엇보다 중요하다. 이를 위해서는 정확한 문해력 진단이 이루어져야 하고, 문해력 진단 결과를 바탕으로 학습자 맞춤형 중재 방안을 마련해야 할 것이다.

이 사례는 학생에게 정규 수업 외의 추가적인 개별 중재 프로그램을 지원한 경우이다. 연구에 참여한 학생은 초등학교 3학년 학생으로 <표 4>의 프로파일 유형에서 '초기 문해 ②' 수준에 해당되며 읽기 유창성, 어휘력, 맞춤법, 문장 학습에 추가적인 지원이 필요한 상황이었다. 이에 학습자의 프로파일에 기반하여 개별 중재 프로그램을 설계 및 적용하였다. 지도 요소가 여러 개이고 1회에 여러 요소를 지도하였고, 지도 자료는 활동 자료와 도서를 병행하였다.

(1) 진단 검사 및 학습자 프로파일 분석

학습자 문해력 프로파일을 파악하기 위해서는 학생의 강점과 약점을 파악하고 약점을 보완할 수 있도록 영역별 자세한 진단 검사가 요구된다. 해당 사례에서는 영역별 학생의 문해력 수준을 진단하기 위해 읽기 유창성, 읽기 능력, 어휘력, 쓰기 검사를 실시하였다.

① 읽기 유창성 검사

읽기 유창성 진단을 위해 한국교육과정평가원에서 개발한 읽기 검사지(KRI)를 활용하였다. 한국교육과정평가원에서 제시한 기준 점수에 따르면, 읽기 유창성 점수는 89.5점이었다. 학생의 음독 오류 유형을 자세하게 분석하기 위해 전체 글을 소리 내어 읽는 과정을 녹음하였다.

---

13) 적용 사례는 전현지·이경화(2024)의 내용 일부를 수정·보완한 것이다.

표 6. 초등 3학년 유창성 검사지와 오독 표시의 예

옛날에 아주 부지런하고 지혜로운 농부가 살고 있었어(살았어요). 하루는 밭을(에서) 일구고 있었자(일을 하고 있었지요). 땀을 뻘뻘 흘리면서 괭이로 돌을(반복) 골라냈어('요' 삽입). 그런데 옆 동굴에 사는 심술쟁이 도깨비가 심술을 부렸지(반복). "에잇, 시끄러워 못 살겠네. 이 도깨비('도깬비'라고 읽었다가 '도깨비'로 자기수정) 어르신의(께서) 단잠(단장)을 방해하는 녀석을 반드시 혼을 내주고 말테야(다)"

이런 도깨비의 마음을(반복) 모르는 농부는 열심히 괭(반복)이질만 하였지. "엿차, 엿차"

해가 뉘엿뉘엿 넘어가자, 농부는 일을 마치고 집으로 돌아갔지, 도깨비는(가) 슬그머니 농부의(생략) [여기까지 1분 경과함] 뒤를 따라 갔어(반복). 집에 들어서(가)는 농부를 그의(생략) 아내는(가) 반갑게 맞아 주었어.

학생의 음독 오류를 분석한 결과[14] 대치 오류가 가장 많이 나타났다. 다음으로는 글의 의미에 큰 변화를 주지 않는 반복이 많이 나타났다. 생략은 주로 조사에서 많이 일어났으며 반복과 마찬가지로 음독 오류가 글의 내용 변화에 큰 영향을 미치지 않았다. 삽입의 경우 종결어미 '-요'가 없음에도 불구하고 계속 문장 끝에 붙이는 모습이 관찰되었다. 낮은 읽기 유창성 점수를 받은 것에 비해 읽고 나서 실제로 글의 이해도를 확인하는 교사의 질문에는 정확하게 대답하는 모습을 보였다.

② 읽기 능력 검사

한국초등국어교육연구소에서 개발한 3학년 읽기 능력 진단 검사지를 활용하였다, 시험은 방과 후 35분간 실시하였으며 평가 결과 100점 만점에 70점을 받았다. 한국초등국어연구소가 제시한 도달 점수에 의하면 '중' 수준에 해당한다.

③ 어휘력 검사

어휘력 검사의 경우 어휘력 검사 도구를 활용하였다. 검사 결과 어휘력 평가에서 높은 점수를 받았다(교과 기초 어휘 85점, 교과 심화 어휘 83점). 다만 이 학생의

---

14) 음독 오류는 대치(21개), 반복(9개), 생략(7개), 삽입(5개), 자기 수정(5개), 발음 오류(1개) 순으로 나타났다.

평소 발표 장면과 쓰기 결과물을 관찰한 결과, 다양한 표현보다는 특정 어휘를 반복적으로 사용하고 상황과 맥락에 적절한 어휘를 활용하지 못하는 것을 알 수 있다. 또한, 낱말의 뜻은 알고 있더라도 철자를 정확히 알지 못하는 단어들이 많았다. 학생의 어휘력 점수가 높게 나오기는 했으나 표현 어휘 능력은 그에 미치지 못하는 것으로 판단하였다.

④ 받아쓰기

낱말 받아쓰기의 경우 10개 중 9개를, 문장 받아쓰기 결과 10문장 중 4문장을 바르게 썼다. 문장 받아쓰기 결과를 분석해 보면 '꽃잎이'를 '꽃이피'로, '볶음밥'을 '뽑끈밥'이라고 쓴 것을 통해 학생이 소리와 문자가 일치하지 않는 낱말과 문장 쓰기를 어려워함을 알 수 있다. 연음 규칙이 적용되는 낱말과 문장 쓰기 연습이 필요하다. '얇다'를 '얄다'로, '앉다'를 '안다'로, '볶음밥'을 '뽑끈밥'으로, '읽히다'를 '글키다'로 쓴 것을 보면 복잡한 받침이 있는 낱말의 철자를 어려워하므로 쌍받침 낱말과 겹받침 낱말을 익힐 필요가 있다.

(2) 맞춤형 수업 설계

진단 검사 및 관찰 결과를 바탕으로 학생의 특성과 수준을 고려한 중재 수업 설계를 하였다.

<중재 목표>

1 받침이 복잡한 낱말이 들어간 문장을 바르게 쓸 수 있다.
2 정확하고 자연스럽게 문장을 읽을 수 있다.

<중재 프로그램>

학습자 프로파일에 기반하여 지도 요소 측면에서는 '여러 요소'를, 지도 방법 측면에서는 '도서 + 활동 자료'로 구성하였다. 학습자 프로파일에 기반한 중재 프로그램은 다음과 같다.

표 7. 중재 프로그램 (3학년 학습자)

단계	학습 요소	활동 내용	학습 자료 및 준비물
1	어휘 (10분)	· 교사의 안내에 따라 받침이 복잡한 낱말을 정확한 발음으로 소리 내어 읽고 낱말을 따라 쓴다. · 학습한 낱말을 받침 카드로 만든다. · 복잡한 받침 지도: 받침 카드 만들기 활동, 받침 카드 분류하기 놀이	받침 학습지, 받침 카드
2	문장 쓰기 (10분)	· 학생은 배운 낱말을 넣어 문장을 구성하고 공책에 적는다. · 학생은 자신이 적은 문장을 소리 내어 읽는다. · 학생이 스스로 고칠 수 없는 쓰기 오류는 교사가 명시적으로 지도한다. · 교사는 학생이 지난 회기 때 틀렸던 문장을 다시 들려주고 학생은 이를 받아쓴다. (받아쓰기 활동)	10칸 공책
3	유창성 (20분)	· 교사의 안내에 따라 소리 내어 읽는다. 이때, 점차 학생의 읽기 비중이 늘어나도록 연습한다. · 녹음을 통해 학생은 자신의 음독 과정을 확인하고 성찰한다.	그림책 녹음기

<주요 활동>

① 어휘 지도

받침이 복잡한 받침을 지도할 때는 쌍받침을 먼저 지도한 후, 겹받침을 지도하는 것이 바람직하다. 평소 중재 학생이 그림 그리기와 만들기 활동을 좋아하므로 단어를 학습한 후 받침 카드를 만들고 만든 카드를 분류하는 활동을 구성한다. 받침 카드의 경우 앞 장에는 단어와 관련된 그림을 그리고 낱말을 쓰는데 이때 받침은 제거한다. 예를 들면, '갉다'의 경우 학생은 토끼가 당근을 '갉아먹는' 모습을 그리고 받침을 제거하여 '가다'를 쓴다. 뒷장에는 단어 '갉다'를 올바르게 쓴다. 카드 분류하기에서 학생은 카드에 그려진 그림을 보고 어울리는 낱말을 떠올린다. 그림 속 상황을 알맞은 단어와 연결 짓는 과정을 통해 학생은 단어의 의미를 이해하고, 단어를 자연스러운 맥락 속에 존재하게 한다. 그리고 카드에서 제거된 받침을 추측한 후 같은 받침을 가진 낱말 카드끼리 포개어 놓는다.

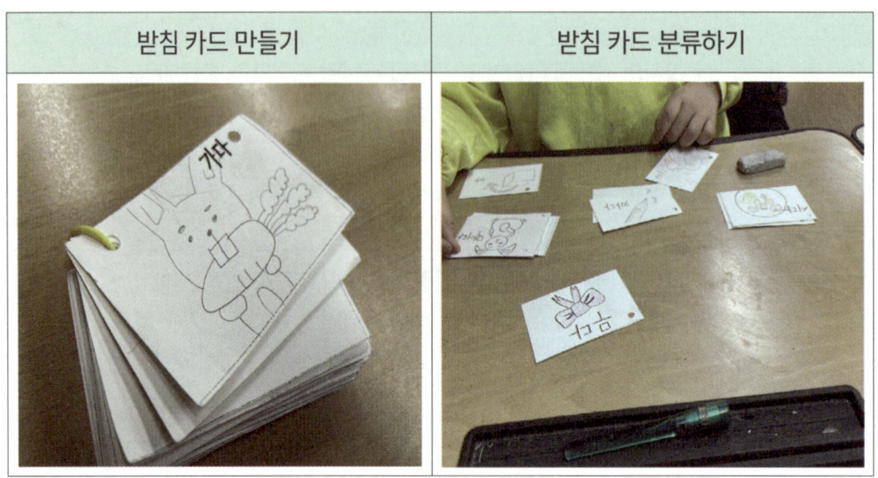

[그림 1] 쌍받침, 겹받침 낱말 카드 활동

② 문장 쓰기 지도

배운 낱말을 활용하여 학생이 직접 문장을 만들어 볼 때 그 단어를 내면화할 수 있다. 따라서 받침이 복잡한 낱말 학습이 단어 학습으로만 끝나지 않도록 문장 만들기 활동을 진행한다. 그날 익힌 낱말을 넣어 문장을 만들어 보고 공책에 써보도록 하여 단어의 철자가 더 오래 기억에 남을 수 있도록 한다. 문장 쓰기에서 철자가 틀리면 우선 학생이 쓴 문장을 소리 내어 읽어보게 함으로써 스스로 고쳐볼 수 있도록 기회를 준다. 자기 교정이 어려운 철자의 경우 명시적으로 지도하고 학생은 해당 문장을 다시 써보며 연습한다. 틀린 문장은 교사가 기록해 두었다가 다음 회차 때 받아쓰기를 통해 점검한다.

③ 유창성 지도

읽기 유창성 지도의 경우 반복 연습이 핵심이다. 반복 연습이 학생의 흥미를 떨어트리지 않도록 학생이 좋아하는 판타지 그림책(『해의 동쪽, 달의 서쪽』, 2022)을 읽기 유창성 도서로 선정하였다. 해당 그림책은 다양한 등장인물이 제시되어

실감나게 읽을 수 있다. 교사의 시범 보이기 원리에 따라 학생이 그림책을 소리 내어 읽기 전에 교사가 먼저 정확하고 유창하게 읽어주는 것이 중요하다. 읽기 연습은 합창 낭독, 따라 읽기, 번갈아 읽기, 독립적 읽기 순으로 진행한다. 또한, 학생이 스스로 자신의 음독을 점검하고 정확도, 표현, 속도 측면에서 성찰할 수 있도록 학생이 소리 내어 읽는 것을 녹음하고 녹음한 것을 들려준다.

(3) 중재 프로그램의 적용 결과

사례에서는 진단 결과를 바탕으로 중재의 우선순위를 정하여 7회에 걸친 중재 프로그램을 설계 및 적용하였다. 중재 수업은 어휘-쓰기-독서-읽기 순으로 진행되는 일정한 수업 틀을 가지고 운영되었다. 각 회차 수업의 형성평가 결과와 학생의 반응에 따라 다음 회차의 수업 내용이나 방법을 융통성 있게 조정함으로써 중재 수업의 효과를 높이고자 하였다.

맞춤형 중재 프로그램 적용 후 읽기 유창성과 받아쓰기를 중심으로 평가하였다. 결과를 정리하면 첫째, 읽기 유창성이 95.1점으로 향상되었고 음독 오류의 개수가 전체적으로 감소하였다. 또한, 중재 수업 전에는 조사를 생략하거나 조사를 임의로 바꾸는 오류가 자주 일어났는데 끊어 읽기에 주의하며 읽으니 관련 오류가 많이 감소한 것을 알 수 있었다. 둘째, 받아쓰기 점수가 향상되었다. 중재 프로그램 참여 전에는 소리와 글자가 일치하지 않을 때 소리 나는 대로 쓰는 모습을 보였다. 중재 프로그램 종료 후 실시한 받아쓰기 결과에서는 어근이나 용언의 어간과 같은 실질형태소를 어느 정도 알맞게 지켜 쓸 수 있게 된 것을 확인할 수 있었다.

맞춤형 문해 지도는 학교뿐 아니라 가정과 지역 사회가 함께 지원해야 하는 과제이며, 지도의 주체 또한 담임 교사, 문해 지도 전문교사, 가족, 전문 기관의 언어교육 전문가 등으로 다양하다. 한 학생의 문해력 결손에 대해 이들이 협력하여 공동 지원을 제공할 때 유의미한 변화를 기대할 수 있다. 또한 문해 학습에는 언어 능력, 정서·동기, 가정 환경, 학습 경험 등 여러 요인이 복합적으로 작용하므로, 학생에게 효과적인 지도 방법을 획일적으로 정하기는 어렵다. 따라서 사례에서 살펴본 것처럼 맞춤형 문해 지도는 학생을 주의깊게 관찰하는 데서 출발해야 한다.

2장

경계선 지능 학습자의 이해와 지도

1. 경계선 지능의 특성 이해

가. 경계선 지능의 개념

최근 기초 문해력 교육의 중요성과 공교육의 책무성이 화두가 되며 경계선 지능 아동에 대한 지원과 대책의 시급성이 논의되고 있다. 특수교육의 대상이 아니어서 지원을 받지 못하면서 동시에 교실에서 학업을 따라가기에는 현저하게 어려움이 있는 경계선 지능 아동들이 기초학력교육의 사각지대에 놓여 있다는 것이다. 이들 경계선 지능 학생에 대한 종합적 지원체계 마련이 필요하고 특히 일상생활과 학업에 필수적인 기초 문해력 교육을 어떻게 지원할 것인지 논의가 필요하다.

경계선 지적 기능의 개념에 대한 특수교육 관련 협회 혹은 학회 차원에서의 합의는 아직 없다. 다만 미국 정신의학 진단 및 통계 편람(Diagnostic and StatisticalManual of Mental Disorders 4th, DSM-IV)(American Psychiatric Association, 1994)에서는 'IQ 71~84에 해당하며 지속적인 관심을 가지고 주의해야 할 발달장애군'으로 지적장애에 속하지는 않지만, 임상적 지원이 필요한 집단을 '경계선 지적 기능'으로 표현하고 있다(김태은 외, 2020).

국내에서는 '경계선 지능', '경계선 지적 기능', '경계선급 지능', '느린 학습자' 등의 다양한 표현으로 지칭되고 있으며(강옥려, 2016), 1960년대 후반 이전에는 지적 장애에 포함되었으나, 이후 지적 장애로 분류되지 않아 특수교육 지원 대상에서 제외되었다. 경계선 지능 학생은 일반적으로 인지 발달과 이해하는 속도가 느리며, 일반적인 학생들에 비해 주의집중 시간이 비교적 짧고 집중하는 능력 혹은 강도가 약하다(김태은 외, 2020). 이러한 인지적 특성으로 인하여 일반 아동에 비하여 학습을 수행하는 데 어려움을 겪지만 학교 밖 일상생활에서는 행동에 일탈이나 큰 문제가 발생하지 않아 상대적으로 관심을 덜 받는 대상이기도 하다.

경계선 지능 학생의 경우 적절한 지원이 제공되지 않을 경우 낮은 학업성취와 또래와의 원만한 사회관계 형성이 어려워 긍정적인 자아존중감 형성에 치명적인 결손이 발생하거나, 학습된 무기력이 심화될 수 있으며, 이후 생애 전반에 누적적인 결손으로 이어져 사회와의 단절 등 악순환이 초래될 수 있으므로 조기 발견과 적절한 개입이 무엇보다 중요하다. 이에 따라 우리나라에서도 '느린 학습자' 지원을 위한 지자체의 조례 마련, 다양한 입법 논의가 이루어지고 있으나 경계선 지능인에 대한 정보가 적고, 학교 현장에서 경계선 지능을 조기에 발굴하고 체계적으로 지원하는 등 정책 마련이 미흡한 실정이다(김지은·이보람, 2024).

경계선 지능 학생은 지능의 정상 분포를 고려할 때 인구의 12% 정도를 차지할 정도로 높은 비율을 가진다고 한다. 육아정책연구소(2023)의 연구에 의하면 2022년 기준으로 0-6세 영유아 전체 인구가 2,204,950명이며 일반적으로 지능지수 정규분포에 의거하여 이 중 13.59%가 경계선 지능에 속한다고 추정하고 있다. 상당한 인구에 해당하는 만큼 이들 집단 내 학습자들의 특성도 매우 다양하다.

2023년 수행된 교육부 실태조사를 위한 연구에 의하면 조사 대상 초등학생 1~6학년 356,247명 중 경계선 지능 학생은 16,414명(4.6%)로 조사됐다. 이 실태 조사는 국가기초학력지원센터에서 개발한 '느린 학습자 선별을 위한 체크리스트'를 활용하여 이루어졌다. 국가기초학력지원센터에서 느린 학습자를 정의한 방식은 DSM-IV-TR

에서 제시된 지능검사 결과 나타난 수치 이외에 학생의 적응 행동에서의 결함을 포함하여 느린 학습자를 'IQ 71-84 사이의 경계선 지적 기능으로 적응 행동에 어려움이 있는 학생'으로 정의하였다(김태은 외, 2020). 느린 학습자는 교육적 개념으로 학교 학습을 따라가기 어려운 학생을 포괄하는 표현이다. 모든 경계선 지능 학생이 느린 학습자일 수 있지만, 모든 느린 학습자가 경계선 지능인 것은 아니다.

나. 경계선 지능 학습자의 특성

(1) 인지적·정서적 특성

경계선 지능 학습자들이 나타내는 특성은 개인마다 다를 수 있으나 일반적으로 인지발달이 지체되어 있고 학습 속도가 느리다는 공통점이 있다(김태은 외, 2020; 김지은·이보람, 2024). 학령기 전에는 약간 늦되는 아이로 여겨지다 초등학교에 입학한 후 주의집중과 학습에 어려움을 겪기 시작한다. 초등 저학년 때는 한글 해득에 어려움을 겪고 학습 진도를 따라가기 어려워하다가, 학년이 올라갈수록 학습 결손이 누적되어 심각한 학습 부진을 겪게 된다. 이들은 대부분 타인과의 소통이나 친구 관계가 원활하지 않아 정서적인 어려움을 같이 겪는다.

경계선 지능 학습자는 학령기에 접어들면서 주의집중, 학습의 어려움, 친구와의 관계 형성 등에 문제를 보이게 되고, 학년이 올라갈수록 이러한 문제들은 점차 심각해질 가능성이 크다(김태은 외, 2020: 21). 선행 연구(Jankowska et al., 2014; 김태은 외, 2020; 김지은·이보람, 2024)에 의하면 경계선 지능 아동의 경우 시지각과 청지각의 기능 저하, 주의집중의 어려움, 추론능력의 부족, 추상적 개념의 습득과 지식의 조직, 학습 전략 사용과 일반화에서 어려움을 보이기 때문에 우울증과 같은 정서적인 어려움이 동반되는 경우가 많다.

경계선 지능 학습자의 특성을 몇 가지로 정리해보면 첫째, 작업기억, 혹은 단기기억이 부족하여 과제 수행에 어려움을 겪는다. 이들은 작업기억(혹은 단기기억)이 부족하여 들은 정보를 받아쓰게 한다거나 읽은 후에 답을 써야 하는 시험이나 과제, 혹은 듣는 수업에서 자주 실패하게 된다. 일반적으로 입력된 정보를 오래 기억하기 위해서는 기억 전략을 적절히 사용해야 하나, 이들은 효율적인 기억 전략을 보유하고 있지 않으며, 상황에 맞는 적절한 기억 전략을 사용하지 못한다(박찬선·장세희, 2015).

둘째, 경계선 지능 학습자들은 대체로 즉각적이고 단순한 것에는 문제가 없으나 고차원적인 사고, 추론 능력, 논리력 등에 어려움을 보인다(정희정·이재연, 2005). 이로 인해 추론적인 이해를 요구하는 사회, 과학 등 과목이나 수학에서의 문장제 문제처럼 추상적인 사고를 요구하는 과제에서 어려움을 보인다. 김진아(2017)의 연구에서는 초등학교 교사들이 경계선 지능 학습자들이 특정 교과에서만 학습의 어려움을 느끼는 것이 아니라 고차원적 사고가 요구되는 문제 상황에서 고르게 낮은 학업 성취도를 나타낸다고 인식하고 있음을 보여준다.

셋째, 경계선 지능 학습자들은 상위인지 전략을 효과적으로 사용하지 못하여 자기점검이나 관리에 어려움을 겪는다(박현숙, 2018). 주어진 과제의 맥락이나 스스로의 학습 능력을 상위인지적으로 판단하지 못하여 과제 해결에 걸리는 시간을 가늠하지 못한다. 또한 복잡한 과제의 경우 우선순위에 대한 파악이 어려워서 계획을 세워 과제를 단계적으로 해결해나가는 과정을 거치지 못한다.

넷째, 경계선 지능 학습자들은 시지각과 청지각의 기능이 저하되는 경우가 많다. 시각적 자극에 의해 쉽게 산만해지고 색깔, 크기, 형태 간의 관계 구분이 어렵고 본 사물을 기억한다거나 관계를 떠올리기 힘들고 전체적인 것보다는 부분적인 과제를 선호하고 글씨를 쓴다거나 손으로 하는 작업에 어려움이 있다. 청지각과 관련해서는 비슷하게 발음되는 단어 구별이 어렵고 받아쓰기에서 어려움을 겪는다(김태은 외, 2020).

다섯째, 경계선 지능 학습자들은 반복되는 학습의 실패와 소통의 어려움으로 자존감이 저하되고 우울증과 같은 정서적 문제를 겪는 경우가 많다. 경계선 지능 아동들은 학습장애나 학습지진 아동들과는 달리 환경적인 영향이 매우 크며 지원 정도에 따라 학습 결과에 대한 격차가 매우 크다(유경·정은희·김락형, 2007). 수업에서 이들의 문제는 아예 설명을 못 알아듣는 것이 아니라 주의집중을 못 하거나 학습 속도의 문제로 보이기 때문에 할 수 있는데 노력을 하지 않는다는 평을 받기 쉽다. 학습자의 게으름이나 태도 탓으로 돌리게 되면 자신감이 결여되고 정서적인 어려움까지 겪게 되는 경우가 많으므로 이들의 특성을 이해하고 적절한 지원을 제공하는 것이 중요하다.

여섯째, 경계선 지능 학습자들은 또래와의 사회적 관계에서 부적응을 겪기 쉽다. 사회적 기술이 부족하여 또래와의 상호작용을 잘 시도하지 않고 갈등 상황에서 문제를 효율적으로 해결하지 못한다(정희정, 2006). 또래와 자주 충돌하거나 부정적 경험을 하다 보면 학교나 교실 생활에서 소외되고 외로움, 우울, 불안 등을 느끼게 된다. 이렇게 또래들로부터 거부되고 고립되는 부적응 문제는 심각한 결과를 초래할 수 있으므로 심리적 지원이 필요하다.

(2) 언어적 특성

경계선 지능 학습자의 언어적 특성을 이해하기 위해서는 이들이 정신지체는 아니지만 난독증과 같은 단순언어장애에 비해서는 지능이 낮다는 점에 주의해야 한다. 즉 일반 학생들을 대상으로 한 일반적인 문해력 교육이 이들에게는 효과가 없어서 대부분 학령기에 학습적인 문제로 이어진다는 것이다. 학령기의 언어 능력은 학습 능력과 바로 이어지므로 언어발달의 지체는 이들이 학교 생활에서 어려움을 겪는 가장 큰 요인이 될 수 있다.

학령기 아동이 일상 생활과 학습에 필요한 언어적 자원은 말의 의미를 이해하기 위한 수용언어(receptive language)와 자기 생각을 말로 표현하기 위한 표현언어(expressive language)로 나누어진다. 경계선 지능 학습자를 진단하는 방법 중에도 이들의 수용언어와 표현언어를 측정하는 도구가 있다. 경계선 지능 학습자들은 두 가지 면에서 모두 부족하여 언어 습득이 늦은 편이다. 경계선 지능 학습자의 언어적 특성을 듣기·말하기, 읽기, 쓰기, 어휘력 측면에서 정리하면 다음과 같다.

구어 능력 측면에서 보면 경계선 지능 학습자들의 청각 능력 저하는 듣기 이해력에도 영향을 미쳐 상대방이 말을 했을 때 말귀를 알아듣지 못해 두리번거리거나 말과는 다른 엉뚱한 것을 하는 경향이 있다. 이들은 말로 하는 지시 사항을 이해하지 못해 반복해서 설명해야 하고, 이전과 다른 방식으로 지시하면 반응하기까지 시간이 오래 걸리며, 해야 할 과제를 말로만 지시할 경우 끝까지 수행하지 못하는 경우가 많다(박현숙, 2018). 이렇게 다른 사람들이 말하는 것을 듣고 이해하는 능력과 메시지를 기억하는 능력이 부족하기 때문에, 결과적으로 자기 생각을 구두로 표현하는데 어려움을 보인다(정희정·이재연, 2005; 유경·정은희·김락형, 2007; Chauhan, 2011).

청각 능력의 저하는 문해력의 저하와도 연관되어 있다. 경계선 지능 학습자의 언어적 특성 중 음운 인식 능력 발달이 더디고 인지적 부담을 쉽게 느낀다는 특성이 있다. 그래서 해독이나 철자 학습에 어려움을 겪으므로 한글 해득에 오래 걸리고 읽기 유창성도 부족한 경우가 많다. 일반 아동에 비하여 더 반복적이고 오랜 훈련이 필요하지만 적절한 중재가 이루어지면 한글 해득이나 읽기 유창성 신장에 큰 문제는 없다. 김태은 외(2020)에 의하면 이들은 고학년이 되면 단어 인지와 읽기 유창성 면에서 일반 아동 수준의 성취를 보일 수 있다.

독해의 경우, 단순한 문장 수준에서의 의미 파악은 일반아동과 비슷할 수 있으나 복잡한 구문 및 문단 수준에서의 독해 능력은 고학년이 되어도 일반 아동만큼 성취하기 어렵다(김주영·김자경, 2016). 즉, 글을 읽을 수는 있으나 내용 이해를 하지 못하는 경우가 많다. 김혜진(2016)은 설명문 구조에 따라 경계선 지능아동과 일반아동의 읽기 이해 능력이 차이를 보이는지 연구하였다. 초등학교 고학년에 재학중인 경계선 지능 아동과 일반 아동 간에는 읽기 수행력의 차이가 유의미하게 나타났으며, 사실적 정보 이해, 참조하기, 빠진 정보 추론 순으로 과제의 수행력이 높게 나타났다. 즉 경계선 지능 학습자는 읽기 수행에서 빠진 정보 추론하기를 가장 어려워한다는 것을 알 수 있다.

쓰기 학습에서 경계선 지능 학습자들은 글쓰기의 하위 요소인 언어 지식, 텍스트 맥락 지식, 명제적 지식, 절차적 지식 등이 일반아동보다 지체되어 있다. 유경, 정은희(2007, 2008)는 단순언어장애아동, 경계선 지능 언어발달장애아동, 일반아동의 쓰기지식 특성을 비교하였는데, 경계선 지능 언어발달장애아동들이 특히 다른 부류의 아동에 비하여 낮은 수행을 보인 것은 언어지식과 텍스트맥락지식이었다.

언어지식은 맞춤법, 문장부호, 시제, 조사, 문장구조 등의 기계적인 부분을 포함하는 것으로 단순언어장애 아동에 비해 경계선 지능 아동이 유의하게 낮은 수행을 보였다. 텍스트맥락지식은 쓰고자 하는 과제와 관련된 지식으로 주제에 따라 상호일관성 있는 문장 배열을 할 수 있는지, 접속어와 어휘를 적절하고 다양하게 사용하는지 등을 포함한다. 또한 이들은 어휘력이 부족하여 자기 생각을 논리적인 글로 표현하는 데 어려움이 있으며, 표현하고 싶은 내용을 선택하고 사건의 전후 관계를 어떠한 순서로 맞게 써야 하는지 파악하지 못하는 경우가 많다(Reddy et al. 2006/박현숙 역, 2013).

또한, 경계선 지능 학습자들은 어휘력이 현저히 부족하다. 정희정(2006)의 연구에 의하면 경계선 지능 학습자와 일반 학습자의 연령에 따른 인지 특성을 비교하였을 때 연령이 증가함에 따라 어휘력에서 유의한 차이가 나타났다. 해당 연령 집단의 규준과 비교하였을 때 초등학교 저학년보다 고학년의 어휘력 점수가 낮게 나타난 것이다. 이는 어휘력의 지체 정도가 저학년때 보다는 고학년으로 갈수록 심해진다는 것을 의미한다. 즉, 일반 아동들은 연령이 높아짐에 따라 어휘력에서 측정하는 언어적 이해나 추상적 언어들이 발달해 가는데, 경계선 지능 학습자의 어휘력은 또래들만큼 발달하지 못하는 것이다. 이는 학생들이 커가면서 어휘력이 향상되어도 또래와의 차이를 극복하기에는 어려움을 겪을 수 있으며, 오히려 고학년이 되면 그 연령에서 요구되는 어휘력 수준이 높아지기 때문에, 또래들과의 차이가 더 크게 나타날 수 있다는 것으로 해석될 수 있다.

사용하는 어휘가 제한되다 보니 말 대신 몸짓이나 반복적인 말을 사용하며, 문법적인 실수를 자주 한다(박현숙, 2018). 조사를 잘못 사용하거나 시제에 맞지 않는 표현 등 문법적으로 오류가 있는 문장을 구사하며, 언어연령이 동일한 아동에 비하여 문법적인 오류를 판단하여 수정하는 능력이 떨어진다(임종아, 2005). 문장으로 말을 하거나 명료화하기 혹은 담화하는 능력도 또래보다 현저하게 떨어지는 편이다(이수진·김화수, 2016).

2. 경계선 지능 학습자의 진단

경계선 지능 학습자를 위한 문해력 교육에서 가장 중요한 것은 조기에 선별하여 적절한 지원으로 학습 부진을 예방하거나 최소화하는 것이다. 그러나 경계선 지능 학습자의 경우 조기에 명확한 진단이 어렵고 학령기가 되어야 문제가 드러나는 경우가 많다. 경계선 지능 학습자의 문해력 부진을 최소화하기 위해서는 선별을 위한 진단 도구와 진단 방법을 잘 파악하여 조기에 개입할 수 있도록 활용해야 한다.

가. 경계선 지능 학습자 선별을 위한 진단 도구

경계선 지능 학습자 선별을 위한 진단 도구는 지능 검사, 언어 검사, 체크리스트의 유형으로 나눌 수 있다. 대표적인 유형별 진단 도구로는 지능 검사 도구인 '웩슬러 지능검사', 언어 검사 도구인 '수용·표현 어휘력 검사', 체크리스트 도구인 '느린 학습자 선별을 위한 체크리스트'를 들 수 있다.

(1) 웩슬러 지능검사(K-WISC)

- 검사 목적: 개인의 지적 능력을 지능(IQ)으로 측정하여 동일 연령집단의 다른 구성원들과 비교한 상대적 위치에 대한 정보를 주기 위한 검사
- 검사 대상: 6세에서 16세의 아동 청소년
- 검사 구성: 최근판인 K-WISC-V는 전체 IQ와 5개의 기본 지표(언어이해, 시공간, 유동추론, 작업기억, 처리속도) IQ를 제시해 준다. 16개의 소검사로 구성되어 있고, 양적 추론, 청각 작업 기억, 비언어, 일반 능력, 인지 효율의 5개의 추가 지표 척도도 제공된다.
- 검사 방법: 임상심리사가 학생과 1:1로 언어 과제, 비언어 과제를 수행하게 하고 같은 연령 집단과 비교해 IQ와 영역별 지표를 산출한다. 전체 검사에는 약 1시간~1시간 30분이 소요된다.
- 활용: 웩슬러 지능검사의 언어이해 지표는 언어능력을 나타내는 지표이며 공

통성, 어휘, 상식, 이해의 소검사로 구성된다. 이 지표는 언어적 개념형성능력, 언어적 추론능력, 어휘지식, 자신의 생각을 적절히 표현하는 의사소통능력을 측정한다. 언어이해 지표의 점수가 낮다면 아동의 기억기능 자체는 이상이 없으나 세상에 대한 일반적 지식과 의미를 이해하거나 표현하는 데 필요한 어휘력이 제한적이라고 볼 수 있다. 동작성지능과 관련된 다른 지표들에 비하여 언어이해 지표가 낮다면 후천적으로 문화적, 교육적 기회의 부족이 원인일 수 있다.

(2) 수용·표현 어휘력 검사(Receptive & Expressive Vocabulary: REVT)

- 검사 목적: 한국 아동 및 성인의 수용어휘와 표현어휘 능력을 평가하기 위해 개발된 표준화된 검사 도구

- 검사 대상: 만 2세 6개월 이상부터 성인까지

- 검사 구성: 그림을 보고 제시된 단어의 의미를 이해하는지 평가하는 '수용 어휘 검사', 그림을 보고 해당 단어를 정확히 말할 수 있는지 확인하는 '표현 어휘 검사'로 구성된다.

- 검사 방법: 검사 소요 시간은 각 15~20분으로 두 검사를 모두 시행하면 30~40분이 소요된다. 구체적인 검사 방법은 다음과 같다. 수용 어휘력 검사는 검사자가 제시하는 그림 중에서 목표 단어에 해당하는 그림을 선택하도록 하여 피검자의 수용 어휘 능력을 평가한다. 표현 어휘력 검사는 피검자가 제시된 그림을 보고 해당하는 단어를 말하도록 유도하여 표현 어휘 능력을 측정한다. 채점 방식은 각 문항에 대해 정·오답을 기록하고, 총점은 원점수(raw score)로 계산된다. 이를 바탕으로 백분위(percentile rank)와 표준점수(standard score)를 산출하여 피검자의 어휘력 수준을 평가한다.

- 활용: 검사 대상자의 어휘 능력에 대한 전반적인 정보를 제공하며, 백분위 점수를 통해 같은 연령대의 상대적인 어휘 발달 수준을 제시한다. 또한 품사별, 의미 범주별 수행 분석을 통해 치료 목표 설정과 효과 측정에 활용될 수 있다. 다문화 가정 등 환경적 요인, 언어장애, 지적장애, 청각장애 등 유전적 요인이나

발달적 요인으로 인해 수용 어휘력과 표현 어휘력 발달에 지체가 예상될 때 활용하면 유용하다. 수용·표현 어휘력 검사는 언어 발달 지연, 장애 여부를 진단하거나 치료가 필요한 영역을 구체적으로 파악하여 개별화 교육 및 치료 전략을 세울 수 있다.

(3) 느린 학습자 선별을 위한 체크리스트

- 검사 목적: 교사 관찰을 통하여 경계선 지능이 의심되는 학습자를 일차적으로 조기에 선별하도록 하는 체크리스트

- 검사 대상: 초등학교 1학년~6학년

- 검사 구성: 언어, 기억력, 지각, 집중, 처리속도의 5가지 영역과 총 23개의 문항으로 구성되어 있다. 구체적인 내용은 다음과 같다.

느린학습자 선별 체크리스트			
교사(평가자)		검사일	년 월 일
학생 학년/반	학년 반		
학생 이름			

점수	원점수: 점		
집단 판정	경계선 지능 위험군 ☐	경계선 지능 탐색군 ☐	일반군 ☐
1학년	64점 이상	58점 이상~64점 미만	58점 미만
2학년	62점 이상	53점 이상~62점 미만	53점 미만
3학년	59점 이상	53점 이상~59점 미만	53점 미만
4학년	60점 이상	54점 이상~60점 미만	54점 미만
5학년	56점 이상	51점 이상~56점 미만	51점 미만
6학년	60점 이상	52점 이상~60점 미만	52점 미만

※ 기타 의견:

※ 다음의 문항을 잘 읽으시고, 대상 학생에 해당되는 것에 √표 해 주세요.

문항	그렇지 않다	조금 그렇다	그렇다	매우 그렇다
	1	2	3	4
언어				
1. 단순한 질문에는 대답하지만, 생각해야 하는 질문에는 논리적으로 표현하지 못한다.				
2. 상대방이 말한 의도를 제대로 파악하지 못한다.				
3. 말을 할 때 적절한 단어를 떠올리지 못해 머뭇거린다.				
4. 구체적으로 지시하지 않으면 엉뚱한 행동을 한다.				
5. 또래보다 어휘력이 부족하다.				
기억력				
6. 오늘 배운 내용을 다음날 물어보면 기억하지 못한다.				
7. 여러 번 반복해도 잘 기억하지 못한다.				
8. 방금 알려주었는데 돌아서면 잊어버린다.				
9. 연속적인 순서를 기억하지 못한다.				
10. 수업시간에 손을 들지만 물어보면 대답을 잊어버린다.				
11. 순서가 있는 활동에서 자신의 차례를 잊어버린다.				
지각				
12. 비슷한 글자나 숫자를 읽을 때 자주 혼동한다.				
13. 상하좌우 등 방향을 혼동한다.				
14. 비슷하게 발음되는 단어들을 듣고 구별하는 데 어려움이 있다.				
15. 간단한 그림이나 도형을 보고 그대로 따라 그리기 어려워한다.				
집중				
16. 과제를 할 때 주의가 산만해진다.				
17. 과제를 할 때 주의집중 시간이 짧다.				
18. 교사의 안내나 지시에 집중하지 못하고 관련 없는 행동을 한다.				
19. 수업시간에 과제에 집중하지 못하고 멍하니 앉아 있다.				
20. 주의집중을 필요로 하는 활동에서 또래보다 쉽게 지친다.				

처리속도				
21. 또래보다 학습속도가 느리다.				
22. 정해진 시간 내에 과제를 마치지 못한다.				
23. 칠판이나 책에 쓰여 있는 단어나 문장을 노트에 옮겨 적는 데 오래 걸린다.				
총점 (원점수)				점

[그림 1] 느린 학습자 선별 체크리스트 검사

- 검사 방법: 국가기초학력지원센터 사이트(https://k-basics.org/user/studyView. do?menuSeq=671&datadetailSeq=6184)에 탑재되어 있는 체크리스트 용지를 내려받아 담임 교사가 학습 상황과 일상 생활 속에서 학생을 관찰하여 4점 척도로 체크하도록 되어있다. 체크리스트 활용 시에는 최소 3개월 이상 대상 학생을 관찰한 자가 실시할 것을 권장하고 있다.

- 활용: 담임 교사가 경계선 지능이 의심되는 학습자를 1차로 선별하도록 하고, 빠른 개입이 요구되는 경계선 지능 학습자들에게 필요한 지원 방안을 수립한다. 학년별로 경계선 지능 위험군과 탐색군에 해당되는 기준 점수를 제시하고 있어서 담임 교사가 학습에 어려움을 겪는 것으로 의심되는 아동을 쉽게 선별할 수 있다.

나. 경계선 지능 학습자 진단 결과의 활용

경계선 지능 학습자의 선별 과정은 초기 선별과 과학적 확인을 통한 진단의 두 가지 과정으로 나뉜다. 우선 학교에서 모든 학생을 대상으로 관찰하여 지원이 필요한 학생을 초기 선별한 후, 정확하고 자세한 진단을 받기 위해서는 종합병원 정신과나 아동발달센터, 영재원, 심리센터 등의 전문 기관에서 앞에서 언급한 표준화된 검사 도구를 이용하여 검사를 받아야 한다.

경계선 지능 학습자의 초기 선별은 체크리스트 검사도구를 활용하는 것이 유용하다. 국가기초학력지원센터에서 배포한 '느린 지능 학습자 선별 체크리스트 검사지'

는 23개 문항에 체크하는 형식으로 담임교사가 지속적으로 관찰하여 기록하기에 간편하다. 그러나 체크리스트의 한계점은 학생을 선별할 수는 있으나 학생별 느린 학습의 원인 및 유형에 대해서는 알 수 없다는 것이다. 경계선 지능 학습자를 선별한 후 유형과 원인에 대한 정확한 진단이 필요한데, 이는 지능검사 도구와 언어검사 도구를 활용할 수 있다.

경계선 지능 학습자의 언어발달 특성에 대한 많은 연구들이 있으나 아직 합의된 진단기준은 없으며, 단순언어장애 아동과 비슷한 정도의 수행을 하는 것으로 보고되기도 하고, 단순언어장애 아동과 경계선지능 언어발달장애 아동과의 비교연구를 통해 지능을 포함한 인지능력 등의 다양한 변인들과의 관련성을 더 의미 있게 알아볼 것을 제안하고 있다(유경·정은희, 2008).

그런데 이들 경계선 지능 학습자 검사 도구는 정신과나 아동발달센터, 영재원, 민간심리센터 등 전문 기관을 방문하여 받아야 하며 검사에 드는 비용도 상당하다는 문제가 있다. 물론 전문가의 전문적 검사를 받아야 하는 경우도 있겠으나 학교 현장에서 체크리스트에 의한 1차 선별 후 교사가 학습을 지원해 줄 수 있는 방법도 필요하다. 그러기 위해서는 경계선 지능 학습자의 대략적인 유형과 원인, 효과적인 지도 방법을 파악할 수 있어야 맞춤형 개별 학습을 지원할 수 있을 것이다. 따라서 교사가 일반 학생들과 함께 하는 문해력 수업 속에서도 경계선 지능 학습자를 보다 잘 지원해 줄 수 있는 기초 문해력 지도 방법을 탐색하고 개발할 필요가 있다.

3. 경계선 지능의 문해 지도 원리

경계선 지능 학습자는 일반학교에 다니고 있으므로 교육 현장에서 단순언어장애나 학습장애아동들보다 더 자주 만날 수 있다. 경계선 지능 학습자는 일반 아동과는 수행능력이 분명히 다르다는 것을 전제하고 이들의 보편적인 언어특성에 대한 이해를 바탕으로 여러 중재 방안을 모색할 필요가 있다. 이들의 일반적인 특성을 고려할 때 문해 지도 시 유의해야 할 점은 다음과 같다.

첫째, 경계선 지능 학습자의 특성을 고려한 개별화 지도가 필요하다. 경계선 지능 학습자에 대한 여러 논란들이 있지만 중요한 문제는 이들이 일반아동과 정신지체 아동과는 구별되어 분명히 존재하는 위험군으로서 그들이 보이는 언어 및 학습문제는 특별한 치료지원 서비스가 필요하다는 점이다(유경·정은희·김락형, 2007). 정밀한 진단검사를 통해 개별 학습자의 특성과 문해력 중 특히 부족한 부분을 파악하여 이에 맞는 보완 방안을 전략적으로 지원해야 한다. 경계선 지능 학습자에 대한 실태조사에서 보이듯이 서로 다른 특성을 보이는 다양한 유형들이 존재하므로 학습자의 특성을 고려한 개별화 지도가 필요하다.

기초 문해력 중 특히 부족한 부분을 진단하는 것이 중요하다. 문해력의 범위가 넓고 구성 요인이 다양하므로 어떤 부분을 우선적이고 집중적으로 지원할 것인지 정하는 것이 우선이다. 예를 들어 읽기는 어느 정도 되는데 자발적인 쓰기가 전혀 안 된다면 그 원인을 파악하여 쓰기 경험에 초점을 둔 개별화 지도를 계획해야 한다. 또는 읽기 유창성은 어느 정도 수준에 이르렀는데 독해력이 부족하다면 독해력을 키울 수 있는 활동을 집중적으로 지원해야 한다.

또한 학습자가 선호하거나 강점을 보이는 학습 방식을 적극 활용해야 한다. 동일한 목표로 수업을 하더라도 학습자가 어떤 방식의 학습을 선호하는지 고려하여 다양한 학습 방식 중 선택할 수 있게 하는 것이 좋다. 예를 들어 신체 활동을 좋아하는 학생은 문해 학습과 체육 활동을 통합하여 학습의 지루함을 덜고 동기를 유발할 수 있다.

둘째, 동일한 내용을 교육하더라도 구체적이고 감각적인 학습 전략으로 접근한다. 경계선 지능 학습자들은 일반 학습자에 비하여 무언가를 학습하는 데 더 많은 시간과 노력이 필요하다. 기억력이나 집중력이 떨어지므로 훨씬 여러번 반복해야 하고 이는 학습을 힘들고 지루하게 느껴지게 하는 요인이다. 따라서 반복 학습을 하더라도 구체적인 조작 활동이나 다양한 감각을 활용하는 활동을 통하여 지루함을 덜고 체험적으로 기억하게 하는 것이 필요하다.

예를 들어 한글 해득을 위해 자음자, 모음자 익히기를 할 때 읽기, 쓰기뿐 아니라 몸으로 낱자 모양을 만들어본다거나 찰흙으로 글자 만들기를 하는 등의 조작 활동을 하면 더 잘 기억할 수 있다. 읽고 쓰는 활동뿐 아니라 그리기, 만들기, 노래하기 등 타 영역과의 통합 활동을 하면 지루하지 않게 반복할 수 있다.

읽기 이해를 높이기 위해서는 시각적인 보조 자료를 활용하는 것이 좋다. 문자로만 이루어진 글을 읽고 이해하는 것보다 그래픽 조직자와 같은 전략을 활용하면 글 전체 구조를 파악하고 내용을 요약하는 데 도움이 된다. 글을 쓰기 전에는 쓰기를 위한 계획 과정을 충분히 거치는 것이 좋다. 어떤 내용을 쓸 것인지 충분히 대화를 나누거나 생각을 해 보고 어떻게 쓸 것인지 미리 정리하여 글 내용을 조직해 보는 것도 도움이 된다.

셋째, 사회정서적 지지와 학습 동기를 강화하는 지도를 병행해야 한다. 경계선 지능 학습자는 반복되는 실패의 경험으로 자존감이 낮고 학습에 흥미를 잃고 있는 경우가 많다. 학습된 무기력으로 인해 해보기도 전에 좌절하고 시도 자체를 안 하기도 한다. 문해력 학습에 앞서 중요한 것은 이들을 사회정서적으로 지지하여 자신감을 회복시키고 학습 동기를 강화하는 것이다.

사회정서는 적절한 학습을 통하여 개선될 수 있다. 만들기, 역할놀이, 게임 등의 다양한 활동을 통해 상황별로 필요한 사회정서적 능력을 학습하고 익히도록 해야 한다. 활동 중심의 문해력 수업을 통하여 우선 읽기, 쓰기가 즐겁다는 인식을 가지게 해야 한다. 읽기, 쓰기는 학습을 위해 꼭 필요한 능력이다. 경계선 지능 학습자들은 학교에 입학한 이후 한글 해득, 받아쓰기, 교과서 읽기, 일기 쓰기 등 중요한 읽기와 쓰기 과업을 줄곧 마주하게 된다. 학년이 올라가며 읽어야 할 글의 난이도는 점점 높아지고, 써야 할 글의 종류도 다양해지고 길어진다. 일반 아동에 비하여 한글 해득에도 오랜 시간이 걸리고 더 많이 노력해야 했던 경계선 지능 학습자들에겐 그 이후에도 따라가기가 힘겨워지며 읽기, 쓰기에 부담을 가질 수 밖에 없다.

이들에게 읽기, 쓰기는 학습뿐 아니라 우리가 생활하며 즐거움을 얻을 수 있는 방법임을 느끼게 하고 정서적으로 지지해주어야 한다. 경계선 지능 학습자들은 또래보다 읽기, 쓰기 능력의 발달이 지체되어 학년에서 요구하는 수준의 읽기, 쓰기를 하기 어려운 경우가 많다. 이때 교수자가 질책이나 강요보다는 이들의 어려움을 이해해

주고 수용적인 태도로 대하는 것이 중요하다. 쉽게 읽을 수 있는 수준의 글을 읽도록 하여 자신도 읽을 수 있다는 자신감을 심어주어야 한다. 적절한 지원을 통해 작은 성취감이라도 느끼게 하여 성공적인 문해 경험을 가지게 해 줄 필요가 있다.

넷째, 장기간 반복하는 일상적 학습 지도가 정착되도록 해야 한다. 문해력은 의사소통의 기본으로 일상생활에서 필수적인 능력이다. 일상생활에서 바로 활용할 수 있는 문해력으로 이어지는 읽기, 쓰기 학습이 필요하다. 예를 들어 안내장이나 설명서, 홍보 전단지에서 필요한 정보를 찾게 한다든지, 가족이나 친구를 초대하는 초대장을 써 보는 활동을 하면 문해력이 실생활에서 어떻게 작용하는지 느낄 수 있다.

경계선 지능 학습자도 타인과 소통하고 자신을 표현하려는 욕구는 마찬가지이다. 읽기, 쓰기를 통해 서로 소통하는 경험을 해 보게 한다. 예를 들어 문학 작품을 읽고 대화를 나눈다거나, 한 줄 일기를 쓰는 등 조금 서툴러도 꾸준히 소통하려는 노력이 필요하다. 서투르더라도 스스로 작성한 글이 조금씩 쌓여가면 기록의 소중함을 느낄 수 있을 것이다.

이는 학교에서뿐 아니라 가정에서의 활동과 연계하는 것이 중요하다. 박찬선(2022)은 경계선 지능 학습자들의 읽기 발달 지체를 볼 수 있는 대표적 경우를 초등 3학년에도 문자 해득이 완성되지 않는 경우, 중학생이 되어도 초등 3학년 독서 수준에 머물러 있는 경우 두 가지를 들었다. 실제로 청소년기 이상 연령인 경계선 지능 학습자들도 초등 3학년 이상의 독서 수준을 넘지 못하는 경우가 종종 있다. 경계선 지능 학습자가 그 이상의 문해력을 갖추는 것은 자발적인 독서 경험이 얼마나 지속되는가에 달려있으며 이는 가정의 문해 환경과 밀접한 관련이 있다.

4. 경계선 지능의 문해 지도 방법

가. 음운 인식 지도

경계선 지능 학습자가 기초 문해력을 갖추기 위해 넘어야 할 첫 번째 고비는 한글 해득이다. 이들의 한글 해득에서 가장 문제가 되는 특성은 음운 인식 능력 발달이 더디고 인지적 부담을 쉽게 느낀다는 것이다. 한글 해득 지도 시 경계선 지능 학습자의 해독과 철자 지도 내용은 이런 특성을 고려할 필요가 있다. 경계선 지능 학습자들이 음운을 보다 쉽게 인식하고 글자와 소리를 대응시킬 수 있도록 명시적으로 제시할 필요가 있다. 일반 학생에 비하여 반복 학습이 더 많이 필요하므로 중간에 흥미를 잃지 않도록 지속적으로 동기 유발을 해 주어야 한다. 경계선 지능 학습자의 기억력이 부족하고 주의집중 시간이 짧은 약점을 보완하기 위한 장치도 필요하다.

양지숙(2021)은 음운 인식에 기반한 소리찾기 전략을 활용하여 읽기 부진 학생을 지도한 결과 단어 재인, 읽기 유창성, 철자쓰기에 유의미한 효과를 미쳤음을 제시하였다. 그는 다양한 활동과 자료를 통해 발화의 최소단위인 음절 단위의 음운 인식 연습, 기초인식 연습, 소리찾기 활동, 받침 지도를 체계적으로 실시하였다. 그 결과 읽기 부진 학생들의 단어 재인, 읽기 유창성, 철자쓰기 능력이 모두 향상되었다.

박신희(2025)는 경계선 지능 학생의 더딘 음운 인식 능력 발달로 인해 소리-글자 대응 지식 학습이 어렵다는 것에 초점을 두어 해독과 철자 지도 프로그램을 설계하고 적용하였다. 음운 단위별 단계적 소리-글자 대응을 지도한 결과 학생이 인식할 수 있는 음운 단위로 소리-글자 대응 과제의 수준을 조절함으로써 인지적 부담이 감소되어 성공적으로 과제를 수행할 수 있었다. 또한 주의집중력을 촉진하고 기억력을 보완하는 지도를 함으로써 음운 인식 능력 발달이 소리-글자 대응 지식 학습 및 해독과 철자 학습으로 활발히 연계되어 해독과 철자 능력이 향상되었다.

나. 어휘력 지도

경계선 지능 학습자는 한글 해득이 되더라도 기초 읽기와 기초 쓰기에서 또래보다 뒤떨어지는 경우가 많다. 이때 어휘력은 읽기와 쓰기 학습을 하기 위한 기본이며 중요한 비중을 차지한다. 어휘력 부족은 학습을 위한 읽기, 쓰기는 물론이고 일상생활에서의 원활한 소통을 어렵게 하는 원인이다. 경계선 지능 학습자의 문해력 신장을 위해서는 해당 연령에 갖추어야 할 일상 어휘, 학습을 위한 어휘 목록을 추출하고 체계적으로 어휘력을 길러주는 지원이 필요하다.

일상 생활을 위한 어휘력은 어느 정도 갖춘 경계선 지능 학습자라도 학습을 위한 어휘력이 부족하여 어려움을 겪는 경우가 많다. 학령기 아동들은 수업과 교과서에 빈번하게 쓰이는 단어들에 익숙해져야 한다. 예를 들어 탐구, 점검, 발견, 분류, 분석 등의 단어는 일상에서는 잘 쓰이지 않으나 교과서를 공부할 때는 꼭 필요한 어휘이다. 이렇게 학습을 위하여 필요한 어휘들을 학습도구어, 또는 사고도구어라고 하기도 한다. 뿐만 아니라 특정 교과에서 사용되는 개념어들에도 익숙해져야 한다. 예를 들어 국어 교과서에 쓰인 주제, 중심 생각, 문단, 요약 등은 국어 교과에서 중요한 핵심 개념을 담고 있다. 이들 학습을 위한 어휘는 일상에서 자주 사용하지 않으므로 체계적이고 명시적으로 지도할 필요가 있다.[15]

경계선 지능 학습자가 스스로 어휘력을 늘릴 수 있게 하려면 개별 단어를 아는 것 뿐 아니라 어휘의 확장을 위한 지도가 필요하다. 비슷한 말, 반대말, 상하위어 등 단어들 간의 관계를 파악하기 위한 활동, 복합어나 파생어 등 단어가 합쳐져서 새로운 단어를 만드는 방식을 파악하기 위한 활동, 다의어의 다양한 의미를 파악하기 위한 활동 등이 필요하다. 이 때 사전을 활용하여 단어의 정확한 의미를 파악하게 하거나, 문맥을 통해 단어의 의미를 짐작하게 하거나, 실제 단어를 활용하여 문장을 만들어 보게 하는 등 다양한 이해와 표현을 병행하여야 해당 단어의 의미를 풍부하게 습득할 수 있다.

다. 읽기 지도

경계선 지능 학습자들이 학령기에 들어서서 겪는 가장 큰 어려움은 읽기, 쓰기와 같은 기초 학습 능력을 익히는 데 시간을 많이 할애해야 한다는 것이다. 학생들이 학

---

15) 국가기초학력지원센터에서는 학습도구어 교육을 위하여 <꼼꼼하게 알아가는 어휘 '꼼알어휘'> 자료를 개발하였다. 초등학교 교과서에서 자주 사용되는 어휘의 의미를 정확하게 이해하고 연습할 수 있도록 지원하는 어휘 학습 자료로써 초등 4, 5, 6학년 학생을 주요 대상으로 한다. 여러 교과에서 공통적으로 활용되며 사용 빈도가 높은 35개의 어휘 목록을 선정하여 해당 어휘의 뜻을 알아보고, 써 보고, 또 그에 대해 생각하는 활동을 다양하게 구성하였다.

습을 위해 접하는 교과서는 대부분 문자 텍스트로 정보를 전달하는 형식이므로 읽기가 안 되면 학습을 시작하기가 어렵다. 경계선 지능 학습자의 학습 부진을 최소화하기 위해선 기초적 읽기 능력을 빨리 갖추도록 최대한 지원해야 한다. 일반 학습자에 비하여 학습 속도가 느리더라도 적절한 중재가 지원되면 경계선 지능 학습자들도 충분히 읽을 수 있다.

박찬선(2022)은 경계선 지능 학습자 치료와 지도 프로그램 개발의 경험을 바탕으로 경계선 지능 학습자들의 읽기 발달 지체를 볼 수 있는 대표적 경우를 초등 3학년에도 문자 해득이 완성되지 않는 경우, 중학생이 되어도 초등 3학년 독서 수준에 머물러 있는 경우 두 가지를 들었다. 즉, 경계선 지능 학습자에게는 한글 해득을 비롯해 기초 읽기 능력을 갖추는 것이 첫 번째 고비이고, 두 번째 고비는 보다 높은 수준의 추론적, 비판적 독서 능력을 갖추는 것이라고 볼 수 있다.

우선 경계선 지능 학습자들은 일반적으로 일반 학습자에 비하여 한글 해득에 시간이 많이 걸린다. 한글 해득을 한 경우라도 금방 능숙하게 읽지 못하고 속도가 느린 편이어서 읽기 유창성을 기르는 데 신경을 써야 한다. 박찬선(2022)은 경계선 지능 학습자들의 문해력 지도에서는 글자를 익힌 직후부터 4, 5학년까지 꾸준한 읽기가 중요하다고 강조한다. 초등 1학년 2학기에서 2학년 2학기까지는 소리 내어 읽기를 충분히 연습시켜야 한다. 본격적인 교과수업이 진행되는 4학년 1학기까지 매일매일 책을 읽도록 지도하는 것도 중요하다. 반복 읽기, 소리 내어 읽기, 함께 읽으며 고쳐주기, 끊어 읽기 등을 다양하고 지속적으로 하여 읽기 유창성을 신장시켜야 한다.

초등 고학년, 중학생이 되어도 초등 3학년 독서 수준에 머물러 있는 경우는 글자를 읽고 이해하는 데는 큰 어려움이 없으나 자발적으로 학습을 위해 읽고 깊이 있게 이해하기는 어려워하는 것이다. 경계선 지능 학습자가 초등 6학년 이상의 독서 능력을 갖도록 하기 위해서는 추론적 읽기나 비판적 읽기에 대한 지속적 지도가 필요하다. 읽어야 할 텍스트의 난이도가 높아지고 길어지므로 글 구조를 생각하며 읽고 요약하기 기능도 갖추어야 한다.

그러기 위해서는 경계선 지능 학습자의 읽기 특성에 맞추어 개별화된 지도가 필요하다. 경계선 지능 학습자의 읽기 학습 효율을 높일 수 있는 적절한 중재 방안에 대하여 많은 연구가 이루어지고 있다. 예를 들어 그래픽 조직자 전략이나 텍스트 구조 학습이 읽기 능력 신장에 미치는 긍정적 영향을 보여주는 연구들이 있다(김보령, 2019; 장진경, 2024). 그래픽 조직자 전략이나 텍스트 구조 학습이 긍정적 영향을 미치는 것은 경계선 지능 학습자가 일반적인 학습 방식보다 구체적이고 시각적인 학습 자료에 반응을 보이는 특성을 뒷받침한다고 볼 수 있다.

이는 추론적 읽기에 대해서도 같은 방법을 적용할 수 있음을 시사한다. 경계선 지능 학습자는 언어를 기반으로 추론하고 정보를 분석하고 해결하는 능력이 부족하다. 따라서 일반 아동들에게 하는 텍스트 단위의 추론적 읽기 지도가 효과가 없을 수 있다. 시각 자료를 활용하여 그림이나 사진을 보고 알 수 있는 것을 추론하는 연습을 하면 학습에 대한 부담을 덜 수 있다. 문장에 직접 표현되지 않았으나 알 수 있는 정보, 문장과 문장 사이에 생략된 정보를 추론하는 등의 연습을 문장 단위로 충분히 하면서 단계적으로 추론적 사고를 유도해야 한다. 일반 아동에 비하여 단계를 세분화하여 서서히 난이도를 높이고 장기간의 반복 연습을 한다면 추론적 읽기에 대한 훈련도 가능할 것이다.

라. 쓰기 지도

언어 발달이 지체되는 경계선 지능 학습자는 쓰기에 있어서도 맞춤법, 유창성, 구문, 어휘 등의 측면에서 어려움을 보인다. 뿐만 아니라 글을 계획하고, 글을 쓰고, 글을 다듬는 등의 전반적인 글쓰기 과정에 있어서도 어려움을 나타낸다(김윤희, 2008).

유경·정은희(2007)는 경계선 지능 학습자들은 일반아동에 비해 특히 언어지식과 텍스트맥락지식에서 낮은 수행을 보인다는 결과를 보여주었다. 경계선 지능 학습자는 내용의 풍부함이나 적절성과 관련된 내용지식에 있어서는 일반아동과 비슷했으나 맞춤법, 부호 등 어휘구조 및 의미나 통사규칙과 관련된 언어지식, 쓰고자 하는 과제상황과 관련된 지식으로 독자에 대한 인식과 주제에 따라 표현과 구조가 긴밀하게 작용하는 텍스트맥락에 대한 지식이 부족하여 어려움을 겪는 것이다. 따라서 쓰기 지도시에는 언어지식과 텍스트맥락지식을 교육하는 한편, 이에 대한 부담을 덜고 글을 쓸 수 있게 하는 접근 또한 필요하다.

읽기보다 쓰기 활동이 인지적 부담을 더 요하는 만큼, 읽기 능력 발달이 지체되는 경우 쓰기는 엄두도 못 내는 경우도 많다. 그러나 읽기와 쓰기 활동을 병행해야 균형 있는 문해력 발달이 이루어진다. 경계선 지능 학습자가 쓰기를 할 때의 인지적인 부담을 덜기 위해 여러 가지 방법을 활용할 수 있다. 문자 대신 음성언어로 표현하게 하는 구두작문(oral composition)을 할 수도 있고, 대화하는 듯한 글쓰기를 통해 쓰기 동기를 유발하는 대화식 저널쓰기(dialogue journal writing)를 할 수도 있다.

구두작문 또는 말로 쓰기는 글쓰기 과정에서 초고를 쓸 때 흔히 사용하는 전략으로, 학습자가 맞춤법을 지키거나 문법적으로 정확하게 써야 한다는 부담감을 느끼지 않도록 글 대신 말로 표현하게 하는 것이다. 맞춤법, 띄어쓰기 등의 언어지식이나 쓰기 유창성이 부족한 초등 저학년 필자들에게 유용한 방법이다. 아동은 글씨체나 맞춤법에 대한 고민 없이 표현하고 싶은 내용을 말로 자유롭게 표현할 수 있다. 이는 언어지식이 부족한 경계선 지능 학습자에게도 유사한 효과를 볼 수 있을 것이다.

대화식 저널은 학생과 교사가 글로 쓰는 대화로써 학생들은 자신이 원하는 주제에 대해서 자신이 쓸 수 있는 만큼의 글을 쓰고, 그 내용에 대해 교사가 답을 써서 돌려주는 형식을 취하고 있다(박정연, 2000). 대화 상대가 정해져 있고 교과 학습, 또는 학교 생활 등 다양한 내용을 다룰 수가 있어서 학생과 교사 모두 쓰기의 필요성을 느끼게 하고 쓰기 동기를 부여하므로 교실에서 활용하기 쉽다. 실용적인 글쓰기가 가능하고 구체적인 의사소통이 일어난다는 점에서 일상 생활과 연계한 글쓰기 교육이 필요한 경계선 지능 학습자들에게 유용한 활동이다. 박미정·박경란(2019)은 경계선 지능 학습자에게 대화식 저널쓰기 프로그램을 적용한 결과, 문장 유형의 다양화, 문장 및 글의 길이 증가, 문장의 구성 성분의 확대 등 쓰기 능력의 긍정적 변화를 야기했음을 제시하였다.

박찬선(2022)은 경계선 지능 학습자들은 생각하는 것을 어려워하고 소근육 협응 및 조절력이 부족한 경우가 많다 보니 글쓰기를 힘들어하지만, 한편으로 글쓰기는 말하기보다 느리게 진행되기 때문에 생각을 가다듬고 차근차근 정리하는 데 도움이 되므로 중요하다고 하였다. 그리고 경계선 지능 학습자에게 글쓰기를 지도하는 데 효과적인 방법으로 모방, 글의 소재를 미리 만들어 놓고 쓰기, 글의 양을 점차 늘려가기, 글에 자기 의견을 넣어 보기의 네 가지를 제시하였다. 이렇게 초반에는 다른 사람의 글을 모방하거나 짧게 한 줄 쓰기 등을 통해 부담을 최소화하되 꾸준히 쓰도록 하여 쓰기 능력을 키워갈 수 있는 실제적 방법들을 제시하고 있다.

3장

난독증의 이해와 지도

1. 난독증 특성의 이해

가. 난독증의 정의

난독증(dyslexia)은 다양하게 정의된다. 우리가 흔히 아는 정의는 난독증의 영어 'dyslexia'로부터 또는 에서 출발한다. 'dys-'는 '어려움(difficulty)'을 의미하고, '-lexia'는 '언어 혹은 말(word)'을 의미한다. 그대로 해석하면, 언어 혹은 말의 어려움을 말한다. 그런데 이 정의로 난독증을 모두 설명하기는 어렵다.

언어와 말에 관한 어려움이 난독증을 드러내는 뜻이다. 이때 언어와 말은 문자 언어에 해당한다. 글자를 읽는 데 어려움을 나타내는 현상은 난독증의 증후이다. 그러나 글자를 못 읽는다고 해서 모두 난독증인 것은 아니다. 문자를 읽지 못하면, 읽기 부진, 읽기 장애, 읽기 곤란 등 다양한 원인을 찾을 수 있다. 그중에서 한 원인으로 난독증을 들 수 있다.

그렇다면 난독증은 다른 원인과 어떤 차이가 있을까? 난독증은 주로 의료진이 사용하는 용어이다(West, 2009; 김성훈 역, 2011:33). 의료진이 사용한다는 것은 난독증이 원인이 정신적 혹은 환경적 요소가 아니라는 것을 뜻한다. 난독증의 원인은 신경학적인 증상이란 것은 공공연한 사실이다(Stowe, 2000; 박재혁 외 역, 2020:23). 즉, 난독증은 신경학적인 증상으로 인해 읽기에 어려움을 겪는 증상이다.

그래서 난독증은 어떤 증후로 정확하게 정의하기 어렵다. 난독증의 스펙트럼이 넓기 때문이다. 난독증의 신경학적 증상은 다양하게 나타난다. 그리고 대다수 ADHD를 동반하기도 한다(Stowe, 2000; 박재혁 외 역, 2020:23). Kim(2021)의 대한소아과학회지 연구 보고를 보면, 국내외 소아의 난독증 유병률은 10명 중 1.7명이 겪고 있으며, 40% 소아가 ADHD를 동반하고 있다고 보고하고 있다.

난독증의 중요한 조건은 지능이 정상이란 점이다. Kim(2021)의 연구에서도 지능은 정상이지만, 읽기를 유창하게 하거나 이해에 어려움을 겪는 경우가 대다수란 점을 제시하고 있다. 그리고 지능이 정상임에도 지속적으로 낮은 성취를 보이는 학습장애 학생의 경우, 80%가 난독증과 관련이 있다고 보고하고 있다. 즉, 정상적인 지능을 지니고 있으면서 글을 소리 내어 읽는 데 어려움을 겪고, 이해에도 큰 어려움을 겪는 학생들이 난독증일 가능성이 높다는 것이다.

난독증을 이해하기 위해서 빼놓을 수 없는 학자가 오턴(Orton)이다. 오턴은 우리가 알고 있는 파닉스(phonics)를 만든 학자이다. 1925년 오턴은 미국의 난독증 협회 회장을 맡아 난독증이 있는 학생을 지도하기 위한 최적의 지도 방법으로 파닉스를 제안한다. 이 방법은 글자를 배우는 원리 중 발음 중심 지도 방법이라고도 부른다. 난독증은 수백 가지로 정의하지만, 오턴이 정리한 정의가 1994년에 채택되어 지금까지 활용되고 있다.

난독증은 언어의 습득과 언어적 정보처리를 방해하는 장애로서 신경학적인 기반과 종종 언어의 습득과 처리에 장애가 있는 가족력(家族歷)을 갖고 있다. 심각성의 정도는 다양하지만 이는 읽기, 쓰기, 철자, 필기 및 때로는 산술적인 음운론적 정보처리를 포함하는 수용적 언어 혹은 표현적 언어에서 어려움으로 나타난다. 난독증은 학구열의 부족이나 감각기관의 손상이나 부적절한 방법이나 환경적 기회 혹은 어떠한 제한적 조건의 결과는 아니지만, 이러한 상태와 동시에 발생한다. 비록 난독증이 평생 지속될지라도 적시에 적절한 치료 방법을 이용하면 성공으로 개헌되는 경우를 많이 볼 수 있다.(Stowe, 2000: 박재혁 외 역, 2000: 23)

정리하면, 난독증은 정상 지능을 지니고 있으면서 신경학적인 증상으로 인해 읽기에 어려움을 겪는 증상을 말한다. 신경학적 증상은 다양한 스펙트럼으로 나타난다. 결과적 증상은 소리 내어 읽기를 어려워하고 이해하는 데에도 어려움을 겪는 것으로 나타난다. 그러나 그 원인은 수없이 다양하고, 결과적 증상도 읽기 어려움의 수준과 범위 역시 다양하게 나타나는 것이 특징이다.

나. 난독증의 원인와 특성

난독증은 시지각, 청지각, 음운 인식의 문제로 발생한다. 실제 MRI 촬영에서 난독증이 있는 경우, 글을 읽고 이해하는 회로가 비효율적으로 활성화된다. 난독증 환자의 23~65% 범위 내에서 부모도 난독증이 있는 것으로도 확인되고 있다(Kim, 2021). 이는 난독증이 유전적 원인이 가장 큰 것으로 분석되었다. 앞서 오턴의 정의에도 가족력은 필수적으로 포함되어 있다. 난독증을 연구하는 학자들이 추적한 결과 대체로 유전적인 증후를 보이는 경우가 많았다. 이는 난독증이 가족력에 기반하여 발생한다는 것을 입증한다.

난독증의 원인이 신경학적 증상에 기반하여 일부 가족력에서 확인된다는 것은 난독증 진단과 지도에 중요하다. 난독증이 있는 학생에게 열심히 노력한다면 극복할 수 있다는 잘못된 신념을 주는 것은 위험하다. 전문적인 진단과 함께 치료가 병행되어야 하기 때문이다. 난독증을 진단하는 것은 읽을 수 없다는 것만으로 파악하기 어렵다. 읽을 수 없는데, 글을 이해하는 경우가 난독증에서 나타날 수 있다. 따라서 난독증은 복잡한 원인으로 발생하는 특성이 있다.

난독증은 신경학적 증상이란 점에 주목할 필요가 있다. 우리의 뇌는 좌뇌와 우뇌로 구분한다. 좌뇌는 분석적 사고, 우뇌는 시각적 처리와 관련이 있다. 그리고 우리의 뇌는 효율성을 추구한다. 동시에 여러 영역을 활성화하지 못한다. 우리 뇌의 효율성을 위해 능숙한 영역을 만든다. 능숙한 영역은 무의식적으로 인지 처리가 가능하다. 흔히 이것을 직관적으로 파악한다고도 한다. 직관적이란 것은 우리가 뇌의 처리 방식을 인지하지 못할 뿐이지 우리의 뇌가 한 일이다. 그런데 난독증은 동시에 여러 영역을 활성화하면서 분석적인 좌뇌를 통해 글을 읽고 이해하는 데 어려움을 발생하게 한다. 즉, 난독증은 뇌의 분산된 영역 활성화로 인해 나타나는 증상 중 하나이다.

글을 해독하기 위해서는 음운 인식(phonological awareness)이 충분히 발달해야 한다. 음운 인식은 문자 언어와 관련된 소릿값 인식을 말한다. 우리말은 글자를 배우기 전 음성 언어로 소통이 가능하다. 음성 언어는 문자 언어와 대응하는 소릿값이다. 음성 언어를 배우는 학습자는 결국 문자에 자신이 알고 있는 소리를 대응시킨다. 이미 문자는 읽을 수 있는 소릿값을 지니고 있기 때문이다.

음운 인식은 해독을 위한 재료이다. 문자 언어에 대한 소릿값이 많은 학습자는 쉽게 문자를 해독한다. 난독증이 있는 학습자는 해독에 어려움을 겪는다. 문자를 소리와 대응시키는 데 어려움을 겪으면서 문자의 의미를 이해하는 데까지 연결하는 것을 어려워한다. 문자가 지니는 소릿값을 정확하게 인식하지 못하는 것은 앞서 언급한 것처럼 뇌의 여러 영역을 동시에 활성화하기 때문이다. 우리의 뇌는 해독을 하는 뇌의 영역과 독해를 하는 뇌의 영역이 분리되어 있다. 그리고 시각적인 이해 처리와 분석적 이해 처리 영역도 분리되어 있다. 그러나 난독증 학습자는 동시에 여러 뇌의 영역을 분산시켜서 글자를 정확한 소릿값으로 연결하지 못한다.

그러나 난독증 학습자는 텍스트를 소리 내어 읽어 주거나, 설명해 주면 쉽게 이해한다. 난독증 학습자는 음운 인식과 해독에 특별한 어려움을 나타낸다. 즉, 난독증 학습자는 일반적인 지능을 지니고 있다는 점에서 다른 읽기 장애와 비교가 된다. 일반적인 지능을 가지고 있으면서 글자를 소리 내어 읽는 것을 어려워하는 증상이 대표적인 난독증이다. 이러한 특성은 난독증 학습자의 일반적인 특징이다.

따라서 난독증의 원인은 음운 인식과 해독을 어렵게 하는 신경학적인 증상으로 초점화라 수 있다. 음운 인식과 해독을 어렵게 하는 원인으로는 시지각, 청지각이 영향을 준다. 청지각 문제는 문자의 소릿값 대응 과정에 영향을 준다. 도형의 변별과 소릿값의 변별이 동시에 일어나면 난독증이 나타나는 것이다.

난독증은 음운 인식과 해독에 어려움을 겪으면서 일관된 원인은 '예상치 못한 저성취'가 충족되어야 한다(Shaywitz & Shaywitz, 2003; 정재석 역, 2021: 181). 글을 읽는 것을 어려워하는 데 정확한 원인을 파악하기 어려우면서 지속해서 저성취가 이어지는 것이다. 그런데 이 학습자는 정상적인 지능을 지니고 있으며, 다른 문제가 심각하게 보이지는 않는다. 즉, 학습 부진, 학습장애 학생과 구별되지 않는데, 그 증후가 차이가 있다.

정리하면, 난독증은 신경학적 증상으로 인해 음운 인식에 어려움을 겪으면서 읽기 이해에 어려움을 겪는다. 음운 인식은 해독에 영향을 준다. 난독증 학습자는 음운 인식의 어려움으로 글자와 소리를 정확하게 대응시키지 못한다. 그리고 이러한 해독 어려움은 독해의 어려움으로 이어지게 된다. 그러나 난독증 학습자는 일반 지능을 가지고 있으며, 텍스트를 다른 방식으로 설명해 주면, 잘 이해할 수 있다. 난독증 학습자는 음운 인식과 해독에 영향을 주는 뇌의 시지각, 청지각 능력을 발휘하는 회로에 이상이 발생하여 나타나는 증상이다.

2. 난독증의 진단

가. 난독증 진단의 쟁점

난독증의 원인을 간략히 설명했지만, 난독증은 상당히 복잡하게 발생한다. 이러한 이유로 난독증에 대한 오해가 발생할 수 있다. 난독증에 대한 오해를 제시하면 다음과 같다.

첫째, 난독증은 숫자나 글자의 순서가 바뀌어 학업에 어려움을 보인다. 흔히 글자의 좌우가 바뀌거나 순서가 바뀌어 글자를 읽기 힘들어한다고 생각하는 경향이 있다. 그러나 최근에는 이러한 증상보다 복잡한 신경학적 원인으로 읽기에 어려움을 보인다.

둘째, 특별한 성별에서 많이 나타난다. 남자의 경우 난독증이 많이 나타날 수 있다는 관념이 있다. 그러나 난독증은 성별과 관련 없이 나타나는 증상이다(Stowe, 2000; 박재혁 외 역, 2020:29). 교육 상황에서도 남학생에게 특별히 많이 나타난다고 오해하는 경우가 많은데 그렇지 않다.

셋째, 난독증은 지능에 문제가 있어서 나타난다. 난독증이 있는 경우, 지능에 문제가 있어서 글을 읽는 데 어려움이 있다고 생각하는 경우가 있다. 그러나 난독증은 지능이 일반적이다. 이러한 오해는 과거의 지능 검사가 언어 검사로 측정해서 나타난 것이다.

넷째, 난독증은 모두 ADHD(주의력결핍과과잉행동장애)나 ADD(주의력결핍증)가 있다. 난독증이 난독증이 있는 경우, 대개 또는 대체로 ADHD나 ADD가 있을 수 있다. 그리고 우울증도 지니고 있을 수 있다. 그러나 100% 확률로 나타나는 것은 아니다. 대체로 집중력이 결핍된 현상과 함께 나타날 수 있으나, 그 원인이 글을 읽지 못해 나타나는 현상과 구분되지 않아서 판단되는 경우도 많다.

다섯째, 난독증은 지도로 완치될 수 있다. 난독증은 완치되는 증상이 아니고 개선되는 증상이다(Kim, 2021). 난독증은 성인이 되어서도 이어지는 증상이다. 그리고 난독증은 교육적인 지도로만 개선되기 어렵다. 다양한 신경학적 원인으로 발생하는 현상이므로 의학적인 진단이 필요하다(Shaywitz & Shaywitz, 2003; 정재석 역, 2021). 이러한 진단을 임상학적 진단이라고도 부른다. 즉, 한 가지 원인으로 난독증을 진단하는 것이 아니라, 다양한 검사를 통해 진단하기 때문이다.

여섯째, 난독증은 교육적 진단이 가능하다. '교육적'이란 말에 쟁점이 있다. 누구나 난독증을 진단할 수 있는 오해가 여기에서 발생한다. 난독증은 임상 진단으로만 가능하다. 난독증의 의심 증후를 살필 수는 있어도 학교에서 진단과 판단은 어렵다. 임상 진단이라는 것은 다양한 증후를 살펴 종합적 판단을 내리는 것을 말한다. 이러한 임상 진단은 전문적인 자격을 소지한 전문가에게 가능하다. 그리고 그 전문가는 의학적 진단이 가능한 주체가 판단해야 한다.

난독증에 대한 쟁점은 교육 상황에서 첨예하다. 난독증이 학교에서 지도로 개선될 수 있다는 환상으로 많은 학습자가 조기 개입 시기를 놓치고 있다. 난독증은 빠른 조기 개입으로 개선될 수 있다. 빠른 개선을 위해서는 임상학적 진단과 치료, 그리고 교육적 지도가 병행되어야 한다. 교육적인 지도로만 개선될 수 있다는 신념을 가지면, 학습자의 어려움을 제때 진단하지 못하고 예상치 못한 읽기 어려움을 지나칠 수 있다. 따라서 난독증을 정확하게 진단하기 위해서는 우리가 알고 있는 오해를 불식하고 전문적으로 진단해야 한다.

나. 난독증 진단의 방법

난독증을 진단하기 위해 먼저, 난독증이 나타나는 공통적인 특성을 확인해야 한다. 난독증은 복잡한 증상을 보이지만, 대체로 다음과 같은 공통적인 특성을 보인다.

- 개별 단어를 읽기 어려워함
- 부족한 음운론적 인식
- 무의미 단어나 익숙하지 않은 단어를 해독하는 데 특히 어려워함
- 개별 단어를 빠르게 읽는 것을 어려워함(단어 유창성 부족)
- 부정확하고 느리며 힘든 소리 내어 읽기와 내용을 반영하는 억양 부족으로 확인할 수 있는 읽기 유창성 부족 현상
- 짧지만 많이 사용하는 어휘를 읽는 데 어려움이 있음
- 기초적인 받아쓰기 철자 지식의 부족
- 독해력은 해독 능력에 비해 우수함
- 평균 혹은 평균 이상의 지능
- 지능과 읽기 능력의 불균형

(Shaywitz & Shaywitz, 2003; 정재석 역, 2021:185-186)

난독증을 정확하게 진단하기 어려운 이유는 위와 같은 증상이 복합적으로 나타나기 때문이다. 여러 조건을 모두 충족하는 난독증 판단은 쉽지 않다. 그래서 임상 진단으로 난독증을 진단해야 한다. 한 검사로 난독증을 판단할 수 있는 것은 없다. 어떤 진단 도구의 규준 점수 이하로 난독증을 진단할 수 없는 것이다. 위의 증상을 한 문장으로 풀어보면, 난독증은 평균 범위의 읽기 점수를 받았지만 읽기에 어려움을 겪고, 유창하게 읽을 수 없으면서도 배우기도 어려워하는 특성을 보인다. 또한, 지능에 비해 읽기에 어려움을 겪는 특성을 보인다.

난독증은 해독에서 이어지는 단어 재인의 과정에 어려움을 겪게 된다. 단어 재인은 해독과 동시에 나타난다. 두 과정을 한 읽기 과정으로 명명하기도 한다. 단어 재인은 단어의 의미를 확인하는 과정으로 해독과 함께 나타난다. 해독이 되지 않으면 단어의 의미 확인이 어렵다. 그렇게 되면, 어휘, 지능, 추론, 개념 형성 등과 같은 읽기

에 필요한 과정이 정상적으로 작동하지 않는다. 따라서 음운 인식, 해독과 같은 체계가 적절하게 발달하고 있는지 점검하는 것이 진단에서 중요하다.

난독증을 진단하기 위해서는 앞서 난독증의 공통적인 특성을 구체적으로 점검할 필요가 있다. 그리고 난독증은 한 증상으로 판단하기 어렵다. 다음의 징후가 6개월 이상 지속해서 나타난다면, 전문가와 상의해서 정밀한 평가를 받을 필요가 있다.

- 한글 학습의 어려움: 초등학교 입학 전후 글자와 소리의 대응을 어려워하거나 자음과 모음의 규칙을 이해하기 어려운 징후가 나타나는 경우, 난독증을 의심할 필요가 있다. 구체적으로 자음과 모음의 순서를 헷갈리거나 비슷한 글자의 소리를 혼동하는 경우도 의심해 볼 수 있다.
- 읽기 유창성의 어려움: 초등학교 저학년 시기 단어를 읽는 데 시간이 많이 걸리고 더듬거리는 경우 혹은 또래에 비해 읽기 속도가 매우 느린 경우는 난독증을 의심해 볼 수 있다. 특히, 문장을 읽을 때 해독을 하면서 조사와 어미를 생략하는 경우도 의심할 수 있다. 이러한 징후가 반복되면서 읽기 오류가 잦아지게 되고, 책 읽기를 회피하거나 싫어하는 태도도 난독증을 의심할 수 있는 징후이다.
- 학년이 올라가도 읽기 어려움이 지속되는 경우: 초등학교 고학년이 되어도 읽기 속도가 느리고 읽기 자체를 어려워하는 경우 난독증을 의심할 수 있다.
- 다른 인지적 어려움: 순서가 있는 정보나 규칙을 파악해야 하는 정보 기억이 어려운 경우도 난독증을 의심해 볼 수 있다. 특히, 주의집중 시간이 짧고 산만하다는 평가를 받는 경우도 의심할 수 있다. 난독증은 ADHD가 동반되는 경우가 있으므로 이러한 징후를 눈여겨봐야 한다.

난독증은 '선별-전문가 평가-진단'의 단계를 거친다. 읽기 어려움은 단일 검사 도구로도 확인할 수 있다. 그러나 난독증은 우선 의심되는 징후가 있어서 난독증 의심으로 선별을 할 수 있다. 그리고 전문적인 임상 기관에서 전문가 평가를 받고 진단을 구체적으로 받아 난독증으로 판정할 수 있다.

난독증은 김용욱 외(2015)를 보면, 해독, 읽기 유창성, 독해, 좌/우뇌 우세, 지능, 구어 능력, 실행 기능[16], 가족력 등을 근거로 선별할 수 있다. 그리고 선별한 후 학부모의 동의 하에 전문가의 판단을 거쳐야 한다. 전문가 판단은 임상 기관에서 판단을 하게 되는데, 언어 치료사, 의료진, 임상심리사, 특수교사 등 다양한 주체가 종합적으로 판단하는 것이 중요하다.

난독증 진단에 활용하는 검사도구는 구체적으로 다음과 같다.

- 지능 검사: K-WISC-IV(웩슬러 아동용 지능 검사)로 지능을 점검할 수 있다. 난독증은 일단 지적 장애의 수준은 IQ 70 미만이 되지 않아야 한다. 대체로 난독이 있는 학습자는 정상 범위의 지능 검사 결과를 보인다.

- 학업 능력 검사: 학업 능력 검사는 주로 읽기와 쓰기 능력을 검사한다. 읽기와 쓰기에 활용되는 검사로는 국립특수교육원 기초학력검사(KISE-BAAT)과 같은 검사지가 있다. 단어 읽기 정확도, 읽기 속도, 이해도, 철자와 작문 능력을 종합적으로 검사한다.

- 음운 인식 및 해독, 읽기 유창성 능력 검사: 음운 인식 능력의 결함을 확인하기 위해서 검사지를 활용한다. 예를 들면, K-CTOPP와 같은 검사로 음소 분절 및 합성, 표현성 점검, 소리 변별 등의 어려움을 검사할 수 있다.

- 철자 및 쓰기 검사: 난독증이 있는 경우, 철자를 빠트리거나 다른 글자로 대치하는 경우가 있어서 철자를 쓰는 검사를 할 수 있다. 특히, 맞춤법 규칙을 적용하는 데 어려움을 겪는 경우가 있어서 이 부분을 면밀하게 검사할 수 있다.

- 작업기억, 정보처리 등 인지 기능 검사: 난독증은 작업기억에서 약점을 보일 수도 있다. 빠른 이름 대기 등 명명하기 검사를 통해 글자와 대상을 정확하게 연결해서 명명할 수 있는 점검하는 검사이다. 명명하기가 어려운 경우 글자를 읽는 데에도 어려움을 겪을 수 있고 대체로 난독증이 나타날 가능성도 높다.

---

16) 실행 기능(Executive function)은 인간의 고차원적인 인지 조절 능력으로, 목표를 설정하고 이를 달성하기 위해 사고와 행동을 통제, 조절하는 정신적 과정이다.

3. 난독증의 읽기 지도 원리

난독증을 지도하기 위해서는 다음과 같은 원리를 고려해야 한다.

첫째, 체계적이고 명시적인 지도를 해야 한다. 난독증을 지도하기 위해서는 쉬운 개념부터 복잡한 것으로 순차적인 순서를 지켜야 한다. 즉, 논리적인 순서를 지키는 것이 중요하다. 난독증 학습자가 예측이 가능한 범위 내에서 학습할 수 있도록 도움을 주어야 하기 때문이다. 교사가 난독증 학습자를 지도할 때에는 시범 보이기를 적극적으로 활용해야 한다.

둘째, 다중감각적 접근이 필요하다. 다중감각적 접근은 오튼과 길링햄이 개발한 난독증 지도법(Orton-Gillingham Approach)에 근간을 둔다. 난독증 학습자는 단어의 시각적 형태와 소리를 연결하는 음운 인식 및 해독에 어려움이 있다. 따라서 시각, 청각, 촉각-운동감각을 동시에 활용하여 학습 내용을 뇌에 저장할 수 있도록 도움을 주어야 한다(Ritchey & Goeke, 2006). 시각적 정보 접근이 어렵기 때문에 다중감각을 활용하면 기억과 인출이 쉽습니다. 예를 들어, '가지'라는 글자를 눈으로 보고, 손으로 '가'를 눈으로 보고, 말하고, 손가락으로 모래 위에 그려 보는 활동을 할 수 있다.

셋째, 구조적인 학습과 누적된 반복이 중요하다. 난독증 학습자가 자신이 학습한 것을 체계적으로 기억하는 데 어려움이 있을 수 있다. 지각을 어려워하므로 이러한 능력에 취약할 수 있다. 따라서 구조적으로 쉬운 것보다 어려운 것을 확장하되, 반복 숙달을 할 수 있도록 지도해야 한다. 완전히 숙달될 때까지 반복적으로 학습한 것을 누적해야 한다. 난독증 학습자가 글을 빠르게 자동적으로 읽는 것을 어려워하므로 반복 숙달 연습은 읽기의 자동화를 확보하는 데 도움이 된다.

넷째, 개별화 진단과 처방이 중요하다. 난독증 학습자의 어려움 원인과 양상은 매우 다양하다. 그리고 그 원인도 복잡하기 때문에 정확한 진단과 처방을 하기가 쉽지 않다. 따라서 학습자가 겪는 어려움을 정확하게 파악하기 위해서는 개별적인 학습자 사례를 치밀하게 분석해야 한다. 그리고 개별 학습자가 겪는 어려움을 확인하기 위해, 1:1 지도 및 소그룹으로 난독증 학습자의 어려움 특성을 정확하게 파악하고 처방해야 한다(Shaywitz & Shaywitz, 2003; 정재석 역, 2021).

4. 난독증 읽기 지도 방법

난독증은 음운 인식, 해독 및 단어 재인, 읽기 유창성, 어휘력 및 읽기 전략 지도의 범주에 따라 체계적이고 구조적인 반복 지도를 해야 한다.

(1) 음운 인식 훈련

음운 인식은 읽기의 가장 기초적인 능력이다. 소릿값을 듣고 구분하는 능력을 의미한다. 우리말의 음운은 음소(音素)와 운소(韻素)로 구분할 수 있다. 음소는 소리의 작은 단위이고, 운소는 소리를 만들어내는 높낮이를 말한다. 음소와 운소가 결합할 때 우리말의 소리가 만들어진다. 난독증 학습자는 음운 인식을 먼저 점검해야 한다. 소릿값을 인식하는 데 이상이 없는지 확인이 필요하다.

음운 인식의 지도는 우리말 소리를 인식할 수 있도록 접근해야 한다. 특히, 우리말의 소리가 분리될 수 있다는 것을 아는 것이 중요하다. 우리말은 특히 음절 단위로 소리가 구분되기 때문에 이것을 아는 것이 음운 인식과 해독에 도움이 된다. 음운 인식은 음절 단위 소리 변별, 음절을 나누고 합치기, 음소를 분리하고 결합하는 방식으로 지도할 수 있다.

- 소리 변별하기: 단어를 듣고 같은 소리로 시작하는지, 다른 소리로 시작하는지 확인하는 방법이다. 예를 들면, '가지', '바지'에서 첫소리가 같은지 물어볼 수 있다.

- 음절을 나누고 합치기: 단어를 음절 단위로 나누고 합쳐보는 연습을 한다. 예를 들면, '나비', '나무'가 '나 + 비', '나 + 무'로 소리를 나누고, 다시 합쳐서 단어로 만들어보는 연습을 할 수 있다.

- 음소 분리 및 결합: 난독증 학습자는 특정 음소를 분리하는 연습할 할 수 있다. 우리말은 음절 단위의 소릿값을 가진다. 그러나 그 소리에서도 초성, 중성, 종성의 소리를 인식하고 분리, 결합할 수 있는지 연습할 수 있다. 예를 들면, '강'을 'ㄱ + ㅏ + ㅇ'으로 음소를 분리하고 결합할 수 있다.

(2) 해독 훈련

해독은 글자를 소리와 대응하는 것을 말한다. 난독증 학습자는 해독을 가장 어려워한다. 글자를 소릿값으로 옮기는 것을 어려워하기 때문이다. 음운 인식 훈련을 마친 후 해독 훈련을 이어서 해야 한다. 해독 훈련은 글자와 소리의 대응 규칙을 인식하면서 규칙성을 파악할 수 있도록 한다. 난독 학습자는 문자와 소리의 규칙 인식을 어려워하기 때문에 명시적으로 발음 규칙을 가르쳐야 한다.

- 글자와 소리 대응 규칙 훈련: '밥'을 읽을 때 'ㅂ + ㅏ + ㅂ'의 음소가 한 소릿값으로 난다는 것을 훈련해야 한다. 그리고 난독 학습자는 해독 훈련 시 다중 감각을 적용해야 한다. 실제 밥을 보거나 먹으면서 읽는 연습을 하면, 해독에 많은 도움이 된다. 처음 훈련할 때 가, 나, 다, 라 등의 우리말의 체계에 맞추어 연습하는 것이 중요하다. 특히, 소리와 음절이 1:1 대응된다는 것을 정확하게 인식할 수 있어야 한다.

- 체계적인 음절 및 단어 해독 훈련: 받침이 없는 글자부터, 대표 받침(ㄱ, ㄴ, ㄷ, ㄹ, ㅁ, ㅂ, ㅇ)이 있는 단어를 읽는 연습을 한다. 그리고 대표 받침화가 나타나는 다른 단어로 확장하는 체계를 고려해야 한다.

- 무의미 단어 해독하기: 우리말의 음운 변동은 의미를 고려한 표기로 나타나는 현상이다. 따라서 난독증이 없는 학습자는 무의미 단어 해독 연습이 큰 도움이 안 된다. 그러나 난독 학습자는 해독 체계를 갖추는 것에 어려움이 있으므로 훈련을 위해 무의미 단어를 해독하는 훈련을 할 수 있다.

(3) 읽기 유창성 훈련

읽기 유창성은 앞서 언급한 것처럼 글을 정확하고 빠르게 자동적으로 읽는 능력을 말한다. 자동적으로 읽는다는 것은 글자를 보고 1초 이내에 머뭇거림이 없이 읽는 것을 의미한다. 즉, 글자를 보자마자 바로 소릿값으로 낼 수 있어야 한다. 읽기 유창성이 확보되지 않으면, 글의 의미를 이해하는 데 어려움이 발생한다.

- 반복 읽기(repeated reading): 반복 읽기는 읽기 유창성 발달에 많은 도움이 된다. 반복해서 글을 읽다가 보면, 해독이 자동화된다. 해독의 자동화로 학습자는

의미를 이해하는 경험을 하게 된다. 난독 학습자는 처음 글을 읽을 때 유창하게 읽기 어려우므로 글자의 내용을 이해하는 데 어려움을 겪는다. 따라서 반복해서 읽은 후 글의 의미를 이해하는 경험을 하게 하는 반복 읽기 훈련이 난독 학습자에게 효과적이다.

- 시범 읽기(model reading): 난독 학습자 앞에서 교사가 읽는 시범을 보여주는 것을 말한다. 학습자에게 읽는 모습을 보여 주면서 학습자가 음운 인식을 함양하고, 해독하는 과정을 눈으로 직접 보면서 가늠할 수 있도록 도움을 주어야 한다.

- 함께 읽기(choral reading): 교사와 학생이 함께 읽는 훈련은 학습자의 읽기 자신감을 높일 수 있다. 교사가 학습자가 읽는 모습을 점검하는 것으로 인식하면, 학습자의 마음에 벽이 생길 수 있다. 따라서 교사가 안내를 하면서 함께 읽으면 학습자에게 정서적 안정감을 주고, 읽기 자신감을 얻는 데 도움을 준다. 그리고 교사가 함께 읽으면서 교정할 부분을 점검할 수 있어서 학습자의 유창성 발달에 도움을 준다. 교사는 매번 긍정적인 피드백을 할 수 있도록 학습자와 함께 읽으면서 학습자의 소리에 집중하며 읽어야 한다.

(4) 어휘력 훈련

어휘력 훈련은 난독 학습자에게 중요한 훈련이다. 난독 학습자는 이미 청해 능력이 충분히 발달해 있다. 인지적으로도 정상 범주이거나 오히려 똑똑한 학습자도 있다. 이처럼 소리를 듣고 이해하고 소통하는 데에는 어려움이 없지만, 문자 언어를 읽고 이해하는 데 어려움이 있다. 이러한 이유로 문자 언어를 통해 습득할 수 있는 어휘력의 발달이 제한적일 수 있다. 따라서 난독 학습자의 어휘 향상에 도움을 줄 수 있는 지도를 해야 한다.

- 명시적 어휘 지도: 명시적 어휘 지도는 어휘의 의미를 직접적으로 제시하고 말해 주는 지도를 의미한다.

- 문맥을 고려한 어휘 지도: 문맥을 고려한 어휘 지도는 단어 의미망을 만들어보는 연습을 활용할 수 있다. 단어와 관련이 있는 다른 단어를 확장하면서, 단어의

의미를 정확하게 이해하는 지도 방법이다. 특히, 글의 전후 맥락을 정확하게 파악하여 어휘의 의미를 정확하게 이해하는 데 필요한 훈련이다.

- 단어 구조 분석하기: 파생어와 합성어와 같은 어휘는 접두사, 접미사, 어근 등 다양한 확장을 이해하는 체계를 이해하는 것이 중요하다. 예를 들면, 형태론적으로 '불가능', '불균형'의 단어에서 접두사 '불'이 어떻게 의미에 영향을 주는지 점검해 볼 수 있다.
- 단어 카드 활용하기: 단어 카드의 장점은 어휘의 의미를 이미지로 보여주면서 어휘와 관련된 시각화에 도움을 주는 훈련을 할 수 있다. 우리는 글자를 보면, 시각적 이미지를 떠올리는 기제를 지니고 있다. 단어 카드에 시각적 이미지가 있으면, 이러한 기제를 빠르게 활성화하는 데 도움을 줄 수 있다.

(5) 독해 훈련

독해 훈련은 쉬운 텍스트이면서 그림도 함께 있는 텍스트를 활용해야 한다. 난독 학습자는 음운 인식, 해독, 읽기 유창성, 어휘력의 어려움으로 독해에도 어려움을 겪게 될 가능성이 높다. 글자의 소리를 인식하는 데 집중하다가 보면 의미를 이해하는 데 어려움을 겪을 수도 있다. 그러나 난독증 학습자는 정상적인 인지 지능을 지니고 있으므로 언어 이해 능력 자체에 어려움이 있는 경우는 드물다. 따라서 독해 연습을 하는 이유는 일반적으로 난독증이 없는 학습자와 유사하게 학습하는 것이 필요하다. 다만, 글자를 소릿값으로 옮기는 데 어려움이 있어서 의미를 이해하는 데 시간이 필요하다. 즉, 해독에 도움을 주고, 읽기 유창성도 연습을 한 후에는 텍스트의 의미가 무엇인지도 함께 점검하면서 훈련하는 것이 추후 독해를 하는 데 도움을 줄 수 있다.

다. 난독증 학생의 정서적 지도

난독증 학생의 취약한 부분이 바로 정서(affection)이다. 난독증 학생은 누적된 읽기 어려움으로 인해 낮은 자존감과 효능감을 가질 가능성이 높다. 누적된 결손이 장기간 지속될 경우, 우울증을 겪을 수도 있다. 이러한 증상이 ADHD와 같은 증상으로 이어지기도 한다. 따라서 난독증 학생의 정서적인 안정에 도움을 줄 수 있는 지도와 훈련도 인지적 지도 못지않게 중요하다. 난독증 학생을 위해서는 다음의 정서적 지도 원리를 고려해야 한다.

첫째, 긍정적인 학습 분위기를 조성해야 한다. 난독증 학생을 지도하기 위해서는 지도하는 교사가 난독증에 대한 이해도를 높여야 한다. 난독증의 원인이 무엇이고, 이 학생이 실제 겪는 어려움이 무엇인지에 대한 면밀한 탐색이 필요하다. 가장 중요한 것은 난독증은 학생이 원해서 발생한 것도 아니고, 난독증 학생이 게을러서 나타난 증상도 아니다. 난독이 있는 학습자는 본인도 모르게 난독증 증상이 나타나게 된 것이다. 따라서 난독증 학생은 자신의 상태에 대한 부정적 인식이 높을 수 있으므로 자신감을 가질 수 있도록 교사는 긍정적인 학습 및 훈련 분위기를 조성해야 한다.

둘째, 자존감을 회복하고 학습 동기를 강화할 수 있는 도움을 주어야 한다. 학습자에게 성취 가능한 목표를 제공해야 한다. 그리고 학습자가 도달한 것에 대한 피드백을 적절하게 해야 한다. 우리가 흔히 '작은 성공의 경험'이란 말로 표현하기도 한다. 작성 성공과 성취 경험을 제공하는 것은 학습자의 지속적인 읽기 회복에 많은 도움을 준다. 학습 동기를 강화하기 위해서 지도하는 교사는 읽기 훈련만 학습 내용으로 구성하지 않도록 유의해야 한다. 그림 그리고, 신체 표현 등 다양한 학습 방법을 활용하여, 다중감각을 활용하고 체계적인 언어 학습을 할 수 있는 환경을 조성해야 한다.

셋째, 지속적인 정서적 지원과 상담을 해야 한다. 난독증은 임상 진단이 중요하다는 것을 강조한 바 있다. 난독증 지도 및 치료는 전문 상담과 병행해야 한다. 학습자가 학습을 진행하면서 심리적으로 어떤 어려움을 겪고 있는지 점검해야 한다. 만약 학습자가 심리적으로 어려움이 있다는 임상 판단이 나오면, 지도의 수준과 방법을 변경하는 것도 고려해야 한다. 이러한 지속적 정서적 지원은 지도 및 훈련을 하는 동안에도 적용되지만, 마친 후에도 지원과 관심이 이어질 수 있도록 체제를 마련해야 한다.

참고문헌

참고문헌

강동훈(2016). 쓰기 멈춤의 요인과 발생 양상 분석. 한국교원대학교 박사학위논문.

강동훈(2021). 기초 문식성 시기의 문장 쓰기 교육내용에 대한 비판적 고찰. 한국초등국어교육, 72, 7-29.

강옥려(2016). 경계선급 지능 아동의 교육: 과제와 해결 방안. 한국초등교육, 27(1). 361-378.

교육부(2024). 국어 교사용 지도서, 2024.

구본관(2008). 맞춤법 교육 내용 연구, 국어교육 127, 한국어교육학회, 195~232.

김근하·김동일(2007). 경계선급 지능 초등학생의 학년별 학업 성취 변화: 초등학교 저학년을 중심으로. 한국특수교육학회 2007년 추계학술대회. 한국특수교육학회.

김대연(2024). 글자쓰기의 운동성과 글자꼴의 관계 : 바탕체를 중심으로. 홍익대학교 대학원 박사학위논문.

김동일·김희은·이연재(2024). 중재반응모델을 적용한 읽기 기초학습기능 중재 프로그램 효과성 연구. 교육연구논총 제45권 제2호. pp.251~275.

김보령(2019). 설명문 텍스트구조학습이 경계선지능 학습부진 중학생의 읽기이해 능력에 미치는 효과−분류/구분방법을 중심으로. 단국대 석사학위논문.

김성엽(2023). 주제 선택에 따른 쓰기 수행 및 동기 차이 분석. 리터러시 연구 14(1), 143-168.

김수진(2024). 2022 개정 교육과정상의 맞춤형 교육 실천을 위한 교육 콘텐츠 개발 방향 탐색, 교육과정연구 2024/9, Vol. 42, No. 3, pp. 77~99.

김영태, 홍경훈, 김경희(2009). 수용·표현 어휘력 검사 (Receptive and Expressive Vocabulary Test: REVT)의 개발연구. Communication Sciences and Disorders 14(1), 34-45.

김윤희(2008). 대화식 저널쓰기가 정신지체 아동의 반성적 쓰기와 문제 행동에 미치는 영향. 이화여자대학교 석사학위논문.

김은삼(2021). 통합교육 및 특수교육에서 특별한 교육 요구 학생을 위한 개별화교육의 의미 탐색, 서울대 박사학위논문.

김은희(2023). 초기 문해력 개별화 교육에 작용하는 유의미 요인 및 사례. 청주교대 석사학위논문.

김정원(2023). 개인 맞춤형 학습을 적용한 기초 문해력 학습자 프로파일 개발 연구. 경인교대 석사학위논문.

김주영·김자경(2016). 학령기 경계선 지적 기능 아동의 읽기 하위영역별 특성. 언어치료연구, 25(1), 67-76.

김지은·이보람(2024). 영유아용 경계선 지능 선별 검사 도구 개발을 위한 기초연구. 영유아교육: 이론과 실천 제9권 제3호. 55-78.

김진아(2017). 경계선급 지능 아동에 대한 초등학교 교사들의 인식: 포커스 그룹 인터뷰 방법을 통하여. 서울교육대학교 석사학위논문.

김태은·오상철·노원경·강옥려·이민선·김호영(2020). 느린학습자 선별을 위한 체크리스트 개발. 한국교육과정평가원.

김태은·오상철·노원경·김경령·강옥려·김동일·최승숙(2024). 초등학교 경계선 지능 학생 실태 분석 및 지원 방안 연구. 연구보고 CRI 2024-1. 한국교육과정평가원

김하수 & 연규동(2015). 문자의 발달, 커뮤니케이션북스.

김해인(2020). 성인 비독자의 형성 원인과 과정. 고려대학교 박사학위논문.

김혜진(2016). 학령기 경계선 지능 아동의 설명문 구조에 따른 읽기이해. 단국대 석사학위논문.

문교부(1988). ≪국어어문규정집≫, 대한교과서주식회사.

민현식(2008). 한글 맞춤법 교육의 체계화 방안, 국어교육연구 21, 서울대학교 국어교

육연구소, pp 7~74.

박미정·박경란(2019). 일상생활중심 대화식 저널쓰기가 경계선지능 언어발달지체학생의 쓰기능력에 미치는 영향. 학습자중심교과교육연구 19권 16호. 369-389.

박성익(2008). 개별화학습의 전망과 과제. 교육방법연구 20(1), 1-22.

박신희(2025). 음운 인식 수준에 따른 경계선 지능 학생 대상 해독 및 철자 지도 연구. 청주교대 석사학위논문.

박영민, 최숙기(2009). 우리나라 학생들의 쓰기 효능감 발달 연구. 새국어교육, 82, 95-125.

박영민(2006). 중학생의 쓰기 동기에 영향을 미치는 요인. 국어교육학연구 26, 337-370.

박영민(2008). 중학생 읽기 동기 구성 요인 분석과 읽기 동기 신장 프로그램 개발. 청람어문교육 38, 17-33.

박정연(2000). 대화식 저널 쓰기 방법이 초등학교 쓰기 장애 학생의 쓰기 표현력에 미치는 영향. 이화여자대학교 석사학위논문.

박찬선·장세희(2015). 경계선 지능을 가진 아이들: 느린 학습자의 이해와 교육. 이담 Books.

박찬선(2022). 느린 학습자를 위한 문해력. 학교도서관저널.

박현숙(2018). 경계선 지능 기능 아동 선별 체크리스트: 타당화와 하위특성 연구, 성균관대학교 박사학위논문.

반정록(2007), 형태 오류 분석을 활용한 맞춤법 지도 방안 연구, 서울교대 석사학위논문.

방유진(2014). 국어 문법 '문장' 부문 내용 변천 연구: 교육과정을 중심으로, 경남대학교 석사학위논문.

백희정(2021). 다중 텍스트의 몰입 읽기 교육 연구: 기능적 근적외선 분광법(f-NIRS)을 활용하여. 한국교원대학교 박사학위논문.

샐리 세이위츠, 조나단 세이위츠 저, 정재석 옮김(2021), 난독증 이겨내기, 하나의학사

서울대학교국어교육연구소(1999). 국어교육학사전, 대교출판.

성숙자(2001). 단계별 문자쓰기 지도에 대한 연구. 국어교육 105, 89-112.

손원숙, 정혜승, 정현선, 김정자, 민병곤(2015). 초등학생의 학교 밖 문식 활동 모형 연구: 부모, 교사, 학생 특성의 영향. 국어교육 148, 263-298.

신헌재·권혁준·김선배·류성기·박태호·염창권·이경화·이재승·이주섭·천경록·최경희 (2009), 초등 국어과 교수·학습 방법, 박이정.

양지숙(2021). 음운 인식에 기반한 소리찾기 전략이 읽기부진 학생의 단어재인, 읽기유창성, 철자쓰기에 미치는 효과, 조선대학교 박사학위논문.

어울림 어휘 능력 진단 검사(https://voca.mirae-n.com/)

여승수·이광현(2023). 학습장애 위험군 조기 선별을 위한 CBM 보편적 선별 방안 탐색: 베이지, 272 CNU Journal of Educational Studies Vol. 45, No. 2

유경·정은희·김략형(2007). 학령기경계선 지능아동의 언어특성연구. 특수아동교육연구 9권 4호 193~209.

유경·정은희(2007). 이야기쓰기활동을 통해 살펴본 학령기 경계선 지능 언어발달장애 아동의 쓰기특성. 특수교육저널: 이론과 실천 8권 3호. 231~247.

유경·정은희(2008). 단순언어장애아동, 경계선 지능, 언어발달장애아동, 일반아동의 쓰기지식특성. 특수교육학연구 43권 2호. 217~236.

유승아, 김해인(2015). 초등 독자의 그림책에 대한 흥미 비교 연구, 한국초등국어교육 58, 91-118.

윤혜경, 권오식 & 안신호(1995). 한글 터득에 관여하는 글자 특성에 관한 연구. 부산대학교 사회과학논총 14(22), 111-129.

이경남, 박준홍, 이명애, 이민형, 이소라, 이영태, 이정찬, 최소영, 홍경화(2022). 문해력 진단 도구 및 교수학습 자료 개발. 한국교육과정평가원.

이경화 외(2018). 반달이와 떠나는 한글 여행: 4 재미있는 문장 놀이. 미래엔.

이경화, 신헌재, 이수진 외(2012), 초등학교 국어 학습 부진의 이해와 지도, 박이정

이경화, 임천택, 한명숙, 서현석, 이창근, 전제응, 최규홍, 김상한, 최종윤, 이근영, 이경남, 박혜림, 백희정(2024). (미래를 여는)초등 국어과 교육 방법론. 박이정.

이경화,이수진, 김지영 외(2019), 세상을 향한 첫걸음, 한글 교육 길라잡이, 미래엔

이경화·박혜림(2024). 기초학력전담교사 연수, 대전교육청연수자료집.

이경화(2017). 「문해 능력 증진을 위한 한글 교육 운영 방안」, KEDI 국내 현안 쟁점 보고서(2017-02-09), 한국교육개발원.

이경화(2019). 기초 문해력과 읽기 부진 지도. 청람어문교육, 71, 223-245.

이관규(2002). 국어의 문장 구성에 대한 연구와 전망. 한국어학, 16, 105-147.

이기연(2012). 국어 어휘 평가 내용 연구, 서울대학교대학원 박사학위논문.

이병운(2006). 한글과 정보화. 새국어생활, 16(3), 51-71.

이선혜·이수진(2024). 느린 학습자를 위한 맞춤형 미술교육 전략에 대한 방안 모색 교사 내러티브 분석을 중심으로. 조형교육 92집.

이수진, 전제응, 김혜선, 최종윤, 신선희, 박혜림(2024) 교실에서 바로 적용하는 초등 쓰기 교육론, 미래엔.

이수진·김화수(2016). 그림 설명하기에서 나타난 경계선지능 언어장애 아동의 화용 특성. 제10회 국제다문화의사소통학회 추계학술대회. 86-9.

이수진(2024). 기초문해력 교육의 제도적 강화 방안 연구: 기초학력 보장 종합계획을 중심으로, 독서연구 73, 독서학회.

이수진(2025). 경계선 지능 학습자를 위한 기초 문해 교육 연구, 새국어교육 145호, 한국국어교육학회.

이순영(2006). 독서 동기와 몰입에 영향을 주는 요인에 관한 이론적 고찰, 독서연구 16, 359-381.

이영자·이종숙(1985), 비지시적 지도 방법에 의한 유아의 읽기와 쓰기 행동의 발달, 덕성여대논문집 14권, 367-402.

이영자(2013), 유아 언어 발달 지도, 양서원.

이재승, 신헌재, 임천택, 전제응(2006). 초등학생용 쓰기 동기 검사 도구 개발과 활용 방안. 청람어문교육 34, 129-159.

이재승(2007). '글쓰기 동기의 영향 요인과 지도 방향', 한국초등국어교육 34집. 쓰기 동기 증진 방안

이지영, 박소희(2011). 초등학생의 책 선택 요인에 관한 이론적 고찰. 한국초등국어교육 46, 269-299.

임은선(2023). 인공지능 기반 적응형 학습 시스템 활용 영어 수업 모형 개발. 석사학위논문. 서울대학교 대학원.

임종아(2005). 경계선지능 언어발달지체아동과 일반아동의 문법성 판단 및 오류수정: 조사를 중심으로. 단국대 석사학위논문.

임현서·윤주형·최성경(2022). 맞춤형 학습컨설팅을 위한 학습 스타일 진단 도구 개발: H대학교 사례를 중심으로, 학습자중심교과교육연구 제22권 22호. 735-751.

장민경(2025). 다층지원체계(MTSS)와 학생맞춤통합지원체계의 접목: G초등학교의 실행 사례와 시사점, 교육행정학연구 제43권, 제4호, 565~595.

장진경(2024). 모바일 그래픽 조직자를 활용한 읽기 중재가 경계선 지능 학생의 읽기 이해에 미치는 영향. 고려대 석사학위논문.

전제응(2004). 읽기동기의 본질과 읽기동기 모형, 청람어문교육 29, 219-244.

전제응(2005). 쓰기 동기에 관한 시론. 작문연구, 1, 255-287.

전현지·이경화(2024), 학습자 학습자 프로파일에 기반한 맞춤형 중재 프로그램 적용 사례 연구, 초등교과교육연구 41호, 95~113.

정희정·이재연(2005). 경계선지능 아동의 인지적, 행동적 특성. 아동복지연구 3(3), 109-124.

정희정(2006). 경계선 지능 아동의 특성 연구. 숙명여자대학교 박사학위 논문.

조선하, 우남희(2004). 한국 유아의 창안적 글자쓰기 발달 과정 분석, 유아교육연구 24(1)

조윤정·변영임(2021). 보편적 학습설계 수업 실천사례에 대한 질적 연구: 초등 수학 교과를 중심으로. 학습자중심교과교육연구 제21권 20호. 325-346.

최규홍·이경화·이수진·이창근·이경남·임의진(2024), 어휘 능력 진단 검사 도구 개발 연구, 청람어문교육 101, 249~272

최규홍(2009). 문법 현상 인식 중심의 초등학교 문법 교육 연구, 한국교원대학교 박사학위논문.

최규홍(2011). 초등학생의 맞춤법 지도 방법 연구, 청람어문교육 43집, 441~462.

최규홍(2025). 초등학생 사고도구어 지도 방법 연구, 한국초등국어교육 80, 233~250.

최선희(2017). 학습자 오개념 분석을 통한 교육 내용 개선 방향-초등학교 국어 교과서 문장의 종류단원을 중심으로. 새국어교육, 111, 145-184.

최성규(2005). 한국표준표현어휘력검사를 위한 예비 연구. 언어치료연구, 14(4), 1-27.

최종윤(2018). 한글 자모 필순 지도에 대한 고찰. 청람어문교육 65, 127-152.

최진(2020). '개별화 교육' 개념의 확장적 의미 탐색: 개인 형성과 교육적 공간의 관계를 중심으로. 열린교육연구, 28(3), 139-161.

한경숙(2016). 쓰기 동기 형성 요인에 관한 이론적 고찰. 작문연구, 31, 93-121.

한국어진흥원(https://www.kbskorean.org/)

Afflerbach, P., & Harrison, C. (2017). What is engagement, how is it different from motivation, and how can I promote it?. Journal of Adolescent & Adult Literacy, 61(2), 217-220.

American Psychiatric Association. (1994). The Diagnostic and statistical manual of mental disorders, 4th edn(DSM-IV). Arlington, VA: Author.

Bandura, A. (1982). Self-efficacy mechanism in human agency. American psychologist, 37(2), 122.

Berninger, V. W., Abbott, R. D., Jones, J., Wolf, B. J., Gould, L., Anderson-Youngstrom, M., & Apel, K. (2006). Early development of language by hand: Composing, reading, listening, and speaking connections; three letter-writing modes: and fast mapping in spelling. Developmental neuropsychology, 29(1), 61-92.

Boushey, G., & Moser, J. (2006). The daily five: Fostering literacy independence in the elementary grades. Portland, ME: Stenhouse Publishers.

Bowey, Judith A. "Syntactic Awareness in Relation to Reading Skill and Ongoing Reading Comprehension Monitoring." Journal of Experimental Child Psychology, 1986.

Bruning, R., & Horn, C. (2000). Developing motivation to write. Educational Psychologist, 35(1), 25-37.

Cecil, N.L., Baker, S. & Lozano, A.S.(2015), Striking a balance: A comprehensive approach to early literacy, Routledge.

Chauhan, S. (2011). Slow learners: Their psychology and educational programmes. International Journal of Multidisciplinary Research, 1(8), 279-289.

Chomsky, C. (1976). After decoding: What? Language Arts, 53(3), 288-296.

Codling, R. M., & Gambrell, L. B. (1997). The Motivation To Write Profile: An Assessment Tool for Elementary Teachers. Instructional Resource No. 38.

Deacon, S. H., & Kieffer, M. J. "Understanding How Syntactic Awareness Contributes to Reading Comprehension: Evidence from Mediation and Longitudinal Models." Journal of Educational Psychology, 2018.

Deci, E. L., & Ryan, R. M. (1985). Intrinsic Motivation and Self-Determination in Human Behavior. New York, NY: Plenum Press.

Duke, N. K., & Pearson, P. D. (2002). Effective practices for developing reading comprehension. In A. E. Farstrup & S. J. Samuels (Eds.), What research has to say about reading instruction (pp. 205-242). Newark, DE: International Reading Association.

Ehri(1995), Phases of development in learning to read words by sight, Journal of Research in Reading, 18(2), 116-125.

Flower, L. (1994). The construction of negotiated meaning: A social cognitive theory of writing. Southern Illinois University Press.

Fuchs, D., Fuchs, L. S., Mathes, P. G., & Simmons, D. C. (1997). Peer-Assisted Learning Strategies: Making Classrooms More Responsive to Diversity. American Educational Research Journal, 34(1), 174-206. https://doi.org/10.3102/00028312034001174

Goodwin, A. P., Petscher, Y., & Reynolds, D. "The Role of Syntax in Reading Comprehension: A Meta-Analysis of Research." Reading Research Quarterly, 2022.

Greene, W. H. (1979). Radio reading. The Reading Teacher, 33(2), 175-179.

Guthrie, J. T., Wigfield, A., Barbosa, P., Perencevich, K. C., Taboada, A., Davis, M. H., etc(2004). Increasing reading comprehension and engagement through concept-oriented reading instruction. Journal of educational psychology, 96(3), 403.

Hall, T., Strangman, N., & Meyer, A. (2003). Differentiated instruction and implications for UDL implementation: Effective Classroom Practice Report. Washington DC: National Center on Accessing the General Curriculum (NCAC).

Jankowska, A. M., Bogdanowicz, M., & Takagi, A. (2014). Stability of WISC-R scores in students with borderline intellectual functioning. Health Psychology Report, 2(1), 49-59. https://doi.org/10.5114/hpr.2014.42789.

Kuhn, M. R., & Stahl, S. A. (2003). Fluency: A review of developmental and remedial practices. Journal of Educational Psychology, 95(1), 3-21. https://doi.org/10.1037/0022-0663.95.1.3

Lipstein, R. L., & Renninger, K. A. (2007). "Putting Things into Words": The Development of 12-15-Year-Old Students' Interest for Writing. Studies in writing, 19, 113.

Lyon, G. R. (1998). Why reading is not a natural process. Educational Leadership, 55(6), 14-18.

McLaughlin, M., & Allen, M. B. (2002). Guided Comprehension: A Teaching Model for Grades 3-8. Newark, DE: International Reading Association.

McLaughlin, M.M. & Rasinski, T.V. (2015), Struggling readers, ILA.

Moats,L.C. (1999), Teching reading is Rocker Science: What expert teachers of reading should know and be able to do. ED 445 323.

National Reading Panel(2000), Teaching children to read: An evidence-based assessment of the scientific research literature on reading and its implications for reading instruction. National Institute of Child Health and Human Development.

Pajares, F., & Johnson, M. J. (1994). Confidence and competence in writing: The role of self-efficacy, outcome expectancy, and apprehension. Research in the Teaching of English, 28(3), 313-331.

Pressley, M. (2000). Comprehension Instruction: Research-Based Best Practices. New York, NY: Guilford Press.

Rasinski, T. (2013). Supportive fluency instruction: the key to reading success. Reading & Writing, Center, Kent State University.

Rasinski, T. V. (2003). The Fluent Reader: Oral Reading Strategies for Building Word Recognition, Fluency, and Comprehension. Scholastic Inc.

Rasinski, T. V. (2010). The Fluent Reader (2nd ed.): Oral & Silent Reading Strategies for Building Fluency, Word Recognition & Comprehension. Scholastic Inc.

Rasinski, T., & Padak, N. (2004). Effective Reading Strategies: Teaching Children Who Find Reading Difficult (3rd ed.). Upper Saddle River, NJ: Pearson Education.

Rasinski, T.V, & Padak, N.D.(2013), From phonics to fluency: Effecive

Reddy, G. L., Ramar, R., & Kusuma, R. A.(2006). 박현숙 역(2013). 경계선 지적 기능 아동·청소년을 위한 느린 학습자의 심리와 교육. 학지사.

Ritchey, K. D., & Goeke, J. L. (2006). Orton-Gillingham and Orton-Gillingham-based reading instruction: A review of the literature. The Journal of Special Education, 40(3), 171-183. https://doi.org/10.1177/00224669060400030501

Samuels, S. J. (1979). The method of repeated readings. The Reading Teacher, 32(4), 403-408.

Samuels, S. J. (2002). Reading fluency: Its development and assessment. In A. E. Farstrup & S. J. Samuels (Eds.), What research has to say about reading instruction (3rd ed., pp. 166-183). International Reading Association.

Schiefele, U. (1999). Interest and learning from text. Scientific Studies of Reading, 3(3), 257-279. doi:10.1207/s1532799xssr0303_4

Seravallo, J. & Goldberg, G. (2007). Conferring with readers: Supporting each student's growth & independence, Heinemann.

Shaywitz, S. E., & Shaywitz, J. (2003). Overcoming Dyslexia: A New and Complete Science-Based Program for Reading Problems at Any Level 「난독증 이겨내기」 (정재석, 역, 2021). 하나의학사.

Stowe, C. M. (2000). How to reach and teach children and teens with dyslexia: A parent and teacher guide to helping students of all ages academically, socially, and emotionally. John Wiley & Sons.

Strickland, D.C., Ganske, K. & Monroe, J.K. (2001) Supporting struggling readers and writers: strategies for classroom intervension 3-6, IRA.

Troia, G. A., Shankland, R. K., & Wolbers, K. A. (2012). Motivation research in writing: Theoretical and empirical considerations. Reading & writing quarterly, 28(1), 5-28.

U.S. Department of Education Office of Special Education and Rehabilitative Services.(2015). Dear Colleague Letter. https://sites.ed.gov/idea/files/idea/policy/speced/guid/idea/memosdcltrs/guidance-ondyslexia-10-2015.pdf

West, T. G. (2009). In the mind's eye: Creative visual thinkers, gifted dyslexics, and the rise of visual technologies (3rd ed.). Prometheus Books.

Wigfield, A. Guthrie, J. & McGough, K. (1996). A questionnaire measure of children's motivations for reading. Instructional Resource No. 22. National Reading Research Center.